Demian

Die Geschichte einer Jugend

von

Emil Sinclair

1919

S. Fischer · Verlag
Berlin

데미안

헤르만 헤세 지음 | 이순학 옮김

더스토리

| 차례 |

서 문

나는 내 속에서 스스로 솟아나는 것,
바로 그것을 살아보려 했다.
그것이 왜 그토록 어려웠을까?

내 이야기를 시작하자면, 아주 오래전으로 거슬러 올라가야 한다. 되도록이면 아주 오래전 내 유년 시절의 처음까지, 아니, 더 아득한 나의 근원까지 되돌아가야 한다.

작가들은 소설을 쓸 때 마치 자신이 신이라도 된 것마냥 누군가의 인생을 훤히 내려다보는 것처럼 아는 체를 한다. 그러고는 신이 직접 이야기하듯 어느 대목에서나 감춰진 것 하나 없이 핵심을 보여주는 것처럼 군다. 하지만 나는 다른 작가들처럼 그렇게 말할 수가 없다. 내가 하려는 이야기가, 어떤 작가든지 자신의 이야기가 중요하겠지만, 내게는 그보다 훨씬 더 중요한

데도 말이다. 바로 내 자신의 이야기이기 때문이다. 소설가가 만들어낸 가공의 인물이나 있을 법한 혹은 이상적인 인물, 어떤 형태로든 존재하기 힘든 그런 존재의 이야기가 아니다. 단 한 번뿐인 인생을 살고 있는, 실제로 살아 숨 쉬는 인간의 이야기다.

실제로 살아 숨쉬는 인간이란 무엇인가. 요즘은 그 의미가 그 어느 때보다 혼란스럽다. 대자연에 단 하나뿐인 소중한 목숨을 무더기로 쏘아 죽이기도 하니까. 만일 우리가 귀하고 유일무이한 목숨들이 아니라면, 총알 하나면 세상에서 간단히 제거해 버릴 수 있는 존재들에 불과하다면, 이 이야기는 써 내려갈 이유가 전혀 없다.

그러나 모든 인간은 자기 자신 이상이다. 유일무이하고 특별하며, 세계의 현상들이 시간 속에서 딱 한 번씩만 교차하는 엄청나게 놀라운 지점이다. 그래서 모든 개인들의 이야기는 중요하고, 영원하며, 신성하다. 자연의 의지를 실현하며 살아가는 인간이라면 누구든 경이로운 존재로서 주목받아야 하는 것이다. 모든 개인은 자신의 내면에서 정신의 형체를 갖춰 가고, 신의 피조물로서 고통받으며, 저마다의 구세주를 십자가에 매달고 있다.

오늘날은 인간이 무엇인지 아는 이가 거의 없다. 이 무지함 때문에 많이들 죽음을 더 수월하게 맞는다. 나도 이 이야기를 다 쓰고 나면 그렇게 될 것이다.

다른 이들이나 마찬가지로 나도 인간이 무엇인지 잘 모른다. 그저 늘 탐구해 왔고 지금도 탐구하고 있다. 다만 이제는 별이나 책에서 해답을 찾기를 그만두고, 내 몸 안의 피가 속삭여 알려주는 소리에 귀 기울이기 시작했다. 내 이야기는 재미있지 않다. 잘 꾸민 이야기처럼 달콤하거나 조화롭지도 않다. 무의미, 혼돈, 광기 그리고 꿈의 맛이 날 뿐이다. 더 이상 스스로를 기만하며 살지 않는 이들의 삶처럼 말이다.

저마다 삶은 자기 자신을 향해 가는 길이다. 시도하는 길이자, 좁고 긴 길이다. 지금껏 누구도 완전하고 온전하게 자기 자신에 이른 적이 없었다. 그런데도 누구나 그 길의 끝까지 가려고 애쓴다. 어두워서 더듬거리며 걷는 이도 있고, 환한 길을 성큼성큼 가는 이도 있고, 저마다 나름의 최선을 다한다. 각자가 출생의 흔적들, 태고의 점액과 알껍데기를 끝까지 지고 간다. 인간이 되지 못하고 개구리에, 도마뱀에, 개미에 그쳐 버리는 사람도 많다. 상반신만 인간이 되고 하반신은 물고기로 남는 이들도 많다. 하지만 모두가 인간이 되는 행운을 바라며 자연이 던진 대담한 시도들이다. 우리 모두가 같은 어머니, 대지의 여신에게서 탄생한 존재들이다. 그런데 모두가 똑같은 협곡, 저 깊은 심연에서 내던져진 주사위들이어도, 저마다 자신만의 목표를 향해 날아가려고 치열하게 노력한다. 그래서 우리는 서로를 이해할 수는 있지만, 오직 자기 자신에 대해서만 설명할 수 있는 것이다.

두 세계

열 살 때 고향에서 라틴어 학교를 다니던 시절의 경험으로 이야기를 시작하려 한다.

그때의 추억들이 온갖 풍경과 향기로 진하게 밀려들어 마음을 슬픔과 기쁨의 전율로 뒤흔든다. 어두컴컴한 골목의 환한 집들, 교회 탑, 정각마다 울리는 종소리와 사람들의 얼굴들, 아늑하고 따뜻한 방, 유령이라도 나올 것 같은 비밀과 공포로 가득한 방들이 보인다. 따뜻하고 비좁은 방에서 나는 토끼 냄새, 하녀들의 체취, 집에서 약 달이는 냄새에 말린 과일 향도 난다. 그곳에 두 세계가 얽혀 있었다. 세계의 양쪽 끝에서부터 나온 밤과 낮이.

한 세계는 아버지의 집이었다. 정확히 말하면 훨씬 더 비좁아서 오직 부모님 두 분만 있었다. 나는 대체로 이 세계를 잘 알고 있었으니, '어머니와 아버지'라는 이름의 세계이자 사랑과 철칙, 교육과 모범의 세계였다. 은은한 광채, 투명함, 깨끗함이 있는 세계였다. 부드럽고 다정한 이야기들, 깨끗이 씻은 손, 깔끔한 옷, 예의범절이 깃들어 있었다. 아침에는 찬송가를 불렀고, 크리스마스에는 파티를 열었다. 이 세계에서 미래로 쭉 뻗은 곧은길 위에는 의무와 책임, 양심의 가책과 고해, 용서와 선한 결단, 사랑과 존경, 지혜와 성경 말씀이 있었다. 인생이 맑고 명확하며 아름답게 정돈되기를 바란다면 이 세계 안에 머물러야 한다.

한편 또 하나의 세계도 이미 거기에, 우리 집 한가운데에 있었다. 이것은 완전히 다른 세계였다. 냄새도 달랐고, 말투도 달랐고, 기대하고 요구하는 것도 완전히 달랐다. 두 번째 세계에는 하녀들과 행상들, 귀신 이야기와 추문들이 있었다. 섬뜩하고 요사스럽고 말도 안 되는 일들이 넘쳐났고, 도살장과 감옥, 주정뱅이들과 악쓰는 여자들, 새끼 밴 암소, 쓰러진 말, 강도, 살인, 자살 같은 일들이 있었다. 아름답지만 무시무시한, 거칠고 잔인한 모든 일들이 사방에서, 바로 내 이웃집과 옆 골목에서 수시로 일어났다. 경찰과 불량배들이 거리를 돌아다녔고, 주정뱅이들이 아내를 팼다. 저녁이면 젊은 여인들의 무리가 공장에서 쏟아져 나왔고, 노파들은 누군가를 병나게 하는 주술을 걸었다. 숲에 도적떼가 살았고, 방화범들은 경찰에게 잡혀갔다. 두 번째 세계는 강력해서 어디서나 넘쳐나고 악취를 풍겼다. 아버지와 어머니가 있는 우리 집만 빼고. 참으로 다행이었다. 우리 집에는 평화와 질서와 안정, 의무와 양심, 자비와 사랑이 있다니 얼마나 경이로운가. 또한 나머지 것들, 그러니까 소란스럽고 날카로운 비명과 어두운 폭력도 주변에 존재하지만, 거기서 한 걸음이면 어머니 품으로 도망칠 수 있다는 것 역시 얼마나 멋진 일인가.

정말 이상한 점은 두 세계의 경계가 서로 맞닿아 있다는 것, 두 세계가 너무나 가깝다는 사실이었다! 예를 들면 우리 집 가정부 리나는 저녁 기도 때 거실 문가에 앉아 깨끗이 씻은 두 손을 단정하게 매만진 앞치마 위에 올려놓고 맑은 목소리로 우리와 함께 찬송가를 불렀는데, 그럴 때 리나는 아버지와 어머니의 세계, 밝고 진실한 세계에 속했다. 하지만 부엌이나 헛간에서 내게 머리 없는 난쟁이 이야기를 들려주거나 푸줏간에서 이웃 여자들과 싸울 때면, 다른 세계의 사람이었고 비밀에 싸여 있었다. 그런데 사실은, 모두가 그랬고, 특히 내가 그랬다. 분명 나는 밝고 진실한 세계에 속했지만 (나는 내 부모님의 자식이었으니까!) 눈을 돌리고 귀를 기울이는 곳마다 다른 세계가 있었다. 나는 다른 세계에서, 양심의 가책과 불안감이 느껴지는 으스스한 세계에서 이미 살고 있었다. 심지어 가끔은 그런 금지된 세계야말로 내가 가장 살고 싶은 곳이라고 생각했다. 그래서 밝은 세계로 귀환하는 것이 지극히 당연하고 옳은데도 마치 덜 아름답고 덜 재밌는, 지루하고 무미건조한 세상으로 돌아가는 것 같았다. 물론 나는 내 인생의 목표가 우리 부모님처럼 밝고 맑고 우수하고 조화롭게 되는 것임을 잘 알았다. 하지만 거기까지 이르는 길은 너무 멀었다. 학교 생활을 조용히 견디며 공부해서 각종 시험을 치르고 통과해야 하는데, 그 길은 내내 또 다른 어두운 세계의 길과 붙어 있거나 한가운데를 관통하기 때문에 도중에 그쪽에 그냥 머물거나 익사해 버릴 수도 있었다. 탕아들은 바로 그렇게 된 자들의 이야기였고, 나는 그 이야기들에 빠져들었다. 거기서는 아버지에게 돌아가는 것, 선으로의 귀환이 가장 위대한 구원이었다. 나는 그것만이 옳고 선하고 바람직한 결말임을 완벽히 이해하면서도, 악행과 방탕이 나오는 부분에 더 사로잡혔다. 솔직히 말하면, 때론 탕아가 참회하고 다시 착한 아들로 돌아오는 결말이 불만이었다. 하지만 그런 말커녕 생각조차 한 적이 없었다. 그저 의식의 저변에서 막연히 가능성이나 예감을 느꼈다는 말이다. 종종 악마를 상상할 때면 변장으로 본래의 모습을 숨긴 채 길거리나 시장통이나 술집 어딘가에 있는 모습을 떠올렸지, 절대로 우리 집은 아니었다.

이런 생각들을 가진 나와 달리, 누나들은 밝은 세계에 완벽하게 속해 있었다. 내가 보기에 누나들은 나보다 훨씬 더, 본질적으로 아버지 어머니와 가까웠다. 나보다 더 착하고 도덕적이며 악한 점이 없었다. 물론 그녀들도 부족한 부분과 나쁜 버릇이 있었지만 심각하지 않았고, 무엇보다 어둠의 세계와 훨씬 더 가까이 있어서 악과 대면하는 것이 힘들고 괴로웠던 나와는 달랐다. 누나들은 부모님처럼 칭찬받고 존중받을 자격이 있었다. 누나들과 다퉜을 때, 시간이 흐른 뒤 양심적으로 되돌아보면 늘 내가 나빴기 때문에 용서를 빌어야 하는 것도 언제나 나였다. 누나들을 모욕하는 것은 부모님을, 선과 도덕을 모욕하는 일이었다. 내게는 누나들보다는 차라리 뒷골목 악질 불량배들과 나눌 수 있는 비밀들이 있었다. 양심에 거리끼는 일 없이 기분 좋은 날에는 누나들과 훌륭하고 품위 있게 같이 놀면서, 그 빛 속에 착하고 귀한 내 모습을 보며 뿌듯했다. 천사들이 이런 기분이겠지! 우리가 알던 것 중에 최고의 단계가 천사였다. 천사가 되어 성탄절의 밝은 음악과 향기에 둘러싸이는 것은 달콤하고 경이로운 행복이었다. 하지만 그런 날이 어찌나 드물던지! 나는 가끔 어린아이다운 좋은 놀이를 하다가도 못된 성질을 참지 못해 누나들에게 싸움을 걸었다. 그러다 머리끝까지 화가 치밀면 함부로 행동했고, 내가 생각하기에도 너무한 폭언들을 내뱉었다. 그런 후에는 초라하고 우울한 후회와 참회의 시간, 용서를 빌어야만 하는 고통스러운 순간이 왔다. 그래야 밝은 빛줄기, 갈등 없는 조용하고 고마운 행복이 짧게라도 돌아왔다.

나는 라틴어 학교에 다녔다. 시장의 아들과 삼림관

의 아들이 같은 반이어서 가끔 우리 집에 놀러 왔다. 둘 다 거칠긴 했지만 선하고 안정된 세계에 속한 아이들이었다. 그렇지만 나는 같은 반 친구들이 깔보는 공립 학교에 다니는 이웃 아이들과도 친하게 지냈다. 그 중 한 아이로부터 내 이야기가 시작된다.

열 번째 생일이 막 지났을 무렵이었다. 수업이 없는 어느 오후, 나는 집 근처를 두 친구와 배회하고 있었다. 그때 덩치 큰 아이가 다가왔다. 열세 살쯤 된, 힘세고 난폭한 공립 학교 남학생인 프란츠 크로머였다. 그 애의 아버지는 술주정뱅이 재단사로, 가족 모두 평판이 좋지 않았다. 나는 프란츠 크로머를 잘 알고 있었고, 무서워했다. 그래서 그 애가 우리들 사이로 불쑥 껴들자 꺼림칙했다. 그는 벌써 어른처럼 굴면서 젊은 직공들의 걸음걸이와 말투를 흉내 냈다. 그가 우리를 다리 옆의 강둑으로 데려가더니, 첫 번째 교각 아래의 눈에 띄지 않는 장소로 몰아넣었다. 아치형의 교각과 느린 물살 사이의 강변은 온통 쓰레기, 유리 조각, 녹슨 철사줄에 온갖 잡동사니들로 지저분했는데, 가끔 쓸 만한 물건도 있었다. 우리는 프란츠 크로머가 시키는 대로 그 주변을 샅샅이 뒤져 찾아낸 것을 보여야 했다. 그 애는 괜찮은 물건을 골라서 제 호주머니에 집어넣었고, 나머지는 강물에 던졌다. 크로머는 특히 납, 구리, 주석으로 된 물건이 있는지 잘 살피도록 했고 그런 것은 모두 자기 호주머니에 넣었다. 뿔로 된 낡은 빗도 챙겼다. 그 애와 함께 있는 내내 마음이 몹시 조마조마했다. 아버지가 알면 당장 만나지 말라고 혼날 게 뻔해서가 아니라, 프란츠 크로머가 무서워서였다. 그런데 한편으론 그 애가 나를 한패로 생각해 다른 아이들과 똑같이 대해 주는 것은 기뻤다. 그 애는 명령했고 우리는 복종했다. 마치 오래전부터 해오던 일처럼. 내가 그 애와 어울리는 일이 처음인데도 말이다.

마침내 우리는 땅바닥에 앉아 쉬었다. 크로머는 어른처럼 강물에다 잇새로 침을 뱉었는데, 원하는 곳 어디든 맞혔다. 크로머가 이야기를 시작하자 친구들은 우리 또래의 학생이 저지를 수 있는 온갖 허풍과 나쁜 짓들을 자랑삼아 떠들었다. 나는 말없이 있었는데, 그러다가 내 침묵이 크로머의 신경을 거스를까 봐 두려워졌다. 두 친구가 처음부터 크로머에게 붙었기 때문에 나는 그 무리에서 이방인이었다. 내 옷이나 태도가 그애들 눈에 거슬릴 수도 있었다. 라틴어 학교 학생에 좋은 집안의 도련님인 나를 프란츠 크로머가 좋아할 리 없었다. 두 녀석은 내가 골탕을 먹어도 틀림없이 못 본 체할 것이다.

그 두려움 때문에 나는 황당무계한 이야기를 시작했다. 대담한 도둑 이야기를 꾸며 냈는데, 그 영웅적인 도둑이 바로 나였다. 어느 날 밤 변두리 물방앗간 옆 과수원에서 친구와 함께 사과를 한 자루나 훔쳤는데, 그것도 흔한 사과가 아니라 라이네테와 골드파르메네 같은 최고급 사과였다고 거짓말을 했다. 순간의 위험을 모면하려고 거짓 이야기 속으로 들어간 것이다. 나는 거짓말을 곧잘 그럴듯하게 들리게 했다. 말이 끊기면 더 난처한 일이 생길까 봐 나는 온갖 기교를 부려서 이야기에 살을 붙였다. 한 명이 나무 위로 올라가 사과를 던지는 동안 다른 한 사람은 밑에서 망을 보며 자루에 담았고, 자루가 너무 무거워서 절반만 가져왔다가 삼십 분 후에 다시 가서 나머지를 마저 가져왔다고 말이다.

이야기를 다 끝냈을 때 나는 박수를 기대했다. 그만큼 내가 꾸며 낸 이야기에 스스로 도취했던 것이다. 둘은 아무래도 상관없다는 듯 무표정했는데, 크로머는 반쯤 뜬 실눈으로 나를 날카롭게 쏘아보면서 위협적으로 물었다.

"그 얘기, 진짜야?"

"당연하지."

"정말로 그런 짓을 했단 말이지?"

"그럼, 진짜로 있었던 일이야."

큰소리는 쳤지만 내심 불안해서 숨이 막힐 지경이었다.

"맹세할 수 있어?"

나는 깜짝 놀랐지만 그렇다고 말할 수밖에 없었다.

"그럼 맹세해! 신의 이름으로!"

결국 나는 외쳤다.

"신의 이름으로!"

"그렇단 말이지."

그러더니 크로머는 몸을 돌렸다.

이걸로 잘 마무리된 것 같아서, 나는 크로머가 조금 뒤 돌아가자고 말했을 때 기뻤다. 나는 다리 위로 올라오자 머뭇거리며 이제 집에 가야 한다고 말했다.

크로머는 웃었다.

"뭘 그렇게 서두르냐. 우린 집에 가는 길도 같잖아."

그 애가 어슬렁거리며 천천히 걸었다. 나는 감히 딴

길로 갈 엄두를 내지 못하고 따라갔다. 그는 정말로 우리 집 쪽으로 향했다. 저 멀리 우리 집의 대문과 묵직한 구리 손잡이, 햇빛이 반사된 창문, 어머니 방의 커튼이 보이자 나도 모르게 깊은 안도의 숨을 내쉬었다. 아, 집에 돌아왔구나! 밝고 평화로운 세계로 돌아올 수 있다는 건 얼마나 좋은 일인가!

재빨리 문을 열고 들어가 문을 닫으려는 찰나, 프란츠 크로머가 문을 밀치고 뒤따라 들어왔다. 햇빛이 들어오는 마당과 달리 빛이 들지 않아 서늘하고 침침한 타일 복도에서, 그가 내 팔을 붙잡고 나직이 말했다.

"야, 서둘지 말라니까."

나는 깜짝 놀라 그의 얼굴을 바라보았다. 내 팔을 잡은 손이 무쇠처럼 단단했다. 도대체 무슨 속셈인지, 날 괴롭히겠다는 건지, 지금 내가 소리를 지르면 어떻게 될지 등이 머릿속에 떠올랐다. 고함을 지르면 누군가 제때 달려 나와 나를 구해 줄까? 그러나 나는 체념했다.

"왜 그러는데?"

"별거 아냐. 잠깐 너한테 뭘 물어보려는 것뿐이야. 다른 사람들은 들을 필요 없는 걸 말이야."

"뭘 더 듣고 싶은데? 난 들어가 봐야 해."

"너도 알고 있지, 물방앗간 옆 과수원이 누구네 건지?"

"아니, 몰라. 물방앗간집 주인 거겠지."

크로머가 한 팔을 내 어깨에 두르더니 내 몸을 자신에게로 바싹 끌어당겼다. 그 애의 얼굴이 바로 코앞까지 다가와 있었다. 심술궂은 두 눈과 음흉한 웃음을 띤 얼굴에 잔인한 기운이 넘쳤다.

"그래? 그럼, 그 과수원이 누구네 것인지 내가 말해 주지. 난 그 집이 사과를 도둑맞았다는 걸 오래전부터 알았어. 게다가 주인이 훔쳐 간 사람을 말해 주는 사람한테 2마르크를 주겠다고 했던 것도 알고 있지."

"오, 맙소사! 설마 주인에게 말하겠다는 건 아니겠지?"

나는 비명을 질렀다. 하지만 그 애의 양심에 호소하는 건 아무 소용이 없었다. 그는 다른 세계에 살았고, 배신 따위에 죄책감을 느끼지 않았다. 이런 일에 다른 세계의 사람들은 우리들과 완전히 다르다는 것을 뼈저리게 느꼈다. 크로머는 웃었다.

"말하겠다는 건 아니겠지? 이봐, 넌 내가 2마르크를 만들어 낼 수 있는 화폐 위조범이라도 되는 줄 아는 거야? 난 가난뱅이에, 너처럼 부자 아버지도 없어. 그러니 2마르크를 벌 기회를 놓칠 수야 있나. 어쩌면 그 주인이 조금 더 줄지도 모르는데."

그러더니 갑자기 나를 놓아주었다. 우리 집 현관에서 더 이상 평화와 안전의 향기가 나지 않았다. 나를 감싸던 세계가 무너졌다. 그 애가 주인에게 내가 도둑이라고 일러바치겠지. 아버지께도 말할 테고, 경찰이 날 잡으러 올지도 모르지. 모든 혼돈과 공포가 나를 덮쳤다. 세상에 존재하는 갖가지 위험들이 나에게 덤벼들었다. 내가 도둑질을 하지 않았다는 사실은 전혀 중요하지 않았다. 내가 맹세를 하지 않았던가! 아, 이럴 수가, 신이시여!

눈물이 핑 돌았다. 그 애에게 돈을 주고 벗어나야겠다는 절박한 마음에서, 모든 호주머니를 샅샅이 뒤졌다. 사과 하나, 칼 한 자루도 없었다. 그때 문득 시계가 떠올랐다. 낡은 은시계. 할머니가 고장 난 채로 물려주셨는데, 나는 그냥 그대로 차고 다녔다. 그 시계를 재빨리 꺼냈다.

"크로머, 제발 나를 고발하지 말아 줘. 그건 너한테도 좋을 게 없어. 내 시계를 줄게. 자, 좀 봐. 정말 가진 게 없어서 그래. 이 시계를 가져, 은으로 된 거야. 내부 장치도 고급이고. 좀 고장 나긴 했지만."

그는 웃으며 시계를 큰 손안에 받아 쥐었다. 나는 그 손에서 엄청난 폭력성을, 깊은 적개심을, 내 삶과 평화를 파괴하려는 악의를 실감했다. 몸이 덜덜 떨렸다.

"그거 은시계야."

"고물 은시계가 무슨 소용이야. 너나 고쳐서 써."

경멸로 가득 찬 말투였다.

"하지만 크로머!"

나는 그 애가 휙 가 버릴까 봐 두려움에 떨며 소리쳤다.

"잠깐만 기다려. 이 시계를 받아! 정말 은이야, 은! 진짜야! 난 정말 이것 말고는 가진 게 없어."

그가 나를 싸늘하게 바라보았다.

"내가 누구에게 가려는지 알긴 아네. 경찰에게 말할 수도 있어. 난 순경들을 잘 알거든."

그가 휙 몸을 돌렸다. 나는 그 애의 소매를 붙잡았다. 이대로 보낼 순 없었다. 그 애가 이대로 가 버릴 경우 일어날 온갖 일을 겪느니 차라리 죽어 버리는 편이 훨씬 낫다. 나는 초조한 나머지 쉰 목소리로 애걸했다.

"크로머, 바보 같은 짓 하지 마! 농담하는 거지?"

"물론 농담이야, 하지만 넌 비싼 대가를 치러야 할 걸."

"크로머, 내가 어떻게 하면 될까? 말해 줘. 뭐든 할게."

그는 눈을 내리깐 채 나를 아래위로 훑어보더니, 다시 웃으며 선심이라도 쓴다는 태도로 말했다.

"그렇게 멍청하게 굴지 마! 너도 나처럼 훤히 잘 알잖아. 자, 나는 2마르크를 벌 수 있고, 그걸 쉽게 포기할 만큼 부자가 아니야. 너도 알다시피 말이지. 하지만 넌 부자야, 시계도 있잖아. 그러니 네가 내게 2마르크만 주면 돼. 그러면 끝이지."

말뜻은 잘 이해가 됐다. 그러나 2마르크라니! 그건 나에게 10마르크나 100마르크, 1000마르크와 마찬가지로 손에 넣을 수 없는 큰돈이었다. 나는 돈이 없었다. 어머니에게 맡겨 놓은 작은 저금통이 있지만, 삼촌이 오셨다거나 할 때 받은 10페니히*짜리와 5페니히짜리 동전 몇 개가 들어 있을 뿐이었다. 그것 말고는 아무것도 없었다. 나는 아직 용돈도 받지 않는 어린 나이였다. 나는 애원하는 수밖에 없었다.

---

* 100페니히가 1마르크다.

"정말 돈은 한 푼도 없어. 다른 물건이라면 얼마든지 줄게. 내 인디언 책과 병정들과 나침반을 가져."

크로머는 잠시 입술을 심술궂게 씰룩거리다 바닥에 침을 탁 뱉었다.

"헛소리 집어치워!"

완전히 명령조였다.

"내게 고물 잡동사니나 주겠다고? 나침반이라고! 날 더 이상 화나게 만들지 말고 돈을 가져와!"

"하지만 정말 돈이 없는 걸. 나는 용돈을 받지 않아. 정말 어쩔 수 없단 말이야."

"내일까지 시간을 줄 테니까, 내게 2마르크를 가져와. 학교가 끝나고 저 아래 시장에서 기다리지. 그러면 끝나. 하지만 돈을 안 가져오면, 그땐 알지?"

"그렇지만 어디서 그런 돈을 가져오란 말이야? 아, 어쩌지, 난 돈이 없는데."

"너희 집에 많잖아. 그다음은 네가 알아서 할 일이야. 그럼 내일 학교 끝나고 보자. 돈을 안 가져오면…… 알지?"

그 애는 무서운 눈빛으로 나를 쏘아보고, 침을 한 번 더 뱉고는 그림자처럼 사라졌다.

나는 계단을 올라갈 수가 없었다. 내 삶이 산산조각이 나 버렸다. 이대로 도망쳐 다시는 돌아오지 않거나 물에 빠져 죽어 버릴까도 생각했다. 하지만 그것들을 실행할 확신이 서지 않았다. 어둠 속 현관 맨 아래 계단에 웅크리고 앉아 불행에 내 몸을 맡기고 있을 뿐이었다. 장작을 가지러 광주리를 들고 내려오던 리나가 우는 나를 보았다.

나는 리나에게 아무 말도 하지 말아 달라고 부탁하고 이 층 방으로 올라갔다. 유리문 옆 옷걸이에 아버지의 모자와 어머니의 양산이 걸려 있었다. 부모님의 물건들을 보니 우리 집의 분위기와 애정이 나에게 밀려들었다. 내 마음은 세상 모든 것에서 버림받은 방탕아가 그립던 고향의 제 방에 돌아와 그 향기를 맡을 때처럼 애틋함과 감사함으로 가득 찼다. 그러나 그 모든 것은 이제 내 것이 아니었다. 그것들은 아버지와 어머니의 밝은 세계에 있고, 나는 죄를 한껏 짊어진 채 낯선 홍수에 휩쓸려 가라앉고 있었다. 모험과 죄악에 얽혀든 나를 기다리는 것은 적의 협박과 위협, 공포와 치욕뿐이었다. 모자와 양산, 오래된 고급 사암이 깔린 마루 바닥, 마루 장식장 위에 걸린 커다란 그림, 안방에서 들려오는 누나의 목소리, 그 모든 것이 그 어느 때보다 더 사랑스럽고 소중했다. 그러나 더 이상 내 것이 아니었다. 내게 위로가 아니라, 오로지 질책일 뿐이었다. 나는 그 밝고 고요한 세계에 끼어들 수가 없었다. 나는 내 구두에 더러움을 묻혀 왔다. 발깔개에 문질러도 지워지지 않는 더러운 발. 나는 우리 집의 세계에 전혀 알 수 없는 그림자를 몰고 왔다. 지금까지 수많은 비밀과 불안을 가졌다 해도 오늘 내가 가져온 것에 비하면 모두 장난이나 웃음거리에 지나지 않았다. 운명이 뒤쫓아 와 내게 손을 뻗쳤다. 운명의 손아귀에서 어머니도 나를 구할 수 없고, 어머니가 내가 처한 상황을 알아서도 안 되었다. 내 죄가 도둑질이든 거짓말이든 (나는 신의 이름을 걸어 거짓 맹세를 하지 않았던가?) 마찬가지였다. 나의 죄는 내가 악마에게 손을 내밀었다는 그 사실 자체였다. 그 애를 왜 따라갔을까? 왜 아버지 말에 순종하는 것보다 더 크로머를 따랐을까? 왜 그따위 도둑질 이야기를 억지로 꾸며 내고 영웅이 된 것마냥 으스댔을까? 악마가 나를 꽉 움켜쥐었다. 적이 등 뒤까지 바짝 쫓아 왔다.

한순간 '나는 내일 어떻게 될까' 하는 걱정보다, 내

앞길이 점점 내리막이다가 끝내 암흑으로 빠질 거라는 끔찍한 확신에 몸이 떨렸다. 나는 절실히 느꼈다. 이번 잘못이 자꾸 다른 잘못으로 이어질 거라고. 그래서 누나들과 다정히 지내고 부모님께 인사하고 입맞춤하는 모든 것은 거짓이 되고, 나는 나만 아는 은밀한 거짓 속에서 살게 될 거라고.

아버지의 모자를 보는 순간, 잠깐 어떤 믿음과 희망의 빛이 번쩍했다. 아버지에게 다 말하고 아버지의 처분에 따라 벌을 받으면, 아버지가 내 비밀의 공유자이자 구원자가 되어 주지 않을까. 그것은 여태껏 해왔던 '반성'과 다를 바 없겠지. 힘들고 가슴 아픈 시간, 후회에 사무쳐 용서를 비는 시간에 불과하겠지.

이런 생각이 얼마나 달콤하게 느껴지던지! 어찌나 아름다운 유혹이던지! 그러나 무슨 소용인가. 어차피 나는 그렇게 하지 못할 텐데. 나는 지금의 비밀, 이 죄악은 온전히 홀로 감내해야 하는 것임을 직감했다. 나는 지금 갈림길에 서 있는 것이다. 아마도 나는 이 순간부터 영원히 악당들 사이에 속해서, 그들과 비밀을 나누고, 그들을 의지하며, 그들과 똑같아지겠지. 나는 잠시 어른인 척, 영웅인 척했으니 그 대가를 호되게 치러야 했다.

방에 들어갔을 때 내 젖은 신발이 아버지의 시선을 끈 건 차라리 다행이었다. 아버지는 그것만 꾸짖느라 지금 내가 어떤 나쁜 상황에 빠져 있는지 알아채지 못했다. 나는 아버지의 꾸지람을 묵묵히 들으며 속으로 더 심각한 범죄 행위들을 떠올렸다. 그 순간 마음속에 새롭고 묘한 감정의 불꽃이 튀었다. 깊숙이 찔렸지만 기분 좋은 쾌감이었다. 내가 아버지보다 우월하구나! 잠깐 동안, 그의 무지가 경멸스러웠다. 젖은 신발 따위나 야단치는 그가 한심하기 짝이 없었다. "당신은 아무것도 몰라!" 나는 살인죄를 저질렀는데 조그만 빵 한 덩이를 훔쳤다고 심문받는 범죄자처럼 거기 서서, 저 말을 속으로 크게 외쳤다. 추악하고 꺼림칙한 감정이었다. 하지만 동시에 엄청나게 강력하고 깊게 끌려서, 다른 어떤 생각보다도 더 단단하게 나를 내 비밀과 죄에 결박시키는 족쇄였다. 지금쯤 크로머가 경찰에 나를 신고했을지도 모르는데, 뇌우가 잔뜩 내 머리 위로 몰려오고 있는데, 가족들은 여전히 나를 애 취급하고 있었다.

이제까지의 체험들 중 가장 중요하고 영원할 순간이

었다. 아버지의 권위가 최초로 찢긴 자국이니까. 유년기를 지탱하는, 하지만 자기 자신이 되려면 반드시 무너뜨려야만 하는 기둥들에 생긴 최초의 균열이니까. 운명의 핵심적인 길은 이런 보이지 않는 체험들이 그려 간다. 찢김과 균열은 계속 생긴다. 아물고 잊혀진다지만, 마음속 가장 후미진 은밀한 곳에서는 여전히 피 흘리며 살아가게 된다.

나는 즉시 그 새로운 느낌에 겁 먹어서, 아버지 앞에 엎드려 발에 입 맞추며 용서를 빌고 싶었다. 그러나 본질적인 것은 사죄할 수 없다. 어린아이도 그 정도는 어떤 현자 못지않게 잘 느낀다.

나는 내 문제를 잘 생각해 보고 내일의 난관을 빠져나갈 방법을 모색해야 한다고 느꼈지만, 그럴 시간이 없었다. 저녁 내내 달라져 버린 집안 분위기에 익숙해지느라 바빴다. 벽시계와 책장, 성경과 거울, 책꽂이와 벽의 그림들까지 내게 작별을 고했다. 나는 내 세계, 선하고 행복하고 근심 없는 삶이 과거가 되어 내게서 멀어져 가는 것을 얼어붙은 마음으로 바라볼 수밖에 없었다. 그리고 내가 바깥 세계, 어둡고 이질적인 세계에 붙들려서 새로운 뿌리를 내려가고 있음을 느꼈다. 나는 난생 처음 죽음을 맛보았다. 쓰디쓴 맛이었다. 죽음은 탄생이자, 두려운 새 삶에 대한 불안과 걱정이기 때문이다.

나는 마침내 침대에 누웠을 때 기뻤다! 바로 직전에, 최후의 죄를 사하는 연옥 불처럼 내 위에 쏟아지는 저녁 기도를 견뎠던 것이다. 가족들이 내가 제일 좋아하는 찬송가 하나를 불렀는데 난 차마 따라 부를 수가 없었다. 음 하나하나가 나에게는 쓸개즙이자 독이었다. 아버지가 축복 기도를 할 때도 함께 기도할 수 없었고, 아버지가 '우리와 함께하소서!' 하고 기도를 끝냈을 때는 극심한 마음의 경련이 나를 단란한 가족의 테두리에서 떨어뜨렸다. 나는 몹시 지쳐서 떨며 그 자리를 떠났다.

침대 속에서 따뜻함과 안정감이 부드럽게 나를 감쌌지만, 이내 다시 불안해졌고 지나가 버린 일에 대한 두려움으로 떨렸다. 어머니가 여느 때처럼 와서 내게 잘 자라는 인사를 해 주었다. 방 안에 어머니 발소리의 여운이 아직 남아 있고, 어머니가 든 촛불의 빛이 문 틈새로 들어왔다. 어머니가 다시 한 번 내게 와 준다면 느끼실 텐데…… 다정하게 입 맞추고, 너그럽게 희망을 주면서 무슨 일이냐고 물으시면…… 나는 울 것이고, 목구멍에 걸려 있는 돌덩이가 녹아 버리겠지. 어머니의 품에 안겨 용서를 빌면 모든 것이 다 해결되고 나는 구원 받을 거야! 문 틈새의 촛불 빛이 사라져 버린 후에도 나는 한동안 귀를 기울이며 그렇게 되기를, 그래야만 한다고 간절히 소망했다.

나는 다시 낮의 일을 떠올렸고 적의 눈을 응시했다. 그가 또렷이 보였다. 그는 실눈을 뜨고 야비하게 웃었다. 그를 바라보고 있을수록 이젠 도무지 피할 길이 없다는 절망감이 커졌고, 그의 얼굴이 점점 더 크고 악마처럼 변해서 잠들 때까지 나를 괴롭혔다. 그런데 그날 밤 꿈에 크로머는 없었다. 그저 휴일의 평화와 환희에 둘러싸인 부모님과 누나들, 그리고 내가 한 배를 타고 있었다. 한밤중에 잠에서 깨자 그 행복의 뒷맛이 느껴지고, 누나들의 흰 여름옷이 햇빛에 반짝이던 모습이 눈에 선했다. 그러다 나는 천상의 낙원에서 한순간 현실로 굴러떨어져 다시 사악한 적의 눈과 마주 섰다.

다음 날 아침, 어머니가 왜 늦게까지 잠자리에 누워 있느냐고 소리쳤을 때 나는 안색이 창백했고, 어머니가 어디 아프냐고 묻자마자 토하고 말았다.

덕분에 나는 얼마간 좀 괜찮았다. 나는 몸이 살짝 안 좋은 날을 좋아했다. 그런 날이면 오전 늦게까지 침대에서 캐모마일차를 마시며, 어머니가 옆방을 청소하고 리나가 바깥 복도에서 푸줏간 주인과 흥정하는 소리를 들을 수 있었기 때문이다. 학교에 가지 않는 오전은 동화처럼 환상적이었다. 방 안에서 춤추는 햇빛은, 학교의 초록 커튼에 가린 그런 햇살이 아니었다. 그러나 오늘은 그런 것도 흥미롭지 않았다. 뭔가가 어긋나 있었다.

아, 차라리 죽어 버렸으면! 그러나 난 평소처럼 몸이 조금 안 좋을 뿐이었다. 이 정도로는 소용없었다. 학교를 빠질 좋은 핑곗거리는 되지만, 11시에 시장에서 나를 기다리고 있을 프란츠 크로머는 막아 주지 못했다. 어머니의 친절한 간호도 오히려 귀찮았다. 다시 잠든 척하고서 궁리해 봐도 뾰족한 수가 없었다. 11시에 시장에 가 있는 수밖에. 그래서 나는 10시쯤 조용히 자리에서 일어나서 몸이 좋아진 것 같다고 말했다. 어머니는 그저 예전처럼, 더 자리에 누워 있든지 학교에 가든지 하라고 했다. 나는 기꺼이 학교에 가겠다고 했다. 계획을 하나 세웠던 것이다.

돈 한 푼 없이 크로머에게 갈 수는 없다. 내 작은 저금통을 손에 넣어야 한다. 물론 그 돈으로 충분치 않다. 크로머를 달래기에는 어림도 없다. 하지만 빈털터리로 가는 것보다는 나으리라. 나는 본능적으로 그렇게 느꼈다.

양말 바람으로 살그머니 어머니 방에 들어가 책상에서 내 저금통을 꺼내며 기분이 아주 나빴다. 어제 크로머와의 일에 비하면 훨씬 덜했는데도, 심장이 하도 거칠게 뛰어서 숨이 막힐 뻔했다. 아래층에 내려와서 잠긴 저금통을 볼 때까지도 두근거림이 멈추지 않았다. 저금통을 뜯는 일이야 아주 쉬웠다. 얇은 양철 막대 하나를 두 동강으로 부수기만 하면 되니까. 그런데 저금통을 부술 때 내 마음도 찢어졌다. 내가 도둑질을 한 것이다! 그때까지 내가 했던 나쁜 짓이라곤 사탕이나 과일 같은 간식을 몰래 꺼내 먹은 정도였는데, 이번에는 진짜로 도둑질을 했지 않은가. 비록 내 저금통이긴 해도 말이다. 내가 크로머와 그의 세계에 한발 더 들어섰음을 절감했다. 아무리 저항해도 계속 타락의 구렁텅이로 굴러떨어지겠구나. 한편으론 강경한 마음도 들었다. 악마가 날 데려갈 테면 데려가라지! 이젠 돌이킬 수도 없으니까! 조마조마한 마음으로 돈을 세었다. 동전이 저금통 안에 가득했었는데 막상 손 안에 쥐고 보니 초라할 정도로 적었다. 65페니히였다. 나는 아래층 마루 밑에 저금통을 감추고 돈을 꽉 쥔 채 집을 나섰다. 지금까지 현관을 지나던 때와는 다른 기분이었다. 누군가 2층에서 나를 부를 것만 같아서 얼른 도망쳐 나왔다.

아직 10분쯤 여유가 있었다. 나는 일부러 지름길을 피해서 멀리 둘러서 가는 길로 들어섰다. 잔뜩 흐린 하늘 아래의 마을이 영 낯설어 보였다. 집들과 사람들이 다 나를 의심의 눈초리로 바라보는 것 같았다. 그러다가 문득 언젠가 학교 친구 하나가 가축 시장에서 1탈러*를 주웠던 것이 떠올랐다. 당장 무릎을 꿇고 신에게 내게도 그런 행운을 달라고 기도하고 싶었다. 하지만 나는 이미 기도할 자격을 잃었다. 그리고 만약 그런 행운을 얻는대도, 저금통 부순 일까지 바로잡을 수는 없는 것이다.

멀리서 프란츠 크로머가 나를 알아보았다. 하지만 그저 무심하게 천천히 걸어왔다. 가까이 왔을 때 명령하듯 따라오라는 눈짓만 하더니, 한 번도 뒤돌아보지

* 독일의 옛 화폐 단위다.

않고 계속 걸어갔다. 슈트로 거리를 따라 내려가 좁은 다리 하나를 건너, 작은 골목 끝의 공사 중인 집 앞에 멈춰 섰다. 공사가 중단되었는지 인부들은 보이지 않았고, 문도 창문도 없이 벽만 덩그러니 서 있었다. 크로머가 주위를 살핀 후 안으로 들어갔고 나도 그 뒤를 따라갔다. 그가 벽 뒤로 돌아가서 나에게 오라고 신호했고, 다가갔더니 손을 내밀었다.

"갖고 왔어?"

싸늘한 말투였다. 나는 주머니에서 움켜쥐고 있던 돈을 빼서 그 애의 손바닥에 떨어뜨렸다. 마지막 5페니히짜리 동전의 찰랑거리는 소리가 그치기도 전에 그 애는 그 돈이 얼마인지 알았다.

"65페니히뿐이야?"

그가 나를 쳐다보았다. 나는 겁에 질려 대답했다.

"응. 이게 내가 가진 전부야. 너무 부족하다는 건 나도 잘 아는데, 어쩔 수가 없었어. 이젠 정말 한 푼도 없는걸."

"꽤 똑똑한 녀석인 줄 알았는데."

그는 온화하기까지 한 말투로 나를 비난했다.

"명예를 아는 남자라면 규칙을 지켜야지. 내가 결코

네게 부당한 걸 요구하는 게 아니잖아, 안 그래? 그런 니켈 따위는 저리 치워. 그 자는, 그래, 네가 아는 바로 그 사람은 값을 깎지 않을 거야. 그는 제값을 주겠지."

"하지만 난 이것뿐이야. 더는 없어! 이게 내가 저금한 전부야."

"그건 네 사정이지. 뭐, 널 괴롭히려는 건 아냐. 넌 나한테 아직 1마르크 35페니히를 빚진 거야. 언제 갚을 거지?"

"크로머! 그래, 꼭 줄게. 내일이나 모레, 어쩌면 곧 더 많이 생길지도 몰라. 내가 이걸 아버지한테 말할 수 없다는 건 너도 알잖아."

"그것도 나와는 상관없지. 널 괴롭힐 생각은 없다니까. 너도 알겠지, 내가 마음만 먹었으면 오늘 오전 중에 내 돈을 받았을 거라는 거. 난 가난하잖아. 넌 나보다 훨씬 비싼 옷을 입고 훨씬 맛있는 점심을 먹었겠지. 그렇지만 아무 말 않을게. 조금만 더 기다려 주지. 모레까지 휘파람을 불면 정확히 가져와! 내 휘파람 소리 알지?"

그 애는 내 앞에서 휘파람을 불었다. 들어 본 소리였다. 나는 대답했다.

"응, 알고 있어."

그는 마치 날 모르는 사람인 것처럼 휙 가버렸다. 우리 둘 사이에 거래가 있었을 뿐이다. 아무 일도 없었다.

크로머의 휘파람 소리가 지금 갑자기 들린다면 아마 나는 얼어붙을 것이다. 사실 지금까지도 그 휘파람 소리가 들린다. 항상 들리는 것 같다. 어디에 있든, 무슨 생각을 하든, 일하든 놀든 그 휘파람 소리가 나를 뚫고 들어와 따라다니며 구속했다. 끝내는 그것이 나의 운명이 되어 버렸다. 온화하고 풍요로운 가을 오후에 나는 특별히 아끼던 화단에 나와 서 있곤 했다. 그때 갑자기 어린 시절에 즐겨 했던 놀이를 다시 해보고 싶은 충동이 일었다. 말하자면 어리고, 여전히 착하고 자유롭고, 죄 없이 보호받던 소년의 역할을 말이다. 그러나 그럴 때마다 예상하고 있었어도 매번 소스라치게 놀라게 되는 크로머의 휘파람 소리가 어디선가 들려와 내 마음의 줄을 탁 끊고, 어린 시절 추억과 상상들을 산산조각 냈다. 또다시 협박자의 뒤를 따라가야 했다. 정원을 나와서 사악하고 추한 곳으로 가서, 그 애에게 계속 변명하고 돈을 재촉당해야 했다. 그런 모든 일이 몇 주일쯤 계속되었는데, 내게는 수년, 아니 영원처럼 느껴졌다. 내게 돈이 생길 리 없으니, 리나가 부엌 식탁 위에 놓아둔 장바구니에서 5페니히, 10페니히씩 훔쳤다. 크로머는 번번이 내게 욕을 하고 경멸을 퍼부었다. 내가 자신을 속이고, 자신의 정당한 몫을 가져오지 않는다는 것이다. 나더러 자신의 몫을 훔치고 자신을 불행하게 만드는 원흉이라고 했다. 살면서 이때처럼 고통스러운 적도, 더 큰 절망과 더 큰 굴욕을 느껴 본 적도 없었다.

저금통은 장난감 돈으로 채워서 제자리에 가져다 두었다. 아무도 그 저금통에 관심을 갖지 않았지만, 나 혼자 언제 들킬지 몰라 늘 전전긍긍했다. 어머니가 조용히 다가오면 혹시나 저금통에 대해 물어볼까 봐 크로머의 휘파람 소리가 들릴 때보다 더욱 두려움에 떨었다.

대체로 내가 돈을 하나도 구하지 못한 상태로 악마에게 갔기 때문에, 그는 다른 방법으로 나를 괴롭히고 이용하기 시작했다. 나는 그를 위해 일했다. 그 애는 자기 아버지의 심부름을 내게 대신 시켰다. 십 분 동안 외발뛰기를 하라거나 행인의 윗옷에 쪽지를 붙이고 오게도 시켰다. 나는 꿈에서도 이런 고통을 당하는 악몽에 시달리며 식은땀을 흘렸다.

결국 나는 아팠다. 자주 토하고 오한이 났으며, 밤에는 식은땀이 흐르고 열이 올랐다. 어머니는 뭔가 잘못되었음을 알아차리고 나를 더 정성껏 돌봤는데, 그것이 나를 더 괴롭게 했다. 어머니의 신뢰에 보답할 수 없었기 때문이다.

어느 날 저녁, 내가 일찌감치 잠자리에 들었을 때 어머니가 초콜릿을 하나 가져왔다. 착하게 하루를 잘 보내면 저녁에 상으로 초콜릿을 받았던 어린 시절이 떠올랐다. 어머니가 지금 여기 서서 내게 초콜릿 한 조각을 내밀고 있었다. 나는 마음이 미어져서 그저 고개만 가로저었다. 어머니가 어디가 아프냐고 물으며 내 머리를 쓰다듬었다. 나는 이렇게 소리칠 수밖에 없었다.

"아니, 아니야! 아무것도 먹고 싶지 않아요."

어머니는 초콜릿을 내 침대 머리맡에 놓고 나갔다. 이튿날 아침 어머니가 지난 밤의 행동에 대해 이야기를 꺼내자 나는 기억나지 않는 척했다. 어머니는 의사를 불렀고, 의사는 나를 진찰하고는 아침마다 냉수욕을 하라고 처방했다.

그 시절의 나는 일종의 정신착란 상태였다. 우리 집의 정돈된 평화 가운데서 나는 겁먹고 고통받으며 유령처럼 지냈다. 다른 사람과 함께 생활할 수도 없었고, 잠깐이라도 내 자신을 잊고 지내지도 못했다. 아버지는 자주 화를 내며 이유를 물었지만, 나는 차갑게 마음을 닫았다.

카인

구원은 전혀 상상하지 못했던 방향에서 왔다. 그리고 동시에 무언가 새로운 것이 내 삶 속으로 들어왔는데, 그것은 지금까지도 나에게 영향을 미치고 있다.

얼마 전 라틴어 학교에 전학생이 왔다. 우리 도시로 이사 온 부유한 미망인의 아들로, 상장喪章을 달고 다녔다. 그는 나보다 나이도 많고 한 학년 높았지만, 모든 학생이 그랬던 것처럼 나 역시 그에게 관심이 갔다. 이 이상한 학생은 나이보다 훨씬 성숙하고 어른스러웠다. 누구에게도 소년처럼 보이지 않았다. 우리 유치한 어린 소년들 사이에서 그는 어른처럼 뭔가 다르게, 신사처럼 행동했기 때문에 인기 있는 편은 아니었다. 놀이에 끼지 않았고 싸움은 더더욱 한 적이 없었다. 아이들은 단지 선생님에게 맞서는 그의 어른스럽고 단호한 음성을 마음에 들어 했다. 그의 이름은 막스 데미안이었다.

우리 학교는 가끔 합반을 했는데, 그날도 무슨 이유에선지 교실이 넓은 우리 반에 다른 반이 함께 수업을 하러 왔다. 그게 데미안의 반이었다. 하급생인 우리 반은 성경 이야기 시간이었고, 상급생들은 작문을 연습했다. 카인과 아벨의 이야기를 배우는 동안 나는 자주 데미안의 얼굴을 쳐다보았다. 그의 얼굴은 묘하게 나를 매료시켰다. 총명하고 환하고 비범해 보이는 얼굴이 성실하게 작문 과제에 몰두하고 있었는데, 그는 전혀 과제를 하는 학생처럼 보이지 않고 자신만의 문제를 연구하는 학자 같았다. 호감이 가는 건 아니었다. 오히려 나는 그에게 거부감을 느꼈다. 지나치게 우월하고 침착해 보이고, 태도가 도전적으로 느껴질 만큼 자신만만했던 것이다. 눈은 (아이들이 결코 좋아하지 않는) 어른의 표정을 띠었으니, 희미한 슬픔이 어린 냉소가 엿보였다. 하지만 호감이었든 반감이었든 나는 어쩐지 그에게서 눈을 뗄 수가 없었다. 그렇지만 그가 갑자기 내 쪽을 바라보자 깜짝 놀라 고개를 돌렸다. 당시 그가 어떤 학생이었는지 되새겨 보면, 다른 학생들과 모든 면에서 달랐다고 말할 수 있다. 자신만의 색채와 개성이 또렷해서 남의 이목을 끌지 않으려고 애를 써도 눈에 띄었다. 마치 농부의 아이들 사이에서 그들처럼 보이려고 변장한 왕자 같았다.

학교가 끝나고 집으로 가는 길에 그가 내 뒤쪽에서 걸어왔다. 다른 아이들이 차츰 흩어지자 그가 내 곁에 다가와 인사를 했다. 인사하는 태도마저, 또래 학생들의 것을 흉내내려고 했어도, 참으로 어른스럽고 공손했다.

"우리 잠깐 같이 걸을까?"

그의 다정한 물음에 나는 기분 좋게 고개를 끄덕였다. 그러고는 우리 집이 어디인지 자세히 말해 주었다.

"아, 거기? 그 집이라면 벌써 알고 있지. 현관문 위의 독특한 장식물이 흥미로웠거든."

그가 미소 지었다. 나는 그가 말하는 게 무엇인지 금방 알아듣지 못했다. 그가 우리 집에 대해 나보다 더 잘 알고 있어서 놀랐을 뿐이다. 아마도 현관 아치의 쐐기돌에 새겨진 문장紋章을 말하는 모양인데, 너무 오래

되고 닳아서 여러 번 덧칠을 했기 때문에 거의 알아보기가 힘들었다. 내가 아는 한 그 문장은 우리 가문과는 아무런 관련이 없었다.

나는 수줍게 말했다.

"난 그것에 대해서 아는 게 없어. 아마 새나 그 비슷한 무늬일 거야. 아주 오래되서 알아보기 힘들어. 우리 집이 예전에 수도원 건물의 일부였대."

그가 고개를 끄덕였다.

"그럴 수도 있겠네. 한번 잘 살펴봐. 그런 것들은 아주 흥미롭거든. 내가 보기에는 매 같았어."

그가 계속 나와 함께 걸었다. 나는 속으로 몹시 당황하고 있었다. 데미안이 갑자기 재미난 생각이라도 떠오른 듯이 웃더니, 활기찬 목소리로 이야기했다.

"조금 전 수업 시간에 내가 너희 반에 있었잖아. 이마에 표식을 단 카인의 이야기를 배우는 것 같던데, 그렇지? 그 이야기 재미있었니?"

물론 아니었다. 우리가 배워야 했던 과목을 통틀어 무엇 하나 내 마음에 드는 게 없었다. 하지만 그렇다고 솔직하게 대답할 수는 없었다. 마치 어른과 말하는 기분이었기 때문이다. 그래서 나는 그 이야기가 마음에 들었다고 말했다.

데미안이 친근하게 내 어깨를 두드렸다.

"내게는 거짓말할 필요 없어. 하지만 사실 카인 이야기는 독특하지. 수업 시간에 배우는 다른 이야기들보다 훨씬 독특해. 너희 선생님은 그런 점은 별로 언급하지 않고, 그저 신과 죄에 관한 뻔한 이야기만 하시더라. 내 생각에는 말이야…… 그런데 너 이 이야기에 관심 있니?"

그는 말을 멈추고 미소를 짓더니, 계속 말을 이었다.

"내 생각에는 말이야, 카인 이야기는 완전히 다르게 볼 수도 있어. 물론 우리가 배우는 대부분의 것들이 옳고 맞는 이야기들이겠지만, 한편으론 그 모두를 선생님들의 가르침과는 다른 관점에서 바라볼 수도 있는 거야. 대개는 그래야 더 잘 이해되거든. 예를 들어 카인 이마의 표식은 선생님의 설명만으로는 충분치가 않아, 안 그래? 싸우다가 제 형제를 때려죽일 수는 있어. 그래 놓고 나중에 완전히 겁먹어서 뉘우칠 수도 있겠지. 하지만 그가 그렇게 비겁하니까 특별한 표시를 해주고, 그 표시가 그를 보호하고 다른 모든 사람을 겁주어 쫓아버리게 했다니, 뭔가 이상하지 않니?"

"그래, 그렇네."

흥미로웠다. 내 마음이 그 문제에 빠져들기 시작했다.

"그렇지만 그걸 어떻게 다르게 볼 수 있다는 거야?"

그가 내 어깨를 쳤다.

"아주 간단해! 애초에 이 이야기의 시작점은 표시야. 어떤 사람이 얼굴에 남들을 두렵게 만드는 표시를 가졌다는 거지. 누구도 감히 그를 건드리지 못해. 그가 사람들을 압도하고 그 자손들도 마찬가지였거든. 이마의 표시는 아마, 아니, 확실히 우체국 소인처럼 찍힌 건 아니었을 거야. 세상일이 그렇게 명쾌하고 간단하지 않잖아. 그보다는 차라리 어렴풋이 느껴지는 무시무시한 기운, 비범한 지혜와 담력 같은 것이었겠지. 그의 힘에 사람들은 두려움을 품어. 그게 그의 '표식'인 거야! 그걸 사람들이 자기 식대로 설명하는데, 사람들은 자기한테 유리하고 자기를 정당화하는 방식으로 이야기하거든. 그래서 카인 자손들을 두려워하는 이유를 정반대로 설명한 거야. '표식을 지닌 자들이 우월해서'가 아니라, '표식을 지닌 자들은 불길해서'라고 말이야. 사실 틀린 말도 아니야. 용기와 개성을 가진 사람은 평범한 사람들을 두렵게 만드니까. 두려움 없는 강한 족속들이 주변을 자유롭게 돌아다닌다니 얼마나 무섭겠어. 그러니까 사람들이 두려움에 떨었던 나날들을 보상받으려고 그럴듯한 별명과 전설을 붙여서 복수한 거야. 내 말, 이해하겠니?"

"응, 그러니까, 카인은 실제로는 하나도 나쁘지 않았다는 말이지? 성경에 나오는 이야기도 사실이 아니고?"

"그렇기도 하고, 아니기도 해. 아주 오래된 옛이야기들은 대부분 사실이지만, 그 사실들이 언제나 적절하게 기록되고 올바르게 해석돼 왔다고 볼 수는 없어. 간단히 말해서, 난 카인이 엄청난 사람이었고, 사람들이 그가 두려워서 그를 탓하는 이야기를 지어냈다고 생각해. 카인 이야기는 사람들이 가볍게 떠들어 대는 터무니없는 소문에 불과한 거지. 그런데 카인과 그 자손들이 표식을 지녔고 남들과 전혀 달랐다는 것만은 사실이라고 생각해."

나는 몹시 놀랐다. 충격적인 말이었다.

"그럼 동생을 죽인 일도 거짓이라는 거야?"

"아니, 그건 분명히 사실일 거야. 강자가 약자를 죽인 거야. 그들이 정말 형제였는지는 의심스럽지만, 그건 중요하지 않지. 결국 모든 사람이 형제인 셈이니까.

핵심은 강자가 약자를 죽였다는 거야. 영웅다운 행동이었는지 아닌지는 모르겠어. 어쨌든 그때부터 약자들은 강자를 두려워하며 탄식했지. 하지만 누군가 '왜 너희가 그들을 해치우지 못해?'라고 물으면 '우리가 겁쟁이라서'라고 대답하지 않고 '안 돼. 그는 표식이 있거든. 신이 그에게 표식을 주셨어' 하고 말했고. 틀림없이 그 엉터리 이야기는 이렇게 생겨난 걸 거야. 아, 이런, 널 너무 오래 붙잡고 있었구나. 잘 가!"

데미안은 내게 인사하고 알트 거리로 접어들었다. 홀로 남은 나는 그 어느 때보다 혼란스러웠다. 그가 떠나자마자 그의 이야기가 전부 터무니없이 여겨졌다. 카인은 강자고 아벨은 겁쟁이라니! 카인의 표식이 우월함의 표시라니! 말도 안 된다! 신에 대한 모독이며 오만한 생각이다. 대체 신은 어디에 있었단 말인가? 신은 아벨의 제물을 받았다! 그런데 아벨을 사랑하지 않았다고? 아니, 데미안의 이야기가 완전히 엉터리다. 나를 골탕먹이려고 꾸며 낸 것이다. 영리하게도 그럴듯한 논리를 댔지만, 그럴 리 없다, 날 속일 순 없다!

나는 성경 이야기든 다른 어떤 이야기든 그렇게 골똘히 생각해본 적이 없었다. 그리고 그렇게 오랫동안,

저녁 내내 프란츠 크로머의 존재를 까맣게 잊은 적도 없었다. 집에 오자마자 나는 성경에 쓰인 카인 이야기를 찾아 꼼꼼히 읽었다. 내용은 단순 명료했다. 거기서 특별히 숨은 뜻을 찾아내는 건 미친 짓이었다. 데미안의 말대로라면 모든 살인자를 신의 사랑과 보호를 받은 자들이라고 말할 수 있는 것 아닌가! 아니다, 정신 나간 소리다. 나는 쉽고 고상하게 설명하는 데미안의 태도에 끌렸던 것이다. 그가 말하면 모든 게 명쾌하게 들렸다. 그리고 진심 어린 눈빛은 또 어떤가!

내가 정상적인 상태가 아니기도 했다. 내 삶이 엄청난 혼란에 빠져 있었으니까. 얼마 전까지 나는 밝고 깨끗한 세계에 속했다. 나는 일종의 아벨이었다. 하지만 지금의 나는 '다른 세계'로 깊숙이 박혀 들어가, 저 아래로 떨어져 가라앉고 있었다. 나만의 잘못이 아니라고 해도 어떻게 일이 이 지경까지 와 버렸을까? 그때 한 가지 기억이 떠올라 숨이 턱 막혔다. 이 불행한 상황이 시작되었던 그 고통의 밤, 나는 한순간 아버지와 그의 '빛과 지혜의 세계'를 단칼에 꿰뚫어 보며 경멸했다. 그래, 그때의 나는 분명 표식을 가진 카인이었는데, 수치심보다 우월감을 느꼈다. 나는 내가 죄를 짓고 불행하기 때문에 아버지보다, 선하고 경건한 사람들보다 더 우월한 존재라고 생각했다.

그 당시의 내가 이처럼 분명하게 사고했던 건 아니지만, 그 속에 이 모든 일이 들어 있었다. 나는 온갖 격정, 감정의 분출들로 괴로웠지만, 동시에 묘하게 뿌듯했다.

데미안이 강자(두려움 없는 자)와 약자(겁 많은 자)에 초점을 맞춘 것이 얼마나 이상한지, 카인의 이마 표식에 대해 왜 그런 평범치 않은 의미를 부여했는지, 특히 그의 눈이 얼마나 어른스럽게 빛났던지를 되새기다가, 문득 머리를 스치는 생각이 있었다. 데미안이 카인 같은 존재가 아닐까? 데미안 스스로 동질감을 느끼지 않고서는 카인을 옹호할 이유가 없지 않은가? 어떻게 그런 강력한 눈빛을 지녔을까? 왜 그토록 신의 마음에 드는 경건한 '다른 사람들', 겁 많은 자들을 빈정댔을까?

나는 이런 생각들을 끝없이 이어 갔다. 나의 어린 영혼의 샘물에 돌멩이 하나가 떨어졌다. 오랫동안 카인, 형제 살해, 표식에 관한 문제들이 나의 모든 인식, 의심, 비판의 출발점이 되었다.

나는 곧 다른 학생들도 데미안을 주시하고 있음을 알았다. 데미안의 카인 이야기를 아무에게도 말하지 않았는데도, 데미안은 아이들의 관심을 끌었다. '새 전학생' 데미안에 대해 나도는 소문은 꽤 많았다. 그 소문들을 지금 내가 다 기억한다면 데미안의 전모를 파악하는 데 유용했을 텐데. 지금 기억나는 거라곤 데미안의 어머니가 부자라는 소문뿐이다. 데미안의 어머니는 교회에 나가지 않았는데, 아들도 그렇다고들 했다. 데미안 모자가 유대인이라는 사람도 있었고, 비밀스러운 회교도라는 사람도 있었다. 한술 더 떠서 막스 데미안의 힘에 관한 무용담도 나돌았다. 데미안이 반에서 힘이 제일 센 아이가 싸움을 걸자 거절했다가, 녀석이 겁쟁이라고 비웃자 거뜬하게 해치워 버렸다는 것이다. 아이들의 목격담에 의하면, 데미안이 그냥 한 손으로 목덜미를 잡고 눌렀을 뿐인데 상대 아이가 하얗게 질려서 항복하고 도망쳤으며, 그 아이는 며칠 동안이나 팔을 못 썼다고 했다. 어느 날 저녁에는 그 아이가 죽었다는 소문도 났다. 온갖 소문들이 무성하게 퍼졌고 사람들은 소문을 사실로 굳게 믿었다. 소문은 모두 자극적이고 놀라웠다. 그 후 한동안 잠잠하다가 새로운 소문이 돌았다. 데미안이 여자를 사귀고 있으며 '이미 알 건 다 안다'는 소문이었다.

그사이에도 여전히 나는 프란츠 크로머와 고통스러운 관계를 이어 가고 있었다. 가끔 그가 며칠씩 내버려 둬도 나는 꼼짝없이 매여 있었다. 나는 꿈에서 그의 그림자에 쫓겼고, 그 애가 현실에서 시키지 않은 악행들을 꿈에서 해내느라 쩔쩔맸으니, 꿈에서조차 나는 완전히 크로머의 노예였다. 나는 원래 몽상가여서 현실보다 꿈속에서 더 많이 살았기 때문에, 나를 쫓는 꿈속 그림자에 생기를 잃어 갔다. 크로머는 꿈속에서 내게 못되게 굴고, 침을 뱉고, 내 무릎을 짓이겼다. 심지어 아주 끔찍한 범죄로 나를 유인했다(유인보다는 우격다짐으로 강요했다는 것이 맞겠다). 최악은 아버지를 습격해서 살해하는 꿈이었다. 크로머가 칼을 갈아서 주면 우리는 가로수 뒤에 몸을 숨기고 선다. 나는 누구를 기다리는지 모르고 있다. 그때 누군가 다가오고 크로머가 내 팔을 건드려 저자를 찔러 죽이라고 말하는데, 그가 바로 아버지다. 나는 거의 미칠 지경이 되어서야 잠에서 깰 수 있었다.

그 꿈 때문에 나는 카인과 아벨의 이야기를 계속 생

각했는데, 딱히 막스 데미안을 떠올리진 않았다. 그런데 데미안이 내게 다시 나타난 곳은 희한하게도 꿈속이었다. 여느 때처럼 학대와 폭력에 시달리는 꿈이었는데, 참아 내는 것 말고는 방법이 없었다. 그런데 내 무릎을 짓밟는 사람이 크로머가 아니라 데미안이 아닌가! 완전히 색다르고 인상적이었던 건, 크로머가 괴롭히는 꿈에서는 고통과 혐오만 느꼈는데, 데미안이 괴롭히는 꿈에서는 기쁨과 두려움을 동시에 느낀 것이다. 이 꿈을 두 번 꾸었다. 그러고 난 후에는 다시 크로머가 나타났다.

수년 전부터 나는 꿈에서 겪은 일과 현실에서 겪은 일을 잘 분간하지 못했다. 그런 와중에 나와 크로머의 고통스러운 관계는 계속되었고, 좀도둑질로 2마르크를 다 갚은 후에도 끝나지 않았다. 오히려 그가 내가 돈을 가져올 때마다 출처를 캐물어서 도둑질들에 대해 상세히 아는 바람에, 나는 크로머의 손아귀에 더 단단하게 붙잡혔다. 아버지에게 다 이르겠다는 크로머의 협박이 두려웠다. 처음부터 거짓말을 하지 않았더라면 하는 후회가 크게 밀려왔다. 하지만 이상하게, 참을 수 없이 괴로운 와중에도 그때까지의 모든 일이 후회스럽기만

한 것은 아니었다. 적어도 모든 순간이 후회스럽지는 않았다. 어떤 때는 그 일들이 필연처럼 느껴졌다. 불길한 숙명이 내 머리 위로 드리워졌는데 그 그늘에서 벗어나려 발버둥치는 것은 바보짓 같았다.

부모님도 이런 내 상태 때문에 매우 괴로웠을 것이다. 내가 이상한 영혼에 붙잡혀서, 한때는 그토록 친밀했던 가족과 어울리지 않으니까. 나는 간혹 잃어버린 낙원을 향한 견딜 수 없는 향수를 느꼈다. 어머니는 나를 문제아보다는 아픈 아이처럼 다뤘는데, 내 상태는 누나들의 태도에서 가장 잘 느껴졌다. 누나들은 나를 완전히 내버려둬서 날 비참하게 만들었다. 그녀들은 나를 미치광이, 야단치기보다 동정해야 할 아이, 그러니까 악령에 씌인 애라고 생각한 것이다. 이제 가족들은 나를 위해 지금까지와는 다른 기도를 했는데, 부질없는 일이었다. 모든 괴로움을 내던지고 구원받고 싶은 소망이 간절해지면, 잘못을 뉘우치고 고백해 버릴까 싶었다. 하지만 아버지와 어머니께 사실대로 이야기할 수도, 제대로 설명할 수도 없었다. 잘못을 빌면 다정한 용서와 따뜻한 위로와 깊은 동정을 받았겠지만, 완전한 이해를 얻을 수는 없었을 것이다. 이 모든 것이

나의 숙명인데, 부모님은 단순한 탈선으로 치부했을 테니까.

많은 사람들이 채 열한 살도 되지 않은 꼬마가 이런 생각을 할 수 있으리라고 믿지 않을 것이다. 그들 모두에게 내 처지를 이해시키려는 것이 아니다. 그저 인간의 본질을 더 잘 아는 사람들에게만 이야기하고 싶다. 자신의 감정을 이성으로 변화시키는 법을 배웠던 어른들은, 꼬마들에게도 이런 이성이 존재한다고 상상하지 못할 뿐만 아니라 꼬마들의 경험도 무시한다. 하지만 나는 평생에서 그때처럼 절박하게 고민하고 고통받았던 적이 없었다.

비가 내리던 어느 날 크로머가 성문 앞 광장으로 나오라고 했다. 나는 물에 젖은 밤나무 밑에서 떨어져 내린 잎들을 발끝으로 헤집으며 크로머를 기다렸다. 돈을 못 구해서 과자 두 조각을 대신 옆구리에 챙겨 들고 나온 참이었다. 어느덧 나는 이렇게 모퉁이에 서서 하염없이 크로머를 기다리는 데 익숙해졌다. 사람들이 자신이 어쩔 수 없는 일은 체념하고 받아들이듯 나도 이 상황을 받아들였다.

마침내 크로머가 왔다. 오늘은 오래 기다리지는 않았다. 크로머는 내 가슴팍을 두어 번 쥐어박고 기분 좋은 일이 있는 듯 낄낄거렸다. 과자를 받아 들더니, 내게 젖은 담배를 권했다(물론 나는 받지 않았다). 크로머가 평소와 달리 유별나게 친절하게 굴었다.

헤어지려는 순간 크로머가 말했다.

"참, 잊어버리기 전에 말해 둘게. 다음에는 누나를 데려와. 큰누나 말이야. 이름이 뭐였더라?"

나는 처음에는 크로머의 말을 전혀 이해하지 못해서 대답도 못 했다. 그저 어리둥절해서 크로머를 물끄러미 바라보았다.

"내 말 못 알아들어? 네 누나를 데리고 오란 말이야."

"알아들었어, 크로머. 하지만 그건 불가능해. 못해. 누나가 따라오지도 않을 걸."

나는 크로머가 평소처럼 꼬투리를 잡을 구실로 한 말인 줄 알았다. 크로머는 가끔씩 이렇게 불가능한 걸 요구해서 나를 겁주고 꼼짝 못하게 얽맨 후, 자기 말을 고분고분 듣도록 만들었다. 그러면 나는 약간의 돈을 더 구해다 바치든지 다른 선물로 크로머의 화를 누그러뜨려야만 했다.

그런데 이번에는 완전 딴판이었다. 내가 거절했는데도 크로머는 화내지 않았다.

"그래."

그는 얼버무리듯이 대꾸하고는 말을 이었다.

"근데 잘 생각해 봐. 너희 누나랑 인사라도 한번 나누고 싶단 말이지. 언제 한번 기회를 만드는 거야. 너는 그냥 누나와 같이 산책만 나오면 돼. 그럼 내가 거기로 갈게. 내일 휘파람으로 부를 테니까 그때 다시 의논해 보자."

크로머가 가고 나서야 어렴풋이 그의 말뜻을 헤아렸다. 나는 그때 완전히 어린애였다. 하지만 조금 더 나이를 먹으면 비밀스럽고 야릇한 금지된 일들을 남녀가 할 수 있다는 것쯤은 들어서 알고 있었다. 갑작스러운 이 상황이 얼마나 망측하고도 엄청난 일인가! 나는 결코 그런 짓을 하지 않겠다고 확고히 결심했다. 하지만 그다음에는 나에게 무슨 일이 일어날까. 크로머가 어떤 식으로 나에게 앙갚음할지 생각할 엄두가 안 났다. 새로운 고문이 시작되었다. 아직도 내가 겪은 고통이 충분치가 않았나 보다.

참담한 심정으로 주머니에 손을 푹 찔러 넣고 텅 빈

광장을 가로질러 걸었다. 새로운 고통, 새로운 압박감이 나를 짓눌렀다.

그때 누군가 청명하고 낮은 목소리로 나를 불렀다. 나는 깜짝 놀라 달아나기 시작했다. 누군가 내 뒤를 따라와서 한 손으로 나를 살며시 끌어당겼다. 막스 데미안이었다.

나는 불안감을 감추고 태연한 척하려 애썼다.

"아, 난 또 누군가 했네. 깜짝 놀랐잖아."

그가 나를 바라보았다. 이때처럼 데미안의 눈빛이 어른스럽게 압도적으로 사람을 꿰뚫어 보는 힘이 있다고 느껴진 적은 없었다. 우리가 이야기를 나눈 지 꽤 오래간만이었다.

"놀랐다면 정말 미안해. 그런데 그렇게 놀랄 필요는 없지 않니?"

그는 공손하지만 분명한 어조로 말했다.

"뭐, 놀랄 수도 있지."

"물론 그래. 하지만 싱클레어, 네가 아무 상관없는 사람 앞에서 그렇게 깜짝 놀란다면 상대방은 이렇게 생각할 거야. 이상하다, 궁금해지네, 왜 수상할 정도로 화들짝 놀랄까? 사람은 뭔가 불안에 떨 때 잘 놀라지.

겁쟁이들이야 항상 불안에 떨지만, 넌 겁쟁이가 아니잖아. 뭐, 네가 영웅이라는 말도 아니지만. 넌 지금 두려운 일이 있어. 두려운 사람도 있고. 하지만 그런 일은 있어선 안 돼. 사람이 사람을 두려워하다니. 네가 두려워하는 사람이 나니?"

"아니야, 전혀 아니야."

"거 봐, 하지만 두려운 사람이 있긴 있구나?"

"몰라…… 그냥 날 내버려 둬. 대체 뭘 바라는 거야?"

데미안은 나와 속도를 맞춰 걸었다(나는 도망칠 생각으로 빨리 걸었다). 곁에서 데미안의 시선이 느껴졌다.

데미안이 다시 이야기를 시작했다.

"난 네게 호의를 가지고 있어. 날 두려워할 필요는 없어. 네게 한 가지 실험을 해볼게. 무척 재미있고 배울 것도 있는 실험이지. 들어 봐! 그게, 난 가끔 독심술을 써. 요술을 부리는 건 아니지만 어떻게 하는 건지 모르는 사람에게는 아주 신기할 거야. 충격적일 수도 있고. 자, 한번 해볼까? 나는 너를 좋아하니까, 네게 관심이 있으니까 네 마음이 어떤지 알고 싶어. 난 이미 탐색을 시작한 셈이야. 내가 널 깜짝 놀라게 했잖아. 네가 잘 놀라는 걸 보니, 두려운 일이나 두려운 사람이 있는 거야. 누군가를 두려워하는 가장 흔한 이유는, 그가 네 약점을 쥐고 있기 때문이지. 예를 들어 네가 저지른 나쁜 짓을 그자가 알아챘다면, 그자가 너를 지배하는 힘을 가져. 이제 분명하지, 안 그래?"

나는 어쩔 줄 몰라 하며 데미안의 얼굴을 들여다보았다. 그의 얼굴은 언제나처럼 진지하고 영리하고 호의적이었지만, 정겹기보다는 엄격해 보였다. 정의 혹은 그와 비슷한 무언가가 데미안의 표정에 담겨 있었다. 나는 영문을 몰랐다. 데미안은 마치 마법사처럼 내 앞에 서 있었다.

"이해했어?"

데미안이 다시 한 번 물었다.

나는 고개를 끄덕였을 뿐 아무 말도 할 수 없었다.

"내가 요술처럼 보일 수 있다고 했잖아. 하지만 독심술은 자연스럽게 되는 거야. 예를 들면 언젠가 우리가 카인과 아벨 이야기를 나눴던 그때 네가 날 어떻게 생각했는지 꽤 정확하게 맞힐 수도 있어. 지금 상황과 상관없는 말이지만 넌 한 번쯤 내 꿈을 꾸었겠지. 하지만 그런 이야기는 관두자! 넌 똑똑한 아이야. 대부분의 아이들은 멍청한데 말이야. 난 가끔씩 내가 마음을 터놓을 수 있는 똑똑한 친구와 이야기를 나누고 싶어. 괜찮지?"

"그래, 괜찮아. 하지만 이해가 안 되는 게……."

"즐거운 실험을 계속해 볼까? 자, 우리는 이런 것들을 알아냈어. 한 소년이 잘 놀란다. 그 애는 누군가를 두려워한다. 분명 그 애는 누군가와 불편한 비밀이 있다. 대략 맞지?"

나는 꿈에서처럼 데미안의 목소리와 영향력에 압도당하고 있었다. 나는 그저 고개만 끄덕였다. 그의 목소리는 내 안에서 나오는 것 같았다. 그 목소리는 모든 것을 알고 있었다. 이렇게 모든 것을 분명하게 알다니! 심지어 나보다도 더 잘 알고 있다니!

데미안이 내 어깨를 힘차게 두드렸다.

"내 말이 맞구나. 그럴 줄 알았어. 그럼 이제 질문은 딱 하나 남았어. 방금 전 광장에서 너랑 헤어져서 가 버린 그 애 이름이 뭐지?"

나는 순식간에 얼어붙었다. 불시에 비밀을 들켜버린 마음이 확 움츠러들었다. 나는 비밀을 더 깊숙이 삼켰다.

"누구 말이야? 나 말고는 아무도 없었어."

데미안이 웃었다.

"말해 봐. 그 애 이름이 뭔데?"

나는 거의 들릴락 말락 한 목소리로 말했다.

"프란츠 크로머 말이야?"

흡족하다는 듯이 데미안이 고개를 끄덕였다.

"잘했어! 넌 똑똑해. 우린 친구가 되겠는데. 그런데 네게 해줄 말이 있어. 그 크로머라는 녀석은 아주 나쁜 녀석이야. 얼굴에 악당이라고 쓰여 있어. 넌 어떻게 생각해?"

난 한숨을 푹 내쉬었다.

"응, 맞아. 아주 나빠, 악마 같은 녀석이라고. 하지만 그 녀석한테 아무것도 들키면 안 돼. 제발 아무 말도 하지 말아 줘. 그 애를 알아? 크로머도 널 알고?"

"진정해, 그 녀석은 갔어. 그리고 그 애는 나를 몰라, 아직은. 하지만 난 그 녀석을 만나고 싶어. 그 애는 공립 학교에 다니지?"

"응."

"몇 학년이야?"

"5학년. 하지만 아무 말 말아 줘. 제발 부탁이야!"

"걱정 마, 너에게 아무 일도 없을 거야. 크로머 얘기를 조금 더 해주긴 싫겠구나?"

"그럴 수 없어. 그건 안 돼. 나를 좀 내버려 둬."

데미안은 말없이 한동안 서 있다가 말했다.

"아쉽네. 우린 실험을 좀 더 할 수도 있었는데. 하지만 널 괴롭히고 싶지는 않아. 그래도 네가 그 녀석을 두려워하는 건 옳지 않다는 걸, 너도 알겠지? 그런 두려움이 우리를 망치는 거야. 하루빨리 벗어나야 해. 네가 진짜 사나이가 되려면 그 두려움을 벗어던져야 해. 알겠지?"

"물론 네 말이 전부 맞아……. 하지만 그렇게 안 되는걸. 너는 정말 모를 거야……."

"네가 생각했던 것보다 내가 훨씬 많이 안다는 걸 너도 봤잖아. 너 혹시 그 녀석에게 빚이라도 진 거야?"

"그래, 그렇기도 해. 하지만 그게 중요한 문제는 아니야. 말할 수 없어. 절대로 말할 수 없어."

"만약 내가 그 녀석에게 진 빚을 대신 갚아 준다고 해도 말이야? 내가 줄 수도 있는데."

"아니야, 그런 게 아니야. 제발 부탁이야. 아무에게도 그런 말은 하지 마. 한마디도! 내 부탁을 안 들어주면 난 엄청나게 불행해질 거야."

"날 믿어, 싱클레어. 언젠가는 그 비밀을 나한테 털어놓게 될 거야."

"절대, 결코 그런 일 없어!"

나는 다급하게 소리쳤다.

"네가 좋을 대로 해. 난 단지 시간이 좀 지나면 네가 스스로 말해줄 거라는 거야. 설마 내가 네게 크로머 같은 짓을 하리라고 생각하는 건 아니지?"

"아, 아냐. 하지만 넌 그 일에 대해 전혀 모르잖아."

"아무것도 모르지. 난 단지 그것에 대해 곰곰이 생각해 볼 뿐이야. 나는 절대로 크로머처럼 널 괴롭히는 짓은 하지 않아. 그건 믿지? 게다가 넌 내게 빚진 것도 없으니까."

우리는 한참을 말없이 서 있었다. 그러는 동안 내 마음은 조금씩 진정되었다. 하지만 데미안이 어떻게 그런 것들을 알았는지 점점 더 궁금해졌다.

"이젠 집에 가야겠다."

그가 이렇게 말하며 빗속에서 외투를 단단히 여몄다.

"우린 벌써 많은 이야기를 나눴으니까 한마디만 더 할게. 넌 그 녀석에게서 벗어나야 해. 다른 방법이 없다면 그 녀석을 때려죽여서라도 말이야. 네가 그럴 수 있다면 좋겠어. 내가 널 도와줄게."

나는 새로운 불안감을 느꼈다. 카인 이야기가 떠올랐던 것이다. 불길함에 휩싸여서 나는 흐느끼기 시작했다. 무시무시한 것들에 둘러싸였다는 생각에 견디기 힘들었다.

막스 데미안이 미소 지었다.

"괜찮아. 이제 집으로 가렴. 우린 그 녀석을 해치울 방법을 찾아낼 수 있어. 때려죽이는 게 가장 간단한 방법이긴 하지. 문제를 해결할 때 가장 간단한 게 최선인 법이거든. 크로머 녀석의 손에 놀아나는 건 좋지 않아."

나는 집으로 왔다. 마치 일 년쯤 떠돌다 돌아온 것 같았다. 모든 것이 달라 보였다. 크로머와의 관계에서 미래나 희망 같은 것들이 보였다. 나는 더 이상 혼자가 아니었다. 그제야 비밀을 끌어안고 몸살을 앓았던 몇 주간이 얼마나 무섭게 외로웠는지 확실히 느꼈다. 수차례 골몰했던 생각이 떠올랐다. 부모님에게 모두 고백하고 용서를 빌었더라면, 고통은 덜었겠지만 완전한 구원은 없었을 것이다. 그런데 방금 전 나는 고해를 할 뻔했다. 그것도 낯선 사람에게. 더 기이한 건, 그것만으로도 구원받을 수 있다는 예감이 진한 향기처럼 밀려

왔다.

그 후에도 나의 불안감은 오래 지속되었다. 나는 적과 무섭고 긴 대결을 펼칠 각오를 하고 있었다. 그래서 모든 일이 그렇게 완벽하게 비밀스럽고도 평화롭게 흘러가는 것이 신기할 따름이었다.

우리 집 앞에서 들려오던 크로머의 날카로운 휘파람 소리가 하루, 이틀, 사흘…… 일주일이 지나도 들리지 않았다. 나는 이런 사실이 도무지 믿어지지 않았다. 크로머가 전혀 예기치 못한 순간에 다시 나타나지는 않을까 조바심을 내며 망을 보았다. 그러나 크로머는 우리 집에 찾아오지도, 길에서 불쑥 나타나지도 않았다. 나는 이 놀라운 자유에 얼떨떨했다. 마침내 어느 날 프란츠 크로머와 우연히 마주칠 때까지도 나는 이 자유가 불안했다. 크로머는 자일러 거리에서 내 쪽으로 오는 중이었는데, 나를 보고 흠칫 놀라더니 얼굴을 잔뜩 찌푸리고 나를 피해 곧바로 뒤돌아서 가 버렸다.

지금까지 이런 순간은 없었다! 나의 적이 내 앞에서 도망치다니! 악마가 나를 두려워하다니! 기쁨의 전율이 온몸을 관통했다.

그 무렵 데미안이 다시 나타났다. 학교 앞에서 나를

기다리고 있었다. 나는 인사를 했다.

"안녕."

"안녕, 싱클레어. 잘 지냈어? 어떻게 지내는지 궁금했어. 이제 크로머가 괴롭히지 않지?"

"네가 한 거야? 대체 어떻게? 어떻게 했어? 난 도무지 영문을 모르겠어. 그 녀석이 아예 나타나질 않아."

"잘됐네. 그 녀석이 다시 나타나면, 그러지 않겠지만 워낙 뻔뻔스러운 놈이라서 말이야, 그땐 그 녀석에게 막스 데미안을 떠올리라고 말해."

"그게 무슨 말이야? 그 녀석이랑 싸워서 실컷 때렸어?"

"아니, 난 싸우는 건 좋아하지 않아. 너랑 한 것처럼 그 녀석하고도 이야기를 했을 뿐이야. 너를 가만히 내버려 두는 것이 그 녀석에게도 이로울 거라고 분명하게 말했어."

"그 녀석한테 돈을 준 건 아니고?"

"아니야, 그런 방법이라면 네가 이미 시험해 봤잖아."

나는 더 자세하게 물어보려 했지만 데미안은 자리를 떠났다. 나는 예전부터 데미안에게 느꼈던 감사와 두려움, 놀라움과 불안감, 호감과 내면에서의 반항심이 뒤섞인 답답함을 느끼며 서 있었다.

나는 빠른 시일 내에 다시 데미안을 만나서 크로머와 있었던 모든 일에 대해, 또 카인의 문제에 대해 더 많은 이야기를 나누고 싶었다.

하지만 그렇게 되지 않았다.

나는 감사라는 감정을 미덕으로 여기지 않고, 어린아이에게 감사의 표시를 요구하는 행위도 잘못된 것이라고 본다. 그래서 내가 데미안에게 감사하지 않은 것은 그리 놀라운 일이 아니다. 물론 그때 데미안이 나를 크로머의 손아귀에서 구해 주지 않았다면, 나는 평생 병들고 망가진 삶을 살았을 거라고 확신한다. 그 당시에도 이 구원의 순간이 내 소년 시절의 가장 큰 경험이라고 느꼈다. 하지만 나는 구원자인 그를, 그가 기적을 이뤄내자마자 잊었다.

이미 말했듯이 감사하지 않은 것은 내게 별일이 아니었다. 내가 별다르게 받아들인 점은, 내가 호기심을 느끼지 않았다는 것이다. 데미안이 내 비밀을 들춰낸 방법을 더 자세히 캐내지 않고서도 편안하게 지낼 수 있었다는 게 신기했다. 나는 어떻게 카인에 대해서, 크로머에 대해서, 독심술에 대해서, 더 많이 이야기하고 싶은 호기심을 억눌렀을까?

전혀 이해할 수 없지만, 사실이었다. 나는 악마의 손아귀에서 갑자기 풀려났다. 다시 밝고 즐거운 세계로 돌아갔고, 더 이상 불안한 발작과 숨이 막힐 듯한 심장 고동 소리에 시달리지 않았다. 저주는 풀렸고 나는 더 이상 죄인이 아니었다. 평범한 학생으로 돌아간 것이다. 나의 본성은 가능한 한 빨리 이전의 균형과 평온 속으로 되돌아가려고 했다. 그래서 그 많은 끔찍한 일들, 고통스러운 일들을 빨리 떨쳐 내고 잊으려고 애썼다. 나의 죄와 고통의 긴 역사는 어떤 외상도 남기지 않은 채 너무도 빨리 내 기억에서 지워졌다.

이제는 내가 왜 나를 도와준 구원자를 빨리 잊으려 했는지 이해된다. 죄의 구렁텅이에서, 크로머의 끔찍한 속박에서, 상처받은 영혼이 사력을 다해 도망쳤던 것이다. 예전의 행복하고 만족스러운 세계로, 다시 열린 잃어버린 낙원으로, 아버지와 어머니의 밝고 평온한 세계로, 누나들에게로, 정결한 좋은 향기로, 아벨이 누렸던 신의 사랑으로 나는 되돌아왔다.

데미안과 짧은 이야기를 나누었던 바로 그다음 날, 다시 찾은 자유에 충분한 확신이 서고 다시 이 자유가 사라지지 않는다는 믿음이 생겼을 때, 나는 그토록 간절히 염원하고 소망했던 일을 실행에 옮겼다. 고해를 한 것이다. 나는 어머니 앞에 열쇠가 망가지고 장난감 돈이 채워진 저금통을 내놓고, 바보 같은 거짓말 때문에 얼마나 오랫동안 못된 녀석에게 시달렸는지 고백했다. 어머니는 전부 이해하지는 못했지만, 저금통과 변한 내 눈빛을 보고서, 달라진 나의 목소리를 듣고서 내가 어머니의 아들로 되돌아왔음을 느꼈다.

나는 벅찬 마음으로 귀환의 축제를 벌이고 방탕아의 귀향 의식을 거행했다. 어머니는 나를 아버지에게 데려갔다. 나의 고백은 되풀이되었고, 부모님은 내게 질문하며 놀라더니, 내 머리를 쓰다듬으며 오랜 시간 걱정으로 짓눌린 마음에서 벗어나 안도의 한숨을 쉬었다. 모든 것이 멋있고 동화 속 이야기 같았다. 모든 것이 놀랍도록 순조로웠다.

나는 온 힘을 다해 이 평온 속으로 도피해 들어갔다. 평화를 되찾고, 다시 아버지와 어머니의 신뢰를 받는 건 아무리 해도 싫증 나지 않았다. 나는 모범적인 소년이 되었고, 예전보다 누나들과도 잘 어울렸으며, 예배 시간에는 구원받고 회개한 사람으로서 감사함이 넘치는 마음을 담아 내가 좋아하던 옛 찬송가를 함께 불렀다. 이런 일들은 조금의 거짓도 없이 진심에서 우러나왔다.

그럼에도 불구하고, 모든 일이 완전히 해결된 것은 아니었다. 바로 이 지점에서 데미안을 잊은 이유를 해명할 수 있다. 나는 데미안에게 고해했어야 했다. 그렇게 했다면 그 고해가 집에서처럼 화려하고 감동적이지는 않아도, 더 큰 해방감을 주었을 것이다. 그런데 그때 나는 옛 낙원에 매달렸다. 귀향해서 관대하게 포용되는 일에 집중했다. 데미안은 이 세계 사람이 아니고, 이 세계에 어울리지도 않았다. 데미안은 크로머와는 달랐지만, 어떤 의미에서는 그 또한 유혹자였다. 다시는 알고 싶지 않은 또 다른 나쁜 세계와 나를 엮으려는 유혹이었다. 나 스스로가 이제야 겨우 아벨로 돌아왔는데 또다시 아벨을 버리고 카인을 찬양하는 일을 도울 수는 없었고 그렇게 하고 싶지도 않았다.

이것이 표면적인 상황이었다. 그런데 내면적인 상황은 또 달랐다. 나는 크로머라는 악마의 손아귀에서 풀려났지만 스스로의 힘으로 이룬 게 아니었다. 나는 세계라는 미로를 통과해 보려고 애썼지만 내게는 너무 어렵고 복잡했다. 그래서 친절한 손길 하나가 나를 구해 주자마자, 나는 한눈팔지 않고 곧장 어머니의 품으로, 경건하고 아늑한 어린 시절의 보호 속으로 달아났다. 그리고 원래의 내 모습보다 더 어린 애처럼, 더 의존적으로 굴었다. 혼자 걸을 힘이 없으니까, 크로머에 대한 순종을 대체할 무언가가 필요했다. 그래서 맹목적일 정도로 아버지와 어머니를, 그 오래되고 소중한 '밝은 세계'를 의존했다. 그 세계가 유일한 것이 아니라는 것을 알면서도 말이다. 그러지 않았더라면 나는 분명히 데미안에게 의지해 속마음을 전부 털어놓았을 것이다. 데미안을 택하지 않은 건 그 당시 나의 상식적인 사고에서는 데미안의 생각이 이상하고 수상쩍었기 때문이기도 했다. 더 솔직하게 말하자면, 두려웠다. 데미안은 부모님이 요구하는 것 이상을, 훨씬 더 많은 것을 요구했을 것이다. 설득과 경고, 조롱과 풍자로 나를 자립적인 인간으로 만들려고 애썼을 것이다. 지금 난 알고 있다. 인간이 자기 자신을 향해 나아가는 일보다 더 하기 싫은 일은 없다는 것을!

그렇지만 반년쯤 지났을 때, 나는 궁금증을 뿌리치지 못하고 산책길에서 아버지에게 아벨보다 카인이 더 훌륭하다는 말을 어떻게 생각하는지 물었다. 아버지는 그 질문에 무척 놀라면서도 새로울 것이 없는 견해라고 설명했다. 그 관점은 기독교 이전 시대에도 등장해서 여러 종파들로 전수되었고, 그 종파들 중 하나는 '카인교도'로 불렸다. 하지만 이러한 이단적인 학설은 우리의 신앙을 파괴하려는 악마의 시험과 다를 바가 없었다. 카인이 옳고 아벨이 잘못했다면 신이 오류를 범한 것이니까, 성경의 신이 올바른 유일신이 아닌 가짜 신이 되어 버린다. 실제 카인교도들은 이와 비슷한 견해를 가르치고 주장했을 것이다. 하지만 이런 이교도들은 오래전에 인류의 역사에서 사라졌다. 아버지는 나의 학교 친구가 이런 것들을 알고 있는 게 놀랍다고, 그러나 이런 사고는 당연히 배척해야 한다고 진지하게 경고했다.

예수 옆에 매달린 도둑

내 유년 시절을 섬세하고 다정한 순간들로 회상해도 좋다. 어머니와 아버지가 보호해 주는 안정된 환경에서, 내 안의 사랑스러운 본성을 마음껏 즐겁게 드러내며 생활했다. 하지만 지금 나는, 내가 자기 자신에게 이르려고 걸었던 발자취들에만 집중하고 있다. 유년 시절의 아름다운 휴식, 마법처럼 행복하고 평화롭던 순간들을 잊은 건 아니지만, 그것들은 멀찍이 떨어져 있는 광채로 남겨 놓겠다. 그 시절로 다시 돌아가고 싶지는 않다.

그래서 유년 시절에 관해서는, 어떤 새롭고 낯선 일들이 닥쳐와 나를 앞으로 내몰고 찢어 냈는지만 이야기하겠다.

이런 충격들은 언제나 '다른 세계'에서 왔고, 두려움과 강요와 양심의 가책을 동반했으며, 내가 계속 머물고 싶었던 평화로운 상태를 언제나 놀랄 만큼 혁신적으로 뒤흔들었다.

밝은 세계에서는 드러나지 않도록 숨겨야 할 내 안의 본능적 충동을 느끼는 시기가 왔다. 누구나 그렇듯 내 안에서 성性 의식이 서서히 눈을 뜬 것이다. 그것은 적이나 파괴자처럼, 금기와 유혹과 죄악으로 나를 덮쳤다. 호기심이 찾아내려는 것, 꿈과 욕망과 두려움이 만들어내는 것(말하자면 사춘기의 거대한 비밀)은 쉼터 같은 유년 시절과 전혀 어울리지 않았다. 나는 남들처럼 행동했다. 더 이상 어린아이가 아니면서 아이처럼 구는 이중생활을 했다. 내 의식은 세상이 허용하는 밝고 익숙한 세계에 살면서 어렴풋이 보이는 새로운 세계를 부정했다. 하지만 은밀한 꿈과 충동과 갈망의 세계는 바로 옆에 있었다. 내 의식이 둘 사이에 필사적으로 세운 다리는 점점 위태로워졌다. 내 안의 유년 시절이 무너져 내리고 있었으니까.

나의 부모님 역시 대부분의 부모들처럼 딱히 마땅한

지침도 없는 사춘기적 충동에 대해서 모른 척하셨다. 그저 갈수록 비현실적 판타지 세계로 느껴지는 유년 시절에 머무르려고 현실을 거부하는 나의 헛된 노력을 도왔을 뿐이다. 부모님들이 이런 부분에서 할 수 있는 역할이 무엇인지 나는 아직도 잘 모르겠기에 부모님을 비난할 마음은 없다. 나를 관리하고 내 길을 찾는 것은 나 스스로 해내야 할 일이다. 그런데 여느 명문가 자식들과 마찬가지로, 나는 그 문제를 잘 해내지 못했다.

누구나 이런 위기를 겪는다. 평범한 사람에게 이것은 인생의 분기점이다. 자기 삶의 욕구가 주변 세계와 가장 극심하게 부딪치고, 혼신의 힘을 다해 싸워야만 앞으로 나갈 수 있다. 많은 이들이 이때, 전 생애에서 딱 한 번, 죽음과 새로운 탄생을 (그러니까 바로 우리의 운명을) 경험한다. 유년 시절이 공허해지며 서서히 무너져 내리고, 사랑했던 모든 것이 곁을 떠나려고 하면, 돌연 고독과 죽음처럼 치명적인 추위에 휩싸이는 것이다. 정말 많은 사람들이 이러한 막다른 골목에서 빠져나오지 못해서 돌이킬 수 없는 과거, 잃어버린 낙원의 꿈(가장 악질적이고 잔인한 꿈)에 필사적으로 매달리며 여생을 보낸다.

다시 내 이야기로 돌아가자. 내 유년 시절의 끝을 알리던 감정과 환상들은 너무 많아서 다 언급할 수가 없다. 중요한 건 '어두운 세계', '다른 세계'가 재등장했다는 점이다. 게다가 예전에는 프란츠 크로머에게 있던 부분이, 이제는 내 자신 안에 있었다.

크로머와의 일이 있은 지도 몇 년이 지났다. 어린 시절 죄에 가득 찼던 극적인 기억들은 저 먼 곳으로 물러나 짧은 악몽처럼 사라졌다. 오래전부터 프란츠 크로머는 내 삶에 존재하지 않았고, 길에서 크로머와 마주쳐도 신경 쓰이지 않았다. 하지만 내 비극에서 중요한 또 다른 한 명의 주인공 막스 데미안은 사라지지 않았다. 다만 그는 멀찍이 가장자리에 서 있을 뿐 어떤 영향을 주지는 않았다. 그랬는데 이제 점점 다가오며 다시 힘과 영향력을 발휘하기 시작했다.

그 시절의 데미안에 대해 내가 기억하는 전부를 떠올려 보면, 일 년, 아니 그 이상 데미안과 단 한 번도 대화를 나눈 적이 없었던 것 같다. 되도록 내가 데미안을 피했고, 데미안도 결코 나에게 다가오지 않았다. 언젠가 한번 우연히 마주쳤을 때 데미안은 고개를 끄덕였다. 간혹 데미안의 친절함에 냉소와 묘한 비난이 뒤섞여 있는 것처럼 보였는데, 아마 나만의 착각이었을 것이다. 우리가 함께 겪은 일과 그가 내게 미쳤던 신기한 영향을 우리 둘 다 잊은 듯했다. 데미안의 모습을 떠올려 본다. 그러고 보니 그는 항상 멀지 않은 곳에 있었고, 내 시선은 자주 그의 모습을 좇았다. 데미안이 학교에 가는 모습이 보인다. 다른 키 큰 아이들 사이에서, 마치 별처럼 자신만의 특별한 분위기에 휩싸여 자신만의 법칙대로 사는 듯 진귀하고 고독하고 조용하게 걷고 있다. 그 누구도 데미안을 사랑하지 않았다. 데미안과 친하지도 않았다. 그는 어머니와만 친했는데, 그녀에게도 아이처럼 굴지 않고 어른처럼 행동하는 것 같았다. 선생님들은 되도록 데미안을 내버려 두었다. 데미안은 좋은 학생이었지만 누구의 마음에 들려고 애쓰지 않았다. 가끔 데미안이 선생님이 심한 도전이나 비아냥으로 여길 만한 비평이나 항의를 했다는 소문이 돌았다.

눈을 감자 또다른 데미안이 보인다. 어디였지? 아, 이젠 그곳도 떠오른다. 우리 집 앞 골목이다. 데미안이 노트를 들고 그곳에 서 있다. 우리 집 현관문 위에 있는 낡은 새 모양의 문장을 그리고 있다. 나는 창가 커튼 뒤에 숨어 데미안을 바라본다. 문장을 예리하게 응시하는 차갑고 환한 얼굴이 놀라웠다. 어른의 얼굴, 연구가나 예술가의 얼굴이었다. 탁월하고 의지로 가득 찬 얼굴이었고, 이상하리만큼 밝고 냉정하고 지적인 눈동자를 가진 얼굴이었다.

또 다른 데미안도 보인다. 바로 며칠 후의 거리다. 하굣길에 우리들이 쓰러진 말 주위를 에워싸고 서 있다. 말 한 마리가 끌채에 묶인 채 농부의 수레 앞에 쓰러져 있다. 말이 뭔가를 애원하듯 간신히 콧구멍을 벌름거리며 숨을 헐떡거리고, 우리 눈에 보이지는 않지만 어딘가의 상처에서 흘러내린 피가 말 옆구리와 거리의 하얀 먼지를 검붉게 물들인다. 나는 메스꺼워서 그 광경에서 몸을 돌리다가 데미안의 얼굴을 보았다. 그는 앞으로 비집고 나오려 하지 않고 그답게 뒤쪽에서 편안하고 여유 있게 서 있다. 데미안의 시선이 말의 머리에 고정되어 있다. 여전히 깊고 고요하고 열광적이지만, 한편으로는 놀랄 만큼 냉정하게 느껴지는 집중력. 나는 그에게서 눈을 뗄 수가 없었다. 바로 그때 분명하게 의식한 것은 아니지만, 매우 독특한 것을 느꼈다. 데미안의 얼굴은 소년의 얼굴도 어른의 얼굴도 아니었고, 게다가 완전히 남자의 얼굴도 아니라 여자의 얼굴이 엿보였다. 어른도 아이도 아닌, 늙지도 젊지도 않은, 왠지 수천 살쯤이거나 시간을 초월한 얼굴로 보였다. 우리가 사는 곳과는 다른 시간대의 세계에서 온 표식을 가진 이의 얼굴 같기도 했다. 짐승이나 나무나 별이 그렇게 보일지도 모르겠다. 내가 어른이 된 지금에야 이렇게 말할 수 있지, 그때는 정확히 몰랐고 제대로 느끼지도 못했다. 그저 막연한 인상만 받았다. 아마도 데미안은 미남이었던 것 같고, 그런 그가 내 마음에 들었을 수도 있고 거슬렸을 수도 있다. 그 어떤 것도 확실하지 않다. 확실한 건 데미안이 우리들과는 달랐다는 것이다. 그는 한 마리 짐승, 혹은 영혼이나 환상 같은 존재였다. 그때 데미안이 진짜 어떤 모습이었는지 모르겠지만, 우리들의 생각으로는 닿지 않을 만큼 다른 사람이었다.

더 이상은 아무것도 기억나질 않는다. 이것마저도 일부분은 그 후의 인상들에서 재구성해 낸 건지도 모른다.

몇 년 후에야 나는 데미안과 다시 가까워졌다. 데미안은 동급생과 같은 시기에 교회의 견진성사를 받지 않았다. 이런 일은 당시 관습에는 어긋나는 것이라 금방 사람들의 입에 오르내렸다. 학교에서는 그가 원래 유대인이다 이교도다 하는 소문들이 파다했다. 데미안과 그의 어머니가 무신론자라고도 했고, 말도 안 되는 사이비 종교를 믿는다고도 했다. 소문은 과장되어 데미안이 자신의 어머니와 애인 사이라는 말도 나돌았다. 지금껏 데미안은 신앙 없이 자란 듯했는데, 이것이 데미안의 미래에 불이익을 가져올 수도 있어 보였다. 그래서였을까, 데미안의 어머니는 2년이 지나서 뒤늦게 데미안이 견진성사를 받도록 했다. 이렇게 해서 데미안은 몇 달간의 견진성사 수업을 나와 함께 들었다.

처음에 나는 데미안과 거리를 두었다. 되도록이면 데미안과는 어울리고 싶지 않았다. 그는 너무나 많은 소문과 비밀에 싸인 인물이었다. 하지만 사실은 크로머 사건 이후로 내게 꺼림칙하게 남아 있던 빚진 마음이 결정적 이유였다. 또 나만의 비밀에 집중하느라 데미안에게 신경 쓸 겨를이 없기도 없었다. 견진성사 수업 기간은 내가 성 문제에 결정적으로 눈뜬 시기와 일치했다. 그래서인지 집중하려고 노력해도 경건한 교리에 관심이 가지 않았다. 신부님의 말씀은 나에게는 저 멀리 고요하고 성스러운 비현실 세계에 존재하는 이야기였다. 그것이 제아무리 아름답고 가치가 있어도, 현실적이거나 자극적이지 않았다. 반면에 성에 대한 호기심은 바로 코앞의 현실이었고, 매우 자극적이었다.

이랬으니 나는 갈수록 수업에 무관심해졌고, 그만큼 더 데미안에게 관심을 가졌다. 뭔가가 우리를 묶어 주는 것 같았다. 그 끈을 되도록 정확히 따라가 보겠다. 아직 교실에 불을 켜야 하는 이른 아침 수업 시간이었다. 신부님이 카인과 아벨의 이야기를 했지만, 나는 졸음에 빠져들고 있었다. 신부님이 어조를 높이고 힘 주어 카인의 표식 이야기를 시작할 때, 영감이랄까 경고 같은 것이 느껴졌다. 시선을 드니 앞줄에서 데미안이 내 쪽으로 얼굴을 돌리고 있었다. 데미안의 눈이 초롱초롱 빛나며 말을 걸어오는 듯했다. 놀리는 듯하면서도 진지한 눈빛이었다. 데미안은 아주 잠시 나를 쳐다봤을 뿐인데 나는 괜히 긴장해서 신부님 말씀에 더 귀를 기울였다. 그러다가 내 영혼 깊숙한 곳의 지식이 꿈틀했다. '선생님이 가르치는 내용이 다가 아니다, 얼마든지 다른 시선으로 볼 수 있다, 선생님의 관점도 얼마든지 비판할 수 있다!'

그 순간 나는 데미안과 다시 연결되었다. 우리의 영혼이 다시 이어졌다고 느끼자, 그 생각이 마술처럼 공간으로 전파되었다. 데미안의 힘이었는지 순전히 우연이었는지는 모르겠는데(당시에는 확실히 우연인 줄 알았다) 며칠 뒤 데미안이 갑자기 견진성사 수업 시간의 자리를 바꾸어 바로 내 앞줄에 와 앉았다(사람이 넘치게 들어찬 교실은 빈민촌 냄새가 났지만, 아침마다 데미안의 목덜미에서 풍기는 비누 냄새는 얼마나 부드럽고 신선하던지! 아직까지도 생생하게 기억한다). 며칠 후 그는 다시 자리를 이동해서 내 옆에 앉았고 겨울과 봄이 다 가도록 자리를 옮기지 않았다.

아침 수업 시간은 완전히 달라졌다. 이제 수업은 졸리지도 지루하지도 않았다. 어느새 나는 그 시간을 기대하고 있었다. 우리 둘은 가끔 극도로 집중해서 신부님 말씀에 귀를 기울였고, 곁에 앉은 데미안은 눈빛 한 번으로 주의해서 들을 이야기나 말을 나에게 일러 주었다. 그 단호하고 특별한 눈빛 신호를 받으면, 나는 신부님 말씀에 회의적인 시선을 던졌고 비판적으로 사고했다.

그렇지만 사실은 수업에 전혀 집중하지 않을 때가

더 많았다. 데미안은 늘 선생님과 친구들에게 공손했다. 아이들이 흔히 저지르는 어리석은 행동을 전혀 하지 않았고, 크게 웃거나 떠들지도 않았으며, 선생님께 꾸중 듣는 일도 없었다. 하지만 데미안은 말로 떠들지 않고도 손짓이나 눈빛만으로 나를 자신의 관심사로 끌어들였다. 묘한 재주였다.

예를 들어 데미안이 어떤 아이에게 흥미가 생기면 그 아이를 어떻게 관찰하는지 말해 준 적이 있었다. 데미안은 많은 아이를 정확하게 파악하고 있었다. 수업이 시작되기 전에 데미안이 말했다.

"내가 엄지손가락으로 네게 신호를 하면 저 애가 우리를 돌아보거나 목을 긁을 거야."

수업이 시작되고 내가 그 말을 까맣게 잊고 있을 무렵 데미안이 갑자기 눈에 띄게 엄지손가락을 들어 보였다. 나는 급하게 데미안이 가리켰던 아이를 바라봤다. 그 애는 철사 줄에라도 끌려오듯 우리를 쳐다보거나 머리를 긁적였다. 선생님도 한번 시험해 보자고 데미안을 졸랐지만 그 부탁은 들어주지 않았다. 하지만 언젠가 한번은 과제를 해오지 않은 날 신부님이 내게 질문을 안 했으면 좋겠다고 했더니, 그 부탁은 들어주었다. 신부님의 시선이 문답 교과서 한 구절을 암송시킬 아이를 찾다가, 죄지은 듯 불안에 떨고 있는 내 얼굴에 멈췄다. 그런데 신부님이 천천히 데미안의 옆으로 다가와서 나를 향해 손짓하며 내 이름을 막 부르려는 찰나, 무언가 마음이 복잡해진 듯 옷깃을 만지작거렸다. 그러더니 자신을 바라보는 데미안에게 시선을 옮겨 무언가를 물어보려다가 갑자기 몸을 돌려 잠시 기침을 하고 다른 학생을 시켰다.

나는 이 장난이 무척 재미있었는데, 곧 데미안이 내게도 번번이 같은 장난을 한다는 걸 알아챘다. 등굣길에 갑자기 데미안이 내 뒤를 따라온다는 느낌이 들어서 돌아보면 그가 정말로 거기에 있었다.

"넌 원하는 대로 다른 사람의 생각을 조종할 수 있어?"

내 물음에 데미안은 흔쾌히 친절하고 논리적이고 어른스럽게 설명해 주었다.

"천만에. 그건 불가능해. 신부님은 있다고 하시겠지만 인간에게 자유의지는 없어. 인간은 자신이 원하는 대로 생각할 수 없고, 남에게 자신이 원하는 걸 생각하게 만들 수도 없어. 그런데 누군가를 꼼꼼히 관찰하면, 얼마든지 그가 무엇을 생각하고 어떻게 느끼는지 꽤 정확하게 알 수 있지. 다음 순간 뭘 할지 예측까지도 가능한 거야. 아주 간단한 일인데, 단지 다들 그걸 몰라서 못할 뿐이야. 물론 연습도 필요하고. 나비의 한 종류인데, 수컷보다 암컷의 개체수가 훨씬 적은 나방이 있어. 이 나방도 다른 곤충들과 똑같이, 수컷이 암컷을 수정시키면 암컷이 알을 낳아서 번식해. 생물학자들이 실험을 해봤는데, 암컷 나방을 한 마리 가지고 있으면 밤에 수컷들이 암컷을 찾아서 날아온다는 거야. 심지어 몇 시간씩 걸려서! 수 킬로미터 떨어진 곳에서 수컷들이 부근의 유일한 암컷을 알아차렸던 거야. 사람들이 그 사실을 설명해 보려고 애썼지만 어려운 문제였어. 어떤 냄새나 그 비슷한 무언가가 있어서, 사냥개가 흔적을 추적하듯 왔겠구나 추측할 뿐이지. 알겠니? 자연은 이렇게 설명할 수 없는 일들로 가득해. 하지만 내가 하고 싶은 말은, 그 나방이 암컷과 수컷의 개체수가 비슷했다면 그렇게 예민한 후각을 갖게 되진 않았을 거라는 거야. 짝을 찾는 일에 여러 세대를 걸쳐 훈련했기 때문에 그런 후각을 갖게 된 거지. 사람도 마찬가지야. 자신의 모든 의지력을 하나의 목표에 모으면 성취해 낼 수 있어. 그게 다야. 네 질문에 대한 답이기도 하고. 그러니까 너도 한번 누군가를 아주 세밀하게 관찰해 봐. 그럼 너 자신보다도 상대방에 대해 더 많이 알게 될 거야."

나는 '독심술'이라는 단어를 언급해서 오래 묻어 두었던 크로머와의 사건을 상기시켜 볼까도 싶었다. 그러나 그 일은 우리 사이에서 아주 미묘한 문제였다. 그도 나도, 수년 전 데미안이 내 생활에 아주 심각하게 개입했던 그 일에 대해서는 아주 조금의 암시조차 없이 지내 왔다. 마치 없었던 일처럼 여기거나 서로 상대방이 그 일을 깡그리 잊었다고 여기는 것 같은 상태였다. 함께 거리를 걷다가 한두 번쯤 크로머를 본 적도 있었지만 우리는 서로 시선을 마주치지도 않았고 크로머에 관한 이야기를 나누지도 않았다.

"그럼 자유의지는 어떻게 되는 거야? 너는 사람이 자유롭지 않다면서, 또 사람이 의지를 집중시키면 목적한 바를 이룬다고 말했어. 그건 모순이잖아. 내가 내 의지를 지배할 수 없는데, 내 의지를 뜻하는 대로 집중시킬 수 있을까?"

데미안이 내 어깨를 쳤다. 그가 즐거울 때 하는 행동이었다.

"질문을 하다니, 좋았어!"

그가 웃었다.

"항상 되묻고 의심하는 건 좋은 자세야. 그런데 그 문제라면 아주 간단해. 예를 들어 아까 이야기한 나방이 자기의 의지를 '별까지 비행하기' 같은 불가능한 목표에 집중하면 이룰 수 없어. 다만 그 나방들은 그런 노력을 안 하겠지. 애초에 자신들에게 의미 있고 가치 있는 것, 살아가는 데 꼭 필요한 것들을 찾았을 거야. 그러니까 불가사의한 육감까지 발전시킬 수 있었을 테고. 인간은 짐승보다는 활동 영역이 넓고 관심사가 다양하지만, 역시나 꽤나 좁은 범위에 묶여 있어. 북극에 가고 싶다는 상상은 얼마든지 가능해. 그런데 반드시 북극에 가려면, 내 존재가 그 소망 하나로 가득 차 있을 정도로 강렬하게 원해야 하는 거야. 일단 그렇게 되면, 네 내면에서 우러난 명령은 시도만 해도 쉽게 이뤄질 거고, 이후로 넌 네 의지를 훈련 잘된 망아지처럼 다룰 수 있지. 만약 지금 내가 신부님이 앞으로는 안경을 쓰지 않도록 하겠다고 마음먹는 건 소용없어. 단순한 장난에 불과하니까. 하지만 나는 지난가을, 앞줄에서 조금 뒷자리로 옮기겠다고 마음먹었을 때는 어렵지 않게 실행했지. 그때 마침 이름 순서로 봤을 때 내 앞에 앉아야 하는 애가 나타났거든. 그 아이는 쭉 아프다가 다시 학교에 나왔기 때문에 누군가가 자리를 내줘야 했어. 내가 비켜 줬지. 그건 내 의지가 기회를 잡을 준비를 갖추고 있었기 때문이야."

"맞아. 그때 진짜 이상하다 싶었어. 우리가 서로 친해지고 싶어진 무렵부터 네가 내게 점점 가까이 왔지. 그런데 그건 왜 그랬어? 처음부터 바로 내 옆에 앉지 않고 몇 번은 내 앞자리에 앉았잖아. 그건 왜 그랬어? 어떻게 또 바꾼 거야?"

"처음 자리를 옮길 땐 나도 어디에 앉고 싶은 건지 확실히 알지 못했어. 그저 뒤쪽으로 가고 싶었지. 네 옆에 앉아야겠다는 게 내 의지였지만 처음엔 그걸 인식하지 못했던 거야. 또 네 의지도 동시에 나를 끌어당겼을 거야. 내가 네 앞에 앉았을 때 나는 내 소원을 절반만 이뤘다고 깨달았거든. 바로 네 옆에 앉기를 바랐던 걸 인식한 거지."

"하지만 그땐 새로 들어온 학생이 없었을걸. 아파서 빠지거나 잠깐 쉬는 사람도 없었고."

"그랬지. 하지만 그때는 말이야, 그냥 네 옆에 앉아

버렸어. 나와 자리를 바꿨던 아이는 좀 이상하다 느꼈을 뿐 전혀 상관하지 않았고. 신부님도 분명 한 번쯤 뭔가 이상하다고 느끼셨을 거야. 아마 나와 관련한 일이 있을 때마다 내내 알게 모르게 마음에 걸렸을 걸. 데미안Demian이 싱클레어Sinclair처럼 'S'자 이름을 가진 아이들 사이에 앉아 있는 건 맞지 않으니까! 그러나 내 의지가 자꾸 그 의혹을 반대하고 방해하니까 신부님의 의식이 거기에 못 미친 거야. 신부님이 여러 번 뭔가 이상하다는 듯 나를 쳐다보고 궁리하셨거든. 하지만 나는 그럴 때 대처하는 좋은 방법을 알고 있어. 매번 신부님의 눈을 뚫어지게 바라보는 거야. 거의 모든 사람은 그 시선을 못 견뎌. 왠지 불안해지는 거지. 만약 네가 누군가에게 뭔가를 관철시키고 싶다면 상대방의 눈을 흔들림 없이 응시해 봐. 그때 상대가 전혀 불편해 하지 않으면 그 일은 단념하는 게 좋아. 그에게서는 아무것도 얻어 낼 수 없으니까 말이야. 하지만 그런 일은 아주 드물지. 난 그런 방법이 통하지 않는 사람은 단 한 명밖에 보지 못했어."

"그게 누구야?"

나는 재빨리 물었다.

데미안은 가끔 깊은 생각에 잠길 때의 버릇처럼 눈을 가늘게 뜨고 나를 보았다. 하지만 곧 시선을 돌리고는 대답하지 않았다. 나는 몹시 궁금했지만 다시 물어볼 수는 없었다.

나는 그때 데미안이 자신의 어머니에 대해 말하려 했다고 생각한다. 그가 어머니와 무척 친밀하게 지낸다고 들었지만, 정작 그가 어머니에 대해 이야기하거나 집에 데리고 간 적은 한 번도 없었다. 나는 그의 어머니가 어떻게 생겼는지조차 전혀 알 수 없었다.

나는 데미안을 흉내 냈다. 내 의지를 어떤 일에 집중해서 반드시 성취하려고 시도했다. 아주 간절한 소원이 있었으니까. 하지만 별 소용이 없었다. 데미안에게는 말하지 못했다. 내가 소망하는 것을 데미안에게 고백하기가 어려웠다. 데미안 역시 묻지 않았다.

그러는 동안 나의 신앙심에 금이 가기 시작했다. 그렇다고는 해도 내 생각은, 데미안의 영향을 크게 받았어도, 신의 존재를 전혀 믿지 않는다고 떠들어 대는 다른 동급생들과는 달랐다. 녀석들은 유일신을 믿는 건 우스꽝스럽고 인간으로서의 품위를 떨어뜨리는 일이고, 삼위일체나 예수의 동정녀 탄생 따위는 웃음거리에 불과한데, 아직도 이런 촌스러운 생각을 한다는 것은 수치스러운 일이라고 말하곤 했다. 나는 결코 그렇게는 생각하지 않았다. 나 역시 많은 의혹을 품고 있었지만 그렇다 할지라도 내 유년 시절의 모든 체험을 통해 우리 부모님이 영위하는 경건한 삶이 실재한다는 것을 잘 알고 있었다. 그것이 가치 없는 일이라거나 위선일 뿐이라는 말에도 동의하지 않았다. 나는 오히려 종교적인 것들에 여전히 가장 깊은 경외심을 품고 있었다. 오직 데미안만이 내가 성서 이야기와 교리에 대해서 자유롭게 개인적으로 유희해 보고, 창의적으로 해석해 볼 수 있게 도와주었다. 그가 제시한 해석을 나는 언제나 흔쾌하고 즐겁게 받아들였다. 물론 카인 이야기처럼, 내가 도저히 소화해 내기 힘든 주제들도 여전히 있었다. 언젠가 한번은 견진성사 수업 중에 데미안이 훨씬 더 대담한 견해를 내보여서 나를 놀라게 했다. 골고다 이야기였다. 나는 옛날부터 예수의 고난과 죽음에 관한 이야기에 깊은 인상을 받았다. 어릴 때 예수 수난일 같은 날 아버지가 예수 수난사를 낭독해 주면 나는 열성적으로 감화되어서 슬프도록 고난에 가득 찬, 아름답지만 창백한, 섬뜩하지만 무시무시한 생명력이 있는 '겟세마네와 골고다'의 세계에서 살았다. 바흐의 〈마태 수난곡〉을 처음 들었을 때는 그 은밀한 세계의 어둡고 거친 고난의 광채가 경이로운 선율로 내 마음을 전율시켰다. 지금도 나는 〈마태 수난곡〉과 〈악투스 트라기쿠스 Actus Tragicus〉*에서 모든 시와 예술적 표현의 본질을 발견한다.

그런데 데미안이 수업이 끝나 갈 무렵 생각에 잠긴 얼굴로 이렇게 말했다.

"싱클레어, 뭔가 이상한 점이 있어. 그 이야기를 다시 읽어 봐. 그리고 혀로 음미해 봐. 석연치 않은 맛이 느껴지지? 두 명의 도둑 말이야. 언덕 위에 웅장하게 서 있는 세 개의 십자가가에서 간사한 도둑 이야기가 나오다니, 너무 윤리적이고 감상적이지 않아? 명백히 추악한 잘못을 저지른 자가 갑자기 회개하며 후회의 눈물을 흘리다니. 무덤 코앞에서 하는 그 따위 회개가 무슨 소용이야. 안 그래? 이건 선교 목적으로 감상적으로 떠들어 대는 거짓 설교에 불과해. 만약 내가 두

---

* 바흐 칸타타 106번. 슬픔을 애도하는 곡으로, 장례 칸타타로 유명하다.

도둑 가운데 한 명을 친구로 택한다면, 적어도 신뢰가 있는 상대를 뽑겠어. 눈물 짜며 징징거리는 개종자 말고. 다른 도둑이야말로 사나이답고 개성 있는 사람이야. 그의 처지에서 듣기 좋은 유혹인 회개를 거들떠보지도 않고, 마지막까지 자신에게 충실하게, 그동안 꽉 잡아 온 악마의 손을 비겁하게 놓지 않았잖아. 그는 내세울 개성이 있어. 특별한 사람들은 대개 성서 속에서 손해를 보지. 아마 그도 카인의 후예일 거야, 그렇지?"

나는 경악했다. 십자가에 못 박히는 이야기는 잘 안다고 생각했는데 그의 말을 듣고 나니 나는 상상력이라고는 하나 찾을 수 없고 개성도 없이 그저 듣고 읽기만 했다는 걸 알았다. 하지만 데미안의 이 새로운 견해는 위협적이었다. 그것은 내가 고수해야 한다고 생각해 왔던 모든 관념을 뿌리째 흔들었다. 곤란했다. 그렇게 내가 가장 신성하다고 생각해 온 것들 전부를 잃을 수는 없었다.

그는 언제나처럼 내가 한마디 하기도 전에 그 의견에 내가 반대한다는 것을 알아차렸다. 그는 체념하듯이 말했다.

"그래, 알아. 한갓 오래된 이야기에 불과하니까 너무

심각하게 받아들일 필요는 없지. 하지만 이 이야기는 이 종교가 가진 결함을 잘 보여주고 있어. 구약이든 신약이든 성서 속 유일신의 모습은 너무나 완벽하고 탁월한 존재이기는 한데, 원래 그가 표상하던 본래의 모습은 아니라는 거야. 그는 선함, 숭고함, 아버지다움, 아름다움, 고귀함, 교감, 그 모든 것이야! 하지만 세상에는 다른 것들도 있어. 그 나머지 것들을 모조리 악마적인 것으로 취급하니까 이쪽 세상의 절반이 통째로 숨겨지고 묵살되지. 신을 모든 생명의 근원으로 찬양하면서, 생명을 탄생시키는 성性을 아예 묵살하거나 악마적이라고 단죄하다니! 나는 사람들이 신을 숭배하는 것은 반대하지 않아. 그렇지만 우리는 이 세상에 존재하는 전부를 인정하고 존중해야 해. 인위적으로 분리한 절반만 인정할 게 아니라. 우리는 신에게 예배하는 동시에 악마에게도 예배해야 해. 그래야 옳아. 그게 안 된다면 너 스스로 악마까지도 품어 내는 그런 신을 만들어 내서, 세상에서 자연스럽게 일어나는 일들 앞에서 눈을 감아 버리지 않도록 해야 해."

데미안은 평소와 다르게 대단히 흥분했다. 하지만 곧 진정하고 미소를 짓더니 강한 말투를 누그러뜨렸다.

그러나 그의 말은, 아무에게도 말하지 못하고 혼자서만 간직하고 있던 나의 소년 시절의 비밀을 정확히 맞췄다. 데미안이 말한 신과 악마, 공인된 신의 세계와 금지된 악마의 세계는 내 생각과 정확하게 일치했다. 두 개의 세계, 밝은 세계와 어둠의 세계에 관한 것 말이다. 내 자신의 문제가 곧 모든 인간의 문제고, 모든 삶과 생각의 근원이 되는 문제라는 인식이 갑자기 나를 뒤덮었다. 나의 개인적인 삶과 생각이 위대한 사유의 강에 포함되어 있음을 느끼자 나는 두려우면서도 경건한 심정이 되었다. 하지만 그 깨달음이 나의 존재를 증명해 주고 가벼운 행복감을 주었지만 즐겁기만 한 건 아니었다. 그 통찰에는 가혹하고도 떫은맛이 있었다. 내 유년 시절이 끝났고, 나는 이제 스스로의 힘으로 인생을 헤쳐 나가야 한다는 책임감이 담겼기 때문이다.

나는 처음으로 나의 깊은 비밀을 드러내면서, 데미안에게 유년 시절부터 갖고 있던 '두 세계'에 관한 견해를 들려주었다. 그는 내 이야기를 들으면, 내가 그의 견해에 동의하고 있음을 알았다. 그러나 그렇다고 해서 나를 이용해 우쭐대거나 하지는 않았다. 그는 어느 때보다도 더 집중하며 내 이야기를 들었고 내 눈을 응시했다. 나는 그의 시선을 피할 수밖에 없었다. 데미안의 시선에는 내가 똑바로 응시할 수 없는 묘하게 동물적인, 시간을 초월해 나이를 가늠하기 어려운 존재에서 뿜어져 나오는 무언가가 있었다.

그가 말했다.

"우리 이 문제는 다음에 또 이야기해 보자. 난 네가 사람들한테 말할 수 있는 것 이상을 생각하고 있는 걸 알아. 그 말은 네가 네 생각대로 인생 전부를 살지 못했다는 건데, 그건 좋지 않아. 삶에서 실제로 실행하는 생각만이 가치 있는 거야. 넌 이미 '공인된 세계'가 세계의 절반에 불과한 줄 알면서도, 신부님이나 선생님들이 하듯이 다른 절반의 세계는 숨겨 버리려고 애썼던 거야. 그건 숨겨지지 않아. 누구라도 일단 생각이 시작되면 말이야."

데미안의 말은 내게 깊이 와 닿았다.

"하지만 세상에 금지되고 추악한 악들도 분명 존재해!"

나는 소리치다시피 말했다.

"너도 그걸 부인할 수는 없을 거야. 금지된 것들은 우리가 단념해야 해. 내가 이 세상에 살인이나 다른 온갖 죄악들이 존재하는 줄 알면, 꼭 그것들을 저질러야 한다는 거야?"

"이야기를 오늘 전부 끝낼 수 있는 건 아니야."

데미안은 나를 진정시키려 했다.

"넌 살인하거나 강간해서는 안 돼. 절대로! 넌 아직 '허락된 것'과 '금지된 것'을 구별하지 못하고 있어. 그저 진리의 아주 작은 한 조각을 탐지했을 뿐이야. 다른 부분들을 더 많이 찾게 될 거야. 그렇게 자신을 믿고 맡겨 봐. 예를 들어, 너는 일 년 전부터 어떤 내면의 충동을 느꼈는데, 다른 모든 충동보다 강하니까 '금지된 것'으로 간주했지. 하지만 고대 그리스인이나 어떤 민족들은 이런 충동을 신성하게 여겨서 더 부추기고 축제를 벌여 기념했어. 그러니까 '금지된 것'은 영원불변의 것이 아니라 바뀔 수 있어. 또 우리는 신부님 앞에서 누군가와 결혼하면 당장 동침할 수 있지만, 어떤 민족은 그렇지 않아. 오늘날까지도 말이지. 그러니까 우리들은 '허락된 것'과 '금지된 것'을 스스로 알아내야 해. 금지된 일들을 한 번도 하지 않았지만 실제로는 악당일 수 있어. 그 반대도 가능하고. 대개는 그저 편의상의 문제인 거야! 게으르고 생각하기 싫어하고 스스로 판단

하지 못하는 사람들이 그냥 복종해 버려. 그 편이 쉬우니까. 내면에서 자신만의 법을 느끼는 사람들은 더 어려워. 다른 명예로운 사람들이 매일같이 하는 일이 그들에게 금지된 것일 수 있고, 다들 금기시하는 일을 스스로에게 허용하기도 하거든. 사람은 각자 독자적으로 판단해야 해."

그는 너무 많은 말을 한 것이 후회되는 듯 갑자기 입을 다물었다. 나는 그때 데미안의 심정을 어느 정도 이해할 수 있었다. 언뜻 보면 자신의 견해를 닥치는 대로 즐겁게 말하는 것 같았지만, 언젠가 했던 말처럼 그는 '그저 떠들어 대는 것'을 용납하지 못했다. 데미안은 그의 이야기에 내가 진심으로 흥미를 갖기는 했지만 동시에 재미있고 재치 있는 농담으로 즐기고 있음을 느꼈을 것이다. 말하자면, 내 태도에 완벽한 진지함이 없었다.

마지막 구절의 '완벽한 진지함'이란 말을 다시 읽어보니, 내가 여전히 절반은 어린아이였던 그 시절에 데미안과 함께한 체험 가운데 가장 인상 깊은 장면이 불쑥 떠오른다.

견진성사가 다가올 무렵, 최후의 만찬에 관해 배우고 있었다. 신부님은 최후의 만찬을 무척 중요하게 생각해서 최선을 다해 강의했고, 우리에게 신성한 느낌과 기분을 잘 전달했다. 그런데 몇 시간 남지 않은 문답 수업 시간에 내 생각은 다른 곳을 헤매고 있었다. 내 친구에 관해서였다. 교회 사회로 입문하는 엄숙한 견진성사를 준비하는 반년 동안의 종교 수업에서 신부님의 설교보다는 데미안의 영향 속에 지낸 것에 더 가치를 느꼈다. 내가 입회할 준비가 된 곳은 교회가 아니라 아주 다른 사상과 개성의 교단이었다. 그것은 어떤 모습으로든 이 세상에 분명히 존재할 것이며 데미안이 그 대표자나 사도 같았다.

나는 이런 생각을 억누르려고 애썼다. 어찌됐든 견진성사만은 진심으로 경건하게 치르고 싶었다. 그 경건함에 나의 새로운 생각은 어울리지 않았다. 그렇지만 내가 어떻게 해도 새로운 생각이 사라지지 않았고, 교회 의식 시간이 다가올수록 더 확실해졌다. 결국 나는 의식을 남들과 다르게 치르기로 마음먹었다. 그것은 데미안에 의해 눈뜨게 된 사유 세계로의 입문을 의미했다.

데미안과 또다시 뜨거운 토론을 벌인 것도 이 무렵이었다. 문답 수업 시간 직전이었다. 데미안은 아무 말이 없었다. 그는 조숙한 척, 잘난 척하며 떠드는 내 이야기가 별로 달갑지 않았는지 정색하며 말했다.

"우린 너무 말을 많이 하고 있어. 말뿐인 이야기는 아무런 가치가 없어. 자기 자신에게서 멀어질 뿐이지. 자기 자신한테 멀어진다는 건 죄악이야. 사람은 거북이처럼 제 안으로 완전히 들어가지 않으면 안 돼."

그 후 곧바로 우리는 교실로 들어갔다. 수업이 시작되었고 나는 수업에 열중하려고 애썼다. 데미안도 나를 방해하지 않았다. 그런데 잠시 후 나는 그가 앉은 쪽에서 독특한, 일종의 공허함이나 서늘함을 느꼈다. 그의 자리가 갑자기 텅 비어 버린 것 같았다. 가슴이 답답해져서 그쪽을 쳐다보지 않을 수 없었다.

내 친구는 평소처럼 똑바르고 단정한 자세로 앉아 있었다. 하지만 평소와 완전히 달랐다. 뭔가가 데미안에게서 떨어져 나간 듯했다. 내가 모르는 뭔가가 데미안을 휘감고 있었다. 나는 무심코 그가 눈을 감고 있다고 생각했는데, 다시 보니 뜨고 있었다. 그런데 그 눈은 아무것도 보고 있지 않았다. 내면의 세계 혹은 아득히면 세계를 향해서 물끄러미 열려 있을 뿐이었다. 완벽한 정지 상태로 데미안은 미동 없이 앉아 있었고 숨도 쉬지 않는 것 같았다. 입은 나무나 돌을 깎아 놓은 듯했다. 얼굴 전체가 돌처럼 창백해서, 갈색 머리칼만 생물 같았다. 앞쪽 의자에 걸쳐진 두 손도 돌이나 과일 등의 사물처럼 움직임이 없고 창백한데, 다만 맥없이 늘어진 게 아니라 안에 강력한 생명을 숨긴 단단하고 질 좋은 껍질 같았다.

그 광경에 나는 전율했다. 그가 죽은 줄 알고 하마터면 비명을 지를 뻔했다. 나는 넋 나간 사람처럼 그 창백한 석조 가면 같은 얼굴만 뚫어지게 쳐다보았다. 이 모습이 진짜 데미안이구나! 나와 같이 걷고 대화하던 데미안은 절반에 불과했어. 가끔 나와 호흡을 맞춰서 호응해 주는 역할을 맡아 연기를 한 반쪽짜리였던 거야. 진짜 데미안은 이렇게, 태곳적의 생명체처럼, 차가운 대리석처럼, 아름답지만 냉혹한, 죽었으나 기막히게 멋진 생명력으로 가득한 존재였다. 데미안 주위를 둘러싼 고요한 공허, 정기와 별로 가득한 우주 공간, 이 철저하게 고독한 죽음!

이제 나는 데미안이 완전히 자신에게로 잠겨 있음을

알고 전율했다. 살면서 이렇게까지 고독했던 적이 있었던가. 나는 그와 이어질 수가 없었다. 나는 그에게 가 닿을 수조차 없었다. 그는 세계에서 가장 먼 곳에 있는 섬보다도 더 먼 곳에 있었다.

나 말고는 이 광경을 누구도 못 봤단 말인가? 모두가 그를 봐야 하는데. 그러면 다들 오싹하게 몸서리칠 텐데! 그러나 아무도 그를 주의해서 보지 않았다. 그는 석상처럼 꼿꼿하게 앉아 있었다. 파리 한 마리가 그의 이마에 내려앉더니 천천히 코와 입술로 내려왔지만, 조금의 씰룩임도 없었다.

그는 지금 어디에 있는 걸까? 그는 지금 무슨 생각을 하고, 무엇을 느낄까? 그는 천국에 있을까, 지옥에 있을까?

나는 데미안에게 물어볼 수가 없었다. 수업이 끝나고 그가 다시 살아나 숨 쉬고 있을 때, 나와 시선이 마주친 데미안은 예전 그대로였다. 그는 어디에서 왔을까? 어디를 다녀왔을까? 그는 지쳐 보였다. 얼굴은 다시 혈색을 되찾고 두 손은 다시 움직였지만 갈색 머리칼은 윤기 없이 지쳐 보였다.

그 후 며칠 동안 나는 침실에서 몇 가지 새로운 연습

에 몰두했다. 꼿꼿한 자세로 의자에 앉아 시선을 한곳에 고정시키고 부동자세로 얼마나 오래 버틸 수 있는지, 그랬을 때 무엇이 느껴지는지 알아보려고 했다. 그저 피곤하기만 했고 눈꺼풀에 심한 경련만 일어났다.

그 뒤 곧 견진성사를 받았는데, 중요한 추억이라곤 하나도 기억나지 않는다.

이제 모든 것이 달라졌다. 유년 시절은 산산이 부서져서 내 주위에서 무너져 내렸다. 부모님은 나를 대할 때 당혹스러워 했고, 누나들은 아주 낯설어 했다. 내 의식을 비집고 들어온 각성이, 내가 일상적으로 느끼던 감정들과 기쁨들을 왜곡하고 퇴색시켰다. 정원은 향기를 잃었고, 숲에도 흥미를 잃었다. 날 둘러싼 세계가 마치 전년도 재고 물건들의 떨이판매대처럼 맥 빠지고 지루해졌다. 책은 종잇장 묶음에 불과했고, 음악은 귀에 거슬리는 소음이었다. 가을에 나무가 낙엽을 떨구고 비가 오는지, 해가 뜨는지, 서리가 내리는지 전혀 느끼지 못하고 생명을 서서히 내면으로 움츠리는 것과 같았다. 그 나무는 죽은 게 아니다. 기다리는 거다.

방학이 끝나면 나는 기숙학교에 가기로 되어 있었다. 난생처음 집을 떠나 생활하는 것이다. 어머니는 미리 작별인사를 하려는 듯 유난히 다정하게 나를 챙기며 내 마음에 벅찬 사랑, 고향에 대한 그리움, 잊을 수 없는 추억을 심어 주려고 애썼다. 데미안은 여행을 떠나버렸다. 나는 혼자였다.

베아트리체

방학이 끝날 무렵 나는 내 친구와 미처 인사를 나누지 못한 채 ○○시로 출발했다. 부모님이 두 분 모두 나를 따라와서 세심하게 살펴본 후 김나지움*의 선생님이 운영하는 소년 기숙사로 내 거처를 정해 주셨다. 그때 부모님이 나를 어떤 곳에, 어떤 아이들 사이로 넣은 것인지 알았다면 기절할 만큼 놀라셨을 것이다.

내가 착한 아들이 되고 선량한 시민이 될 수 있을지, 내 본성이 완전히 다른 방향을 가리킬지 여전히 의문이었다. 부모님의 그늘 아래서 행복을 찾으려던 나의

---

* 독일의 전통적 중등 교육 기관. 9년제로, 졸업 후 대학에 입학한다.

마지막 노력이, 꽤 오래가며 성공할 것 같더니 결국 실패로 끝나 버렸기 때문이다. 견진성사를 받은 후 난생처음 느꼈던 묘한 공허와 고독이 (나중에는 그 황량하고 희박한 공기에 얼마나 익숙해지던지!) 좀처럼 사라지지 않았다. 고향에 작별을 고하는 일은 이상하리만큼 쉬웠다. 전혀 슬프지 않아서 부끄러울 지경이었다. 누나들은 이유가 없는데도 울었는데 나는 전혀 눈물이 나지 않았다. 나는 이런 나에게 놀랐다. 그래도 꽤 감성적이고 제법 선량한 아이였는데, 완전히 변해 버린 것이다. 나는 외부 세계에는 완전히 무관심한 채로 며칠씩 나의 내면을, 내 마음의 껍데기 아래에서 포효하며 흘러가는 '금지된 어두운 소리'를 듣는 데만 정신이 팔려서 지냈다. 나는 지난 반년 동안 급격히 자라서 키만 멀쑥해서는, 절반밖에 이해하지 못하는 세상을 어슬렁거렸다. 소년다운 귀여움은 다 사라져 버려서 내 생각에도 이런 모습으로는 남에게 사랑받기 어렵겠다 싶었다. 더군다나 나조차 나를 전혀 사랑하지 않았다. 막스 데미안이 자주 간절히 그리웠고, 또 그런 만큼 자주 그를 미워했다. 몹쓸 병처럼 떠맡게 된 '내 삶의 쇠락'이 그의 탓인 것 같았다.

기숙사생들은 나를 사랑하지도 주목하지도 않았다. 처음엔 놀렸고, 다음에는 따돌렸다. 나를 음침하고 달갑잖은 별종으로 취급했는데, 나는 그 역할이 마음에 들어서 한층 더 과장했다. 남들 눈에는 뭔가 남자답게 세상을 경멸하면서 고독 속으로 단단히 파고드는 것처럼 보였을 테지만, 사실 나는 남몰래 비애와 절망감에 몸부림쳤다. 학교에서는 새롭게 배우는 것 없이 이전 학교에서 쌓았던 지식을 조금씩 써먹으면 됐기 때문에 (지금 다니는 학급이 이전 학교보다 진도가 조금 뒤처져 있었다) 나는 동갑의 또래들을 애 취급했다.

그렇게 1년여의 시간이 흘렀다. 방학에 집에 가도 시큰둥했고, 차라리 학교로 돌아오는 게 기뻤다.

11월 초였다. 그즈음 나는 날씨가 어떻든 밖에 나가 생각에 빠져 정신없이 걷곤 했다. 그러면 우울과 염세와 자기혐오가 뒤섞인 묘한 쾌감이 느껴졌다. 그날도 축축하게 안개가 자욱한 해질녘 교외의 공원을 배회했다. 인적 없는 넓은 가로수 길이 내게 손짓했다. 나는 겹겹이 깔린 낙엽들을 발로 거칠게 헤적거렸다. 공기 속에 축축하고 쌉쌀한 냄새가 떠돌았고 저 멀리 나무들은 안개 속에서 유령의 그림자처럼 희뿌옇게 서 있었다.

나는 긴 가로수 길 끝에 잠시 멈춰 서서 검은 나뭇잎들을 쏘아보며, 축축한 부패와 사멸의 냄새를 탐욕적으로 들이마셨다. 내 안의 뭔가가 그 냄새를 반겼다. 아, 인생의 무상함이란!

누군가 옆길에서 외투 깃을 바람에 펄럭이며 다가왔다. 내가 다시 발걸음을 떼려는데, 그 사람이 나를 불렀다.

"안녕, 싱클레어."

그가 내게 다가왔다. 기숙사에서 나이가 제일 많은 알폰스 벡이었다. 나는 그가 싫지 않았다. 나나 어린 학생들에게 말할 때 어른처럼 굴면서 비꼬고 잘난 체하는 걸 빼면 별 반감은 없었다. 김나지움 학생들은 그가 곰처럼 힘이 세고, 기숙사 사감도 꽉 잡고 있다고 수군댔다.

"이런, 여기서 뭘 하고 있는 거야?"

어른이 우리 또래의 학생에게 자상하게 말을 거는 듯한 말투였다.

"어디, 내가 맞혀 볼까? 너는 시를 짓고 있었어."

"전혀 아닌데."

나는 무뚝뚝하게 말을 잘랐다.

그는 웃음을 터뜨리며 다가오더니, 잡담을 늘어놓았다. 내가 잡담을 나눴던 적이 대체 언제였던가.

"걱정하지 않아도 돼, 싱클레어. 내가 그 정도도 이해하지 못하겠어? 가을날 저녁 안개 속을 걷다 보면 사색에 잠기기 마련이지. 사람들은 그런 순간에 시를 짓고 싶어 해. 그쯤은 나도 알아. 소멸해 가는 자연에서 잃어버린 젊음을 떠올리거든. 하인리히 하이네처럼 말이야."

"난 그렇게 감상적이지 않아."

나는 반박했다.

"좋아, 그 얘기는 관두자. 하지만 내 생각에 이런 날씨에는 와인 한 잔 마실 만한 조용한 곳에 가는 게 좋아. 같이 갈래? 나도 마침 혼자거든. 생각 없니? 네가 모범생으로 남겠다면 굳이 권하지는 않을게."

잠시 후 우리는 교외의 싸구려 술집에 앉아, 그저 그런 맛의 와인이 담긴 두꺼운 유리잔을 부딪쳤다. 처음에는 별로 마음에 들지 않았는데, 어쨌든 새로운 맛이니까 조금씩 마셨다. 그랬더니 술에 익숙하지 않았던 나는 금방 취해서 떠들어 대기 시작했다. 내 안의 창문이 활짝 열려서 세계가 눈부시게 쏟아져 들어오는 것 같았다. 오랫동안, 정말 끔찍이도 오랫동안 진심을 말하지 않고 지내 왔다! 나는 정신없이 떠들었고 결국 카인과 아벨의 이야기까지 터져나왔다.

벡은 내 말에 귀를 기울였다. 마침내 내가 말할 수 있는 사람을 만난 것이다! 벡이 내 어깨를 토닥이며 정말 끝내주는 녀석이라고 불렀다. 나는 그간 억눌러 왔던 대화의 욕구를 마음껏 터트리고, 나이 많은 선배에게 제법이라고 인정까지 받자, 기쁨에 도취되었다. 그의 '빌어먹게 영리한 자식'이라는 말이 감미로운 독주처럼 영혼에 스며들었다. 세계는 새로운 색채로 빛났고, 생각은 수백 개의 힘찬 샘물처럼 솟구쳤다. 열정의 불꽃이 내 안에서 타올랐다. 선생님과 친구들에 관해 이야기할 때는 우리가 멋지게 의기투합하고 있다고 느꼈다. 우리는 고대 그리스인과 이교도까지도 논했는데, 그때 벡이 내 연애 경험을 집요하게 캐물었다. 나는 입을 다물어야 했다. 경험이 없으니 이야기할 것도 없었다. 마음속은 혼자서 느끼고 상상했던 것들로 온통 쓰라렸지만, 그것을 말로 풀어내는 것은 술의 힘으로도 불가능했다. 여자에 관해서는 벡이 훨씬 많이 알고 있었다. 나는 한마디도 못 하고 그의 믿기 힘든 위업들을 열심히 들었다. 듣다 보니 불가능하다고 생각했던 일들이 평범한 일상으로 보이기 시작했다. 벡은 열여덟쯤 먹었을 뿐이지만 경험이 엄청났다. 그러니까, 소녀들은 고백받는 것을 좋아하는데, 그것도 근사한 일이긴 하지만 진짜는 아니라고 했다. 진짜 성과는 여인들에게서 얻을 수 있고, 그 편이 훨씬 낫다고 했다. 예를 들어 문구점 주인인 야겔트 부인과 이야기가 통한다 싶은 사람이 있다면, 그곳 카운터 뒤에서 두 사람 사이에 책에서도 볼 수 없는 그렇고 그런 일들이 벌써 있었다고 보면 된다고 했다.

나는 완전히 이야기에 빠져서 멍하니 앉아 있었다. 물론 내가 야겔트 부인을 사랑할 일은 없지만, 그런 이야기는 들어본 적도 없었다. 나이 든 사람들에게는 내가 상상도 못 해본 즐거움의 은밀한 샘이 있는 듯했다. 벡의 말은 뭔가 맞지 않았고, 내 이상 속의 사랑보다 보잘것없고 평범했다. 그러나 그것들은 모두 현실이었다. 실제 삶이며 모험이었다. 바로 내 옆에 그것들을 실제로 경험하고, 그 경험을 일상적인 일로 여기는 사람이 앉아 있지 않은가.

이야기가 거기까지 이르자, 우리의 대화는 점점 뜸해지고 활기를 잃어 갔다. 나는 더 이상 '빌어먹게 영리한 자식'이 아니었다. 단지 어른의 말에 혹해서 듣고 있는 소년으로 움츠러들었다. 하지만 수개월 동안의 나의 암울한 생활에 비하면, 그 시간은 여전히 천국처럼 달콤했다. 게다가 나중에 차차 알게 된 사실인데, 그런 술집 출입부터 대화 내용까지 모두가 엄격하게 금지된 것들이었다. 나에게는 그 모든 것들이 혁명적 파격이었다.

나는 그날 밤을 놀랍도록 또렷이 기억한다. 우리는 희미하게 타는 가스등 옆을 지나 차갑고 축축한 밤공기를 헤치며 귀가를 서둘렀고, 나는 생애 최초로 취해 있었다. 즐겁지 않았다. 몹시 괴로웠다. 그런데도 뭔가가 짜릿하고 근사했다. 진탕 먹고 마시는 것은 반란과 방종이었고, 곧 삶이고 정신이었다. 벡은 새파란 풋내기라고 욕설을 퍼부으면서도 나를 끝까지 챙겼다. 나를 절반은 업고 절반은 질질 끌며 기숙사까지 데려 갔고, 열린 복도 창문으로 들키지 않고 무사히 집어넣어 주었다.

아주 잠깐 죽음 같은 잠에 빠져들었다가 깨어나며

제정신이 들자, 괴로운 마음과 미칠 듯한 고통이 나를 덮쳤다. 나는 침대에서 일어나 앉았다. 셔츠는 입은 채였고, 나머지 옷가지들은 형편없이 구겨져 방바닥에 팽개쳐져 있었으며, 담배와 토사물 냄새가 났다. 두통과 구토와 미칠 듯한 갈증에 시달리는 사이사이에 오랫동안 돌아보지 않았던 영상들이 떠올랐다. 고향과 부모님의 집, 아버지와 어머니, 누나들과 정원이 보였다. 익숙한 내 방과 학교와 시장이 보였고, 데미안과 견진성사 수업도 보였다. 모든 것이 밝게 빛났고, 아름답고 경건하고 순수했다. 그때 깨달았다. 그 모든 것이 어제까지, 아니 몇 시간 전까지만 해도 내 것이었고 나를 기다리고 있었다. 그러나 지금, 이 저주받고 타락한 순간에는 더 이상 내 것이 아니었고, 내게 거부와 경멸의 시선을 보내고 있었다. 기억나는 가장 오래전 유년의 황금빛 정원에서 부모님에게 받았던 모든 사랑스럽고 친밀한 것, 어머니의 입맞춤 하나하나, 해마다 맞이했던 성탄절, 눈부시게 밝은 경건한 일요일 아침, 정원에 피어 있던 꽃 하나하나, 이 모든 것이 파괴되었다. 이 모든 아름다운 것들을 내가 스스로 짓밟았다! 만약 지금이라도 심판의 사자가 와서 나를 묶어 인간쓰레기,

신성 모독자로 취급하며 교수대로 끌고 간대도 나는 순순히 따라가서 기꺼이 처벌 받았을 것이다.

그러니까 나의 내면은 이랬던 것이다! 사방을 헤매고 다니며 세상을 얕본 자여! 자만심으로 가득 차 데미안의 사상에 기댄 자여! 오물 덩어리, 추잡하게 술에 취해 더럽고 구역질 나는 돼지새끼, 형편없는 충동에 저급하게 휘둘리는 야비한 짐승! 그게 나였다. 모든 것이 깨끗하고 빛나고 우아한 순수의 정원에서 자란 내가, 바흐의 음악과 아름다운 시를 사랑했던 내가 이런 모습이 되다니! 술에 잔뜩 취해 자제력을 상실한 채 얼간이처럼 낄낄거리던 내 웃음소리가 아직도 들려와서 나는 심한 구역질과 분노를 느꼈다. 그게 나였다!

그러나 이 모든 고통스러운 양심의 가책에서 상당한 쾌감이 느껴졌다. 내 마음이 너무나 오랫동안 전적으로 무심하게 침묵하며 한구석에 비겁하게 웅크리고 있었기 때문에, 이런 자책이나 전율, 영혼의 추악한 감정들까지도 반가웠던 것이다. 적어도 지금은 뭐가 됐든 감정이라는 게 느껴지고, 의욕이 타오르고, 심장이 뛰니까. 나는 비참함 속에서 봄의 해방감 같은 무엇을 느끼고 혼란스러웠다.

남들이 보기에 그 시기의 나는 빠르게 굴러떨어지고 있었다. 첫 만취는 금세 또다른 만취로 이어졌다. 학교에도 술집에 가서 흥청거리는 무리들이 많았다. 나는 그들 중에서 가장 어린 편이었는데, 얼마 가지 않아 마지못해 따라다니는 풋내기가 아니라 무리의 리더이며 혜성 같은 존재, 술집 출입에 거침없는 술꾼이라는 악명을 얻었다. 나는 다시 한 번 완전히 어둠과 악마의 세계로 넘어갔고, 이 세계에서 '아주 끝내주는 녀석'으로 통했다.

그러나 나는 비참했다. 나는 자기 파괴적인 술판을 벌여댔다. 친구들은 나를 대장이니 근사한 녀석이니 재치가 번득이는 녀석이니 치켜세웠지만, 내 마음 가장 깊은 곳의 영혼은 비통했다. 아직도 기억난다. 어느 일요일 아침, 나는 술집에서 나오다가 주일 예배에 가려고 단정하게 머리를 빗고 깨끗이 차려입은 어린아이들이 명랑하게 뛰노는 모습을 보고 눈물이 터졌다. 나는 허름한 싸구려 술집의 더러운 탁자에서 맥주에 취해 낄낄대며 냉소적인 풍자로 친구들을 웃기고 때론 신랄한 조롱으로 놀라게 했다. 하지만 마음속에서는 조롱했던 모든 것들을 경외하고 있었기에, 나는 영혼과 과거와 어머니, 그리고 신 앞에 무릎을 꿇고 눈물을 흘렸다.

내가 우리 패거리와 일체감을 느끼지 못하고 그들 사이에서도 고독하고 괴로웠던 것에는 이유가 있었다. 나는 가장 난폭한 패거리에게도 인정받은 술집의 영웅이며 독설가였다. 나는 선생님, 학교, 부모, 교회에 대해서 재치있고 과감한 독설을 던졌다. 음담패설조차 남에게 뒤지지 않으려 했고, 그런 이야기 하나쯤은 거뜬히 만들어 냈다. 그런데 우리 패거리가 여자를 만나러 갈 때는 한 번도 따라가지 않았다. 나는 말로는 철면피 방탕아인 척했지만, 사실 사랑에 대한 격렬한 동경과 가망 없는 그리움에 가득 찬 외로운 소년이었다. 누구보다도 쉽게 상심했고 부끄러움을 많이 탔다. 소녀들이 아름답고 말끔한 옷차림으로 명랑하고 우아하게 걸어가는 모습을 보면, 그녀들이 근사하고 깨끗한 꿈속의 인물처럼 느껴졌다. 나보다 천배는 선하고 순수하게 여겨졌다. 한동안 나는 야겔트 부인의 문구점에는 가지도 못했다. 그녀를 보면 알폰스 벡의 이야기가 생각났고, 그러면 얼굴이 처참하리만큼 새빨개졌기 때문이다.

새로운 패거리들 사이에서도 나만 끊임없이 고독하고 다른 존재 같았고, 그럴수록 그들에게서 떨어져 나올 수가 없었다. 이제 와 생각해 보면, 과음하고 흰소리를 늘어놓는 일들을 내가 한 번이라도 즐겼는지도 모르겠다. 술에도 도무지 익숙해지지 않아서 번번이 숙취에 시달렸다. 그저 강박적이었던 듯하다. 달리 어찌할 바를 몰라서 그저 하던 그대로 계속한 것이다. 나는 오래 혼자 있는 것이 싫었다. 부드럽고 순결한 분위기에 사로잡혀 울컥하거나, 사랑에 대한 욕망에 휩싸이는 것이 두려워서였다.

나에게 딱 한 가지 결핍된 것은, 진실한 친구였다. 내가 좋아하는 동갑내기 친구가 두서넛 있기는 했다. 하지만 그들은 모범생 부류였고 나의 악행은 이미 공공연한 비밀이었다. 그들은 나를 피했다. 나를 뿌리째 흔들리고 있는 구제불능 문제아로 여겼다. 선생님들도 나의 그간의 행실을 자세히 알았고 혹독한 처벌도 반복해서 내렸다. 퇴학 처분은 시간 문제였다. 나도 내가 문제아가 되었음을 잘 알았지만, 여전히 요리조리 빠져나가는 데 열중하면서 언제까지 더 버틸 수 있을지 불안해 했다.

우리를 고독하게 만들어서 우리 자신에게로 이끌어 주는 신의 길은 너무도 많다. 그때 신은 나를 이런 타락의 길로 데려갔다. 악몽 같았다. 더러운 것, 찐득거리는 것, 깨진 맥주잔과 시답잖은 농담을 지껄이며 보낸 밤들에 나는 몽유병자처럼 쉴 새 없이 괴로워하면서도 구역질 나고 더러운 길을 기어 다녔다. 공주에게 가는 도중에 악취와 쓰레기로 가득 찬 뒷골목의 진흙탕에 빠져 버리는 꿈 이야기가 있는데, 내가 그런 지경이었다. 이런 불쾌한 방식으로 나는 고독을 선고받았다. 나와 유년 시절 사이에 굳게 잠긴 문이 세워졌고, 문지기가 지키고 서서 매정하게 환히 웃었다. 이것이 시작이었다. 나는 내가 예전의 나를 간절히 그리워하고 있음을 깨달았다.

사감 선생님의 경고 편지를 받고 ○○시에 온 아버지와 불시에 마주쳤을 때 나는 기겁했다. 그러나 그 겨울이 다 갈 무렵의 두 번째 만남에서 이미 나는 냉담하고 무심해져 있었다. 꾸짖어도, 당부해도, 어머니를 상기시켜도 나는 흘려들었다. 아버지는 격분해서, 내가 달라지지 않으면 불명예 퇴학을 시켜서 감화원에 넣겠다고 말했다. 그렇게 할 테면 하라지! 아버지가 돌아간

후 나는 미안한 마음이 들었다. 아무것도 해내지 못하다니. 내게로 통하는 어떠한 길도 못 찾다니. 그러자 아버지는 실패해도 싸다는 생각도 들었다.

나는 장차 어떻게 되든 상관없었다. 술집에 앉아 떠들어 대는 이상하고 볼품 없는 방식이 내가 세상과 싸우는 방식이었고, 내 저항의 방법이었다. 나는 내 자신을 엉망진창으로 부수어 가면서, 때때로 상황을 이런 식으로 파악했다. 만약 세상이 나 같은 사람들을 필요로 하지 않고, 더 좋은 자리와 가치 있는 일을 부여하지 않는다면, 우리야 자멸해 버리면 그만이고, 손해야 세상이 보겠지.

그해의 성탄절 연휴는 정말 불쾌했다. 어머니가 나를 보고 너무나 놀라셨다. 나는 키가 한층 더 컸고 야윈 얼굴은 생기 없이 축 늘어진 데다 눈언저리엔 염증이 생겨 잿빛으로 찌들어 처량했다. 갓 나기 시작한 코 밑의 엉성한 수염 자국과 최근에 쓰기 시작한 안경이 나를 한층 낯설어 보이게 했다. 누나들은 뒤에서 킥킥거렸다. 만사가 불쾌했다. 서재에서 아버지와 나눈 대화도 불쾌하고 입맛이 썼으며 친척 몇 분과 나눈 인사도 그러했다. 가장 불쾌했던 건 크리스마스이브의 경험이었다. 내가 세상에 존재한 이래로 이날은 우리 집에서 가장 중요한 날이었고, 축제 분위기에서 사랑과 감사의 마음이 가득 차올라 부모님과의 유대감이 거듭 새로워지는 시간이었다. 그러나 이번 성탄절에는 매사가 답답했고 곤혹스러웠다. 여태껏 해오던 대로 아버지가 "그들은 그곳에서 양 떼를 지키고 있었노라" 하는 들판의 목동에 관한 복음서의 구절을 낭독했고, 늘 그래 왔던 것처럼 누나들은 기쁨에 넘쳐 선물이 놓인 책상 앞에 서 있었다. 그런데 아버지의 음성에 즐거운 기색이 없었고 얼굴은 늙고 피곤해 보였으며 한결 조그맣게 오그라들어 보였다. 어머니는 슬퍼 보였다. 그 모든 것이 나에게는 견딜 수 없이 괴롭고 거북했다. 선물과 축복, 복음서와 불 켠 트리조차 그러했다. 생강 쿠키의 달콤한 냄새가 더 향긋했던 추억의 짙은 구름을 만들어 냈다. 크리스마스트리인 전나무의 향은 더 이상은 존재하지 않는 일들을 속삭였다. 나는 이 밤과 축제의 날이 어서 끝나기를 초조하게 기다렸다.

겨울이 온통 그런 식으로 지나갔다. 방학이 되기 직전에 나는 교사회로부터 강력한 제적 경고를 받았다. 될 대로 되라는 마음이 들었다.

나는 특히 데미안을 원망했다. 그동안 그를 한 번도 만나지 못했다. ○○시로 옮겨 온 초기에 두 차례 편지를 보냈지만 답장은 오지 않았다. 그래서 나는 방학 동안에도 그를 찾아가지 않았다.

가을에 알폰스 벡을 만났던 교외의 공원에 봄이 시작될 무렵, 한 소녀가 눈에 띄었다. 가시나무 울타리가 초록빛을 띠기 시작하고 있었다. 나는 불쾌한 생각과 걱정으로 머리가 복잡해서 혼자 걷고 있었다. 건강은 나빠지고 돈은 끝없이 부족하고 친구들에게 빌린 액수는 점점 늘어나서, 집에서 돈을 받아 낼 그럴듯한 지출 명분을 생각해 내야 했다. 상점들에 담배나 그 외의 다른 외상값도 자꾸 늘고 있었다. 조만간 학교 생활이 끝장나서 내가 물로 뛰어들거나 감화원에 끌려갈 지경이 되는 일에 비하면 그쯤은 사소한 걱정거리이리라. 하지만 내가 직면한 것은 그런 사소한 고민들이었고, 그것들이 나를 끔찍이도 비참하게 얽맸다.

그 봄날의 공원에서 내 시선을 끄는 한 소녀를 만났다. 키가 크고 날씬하고 우아한 옷차림에, 영리한 소년 같은 얼굴이었다. 첫눈에 그녀가 마음에 들었다. 나는 그런 느낌의 여자를 좋아해서 곧바로 그녀에 대한 몽상을 시작했다. 나보다 나이가 그다지 많아 보이지는 않았지만 훨씬 성숙하고 우아한, 완전한 숙녀였다. 그러면서도 그녀의 표정에 활기와 소년다움이 보였는데, 나는 바로 그 점이 가장 좋았다.

나는 한 번도 마음에 든 여자에게 다가간 적이 없었고 이번에도 마찬가지였다. 그러나 그녀의 인상이 과거의 어느 소녀들보다 더 강렬했기에, 이 짝사랑의 열병은 내 생활에 깊이 영향을 미쳤다.

갑자기 내 앞에 고귀하고 소중한 모습이 나타난 것이다. 내 안의 어떤 갈망과 충동도, 흠모하고 숭배하고 싶은 열망보다 간절하지 않았다. 나는 그녀에게 베아트리체라는 이름을 붙였다. 비록 단테*는 읽지 않았지만 내가 가지고 있는 영국판 복제품 그림에서 그녀를 본 적이 있었다. 라파엘 전파pre-Raphaelite의 화풍으로 그려진 소녀상으로, 갸름하고 긴 얼굴에 영혼이 깃든 손과 표정, 길쭉길쭉한 팔다리에 날씬한 자태를 지녔다. 공원에서 내 마음을 끌었던 소녀는 날씬한 자태

* 이탈리아 피렌체 출신의 시인. 10세에 한 살 연하의 베아트리체(비체)를 보고 반해서, 평생 꿈속에서 그녀를 만나고 흠모하며 사랑의 시를 썼다.

와 소년다운 점, 얼굴 표정에 영혼이 깃들어 보이는 점은 비슷했지만, 그림의 여자와 똑같이 닮은 것은 아니었다.

베아트리체는 나와 말 한 마디 나누지 않았지만, 내게 미친 영향력은 대단했다. 그녀의 모습을 내 눈 앞에 보는 것만으로, 성전으로 가는 길이 열렸고 나는 사원의 기도자가 되었다. 그날부터 차츰 나는 술집 순례와 야밤의 싸움질에서 멀어졌다. 나는 다시 홀로 있을 수 있었고 독서와 산책을 즐겼다.

나는 돌발적인 전향으로 숱한 조롱을 감수해야 했다. 그러나 이제는 나도 사랑할 대상, 사모할 대상을 가졌다. 이상이 되살아났다. 삶이 신비로운 예감과 영롱한 새벽 여명으로 가득 차자, 다른 이들의 조롱에 무심해졌다. 숭배하는 대상의 하인이나 노예일망정, 나는 내 자신에게로 돌아온 것이 기뻤다.

그 시절을 돌이켜 보면 감동이 벅차오른다. 나는 다시 한번 황폐한 폐허를 어슬렁대던 시간을 빠져나와 스스로의 힘으로 '밝은 세계'를 재건하려는 노력에 매진했다. 내 안의 어둠과 악을 몰아내기 위해서 모든 것을 포기하고 신 앞에 무릎을 꿇었다. 지금의 '밝은 세계'는 어느 정도 나의 창조물이었다. 더 이상은 어머니 품속이나 책임을 회피하려고 도망치는 도피처가 아니라, 내가 스스로 원해서 만든 '책임감과 자제력이 필요한 새로운 헌신'의 영역이었다. 내가 고통스러워서 줄곧 피해 다녔던 성욕의 문제가 이 신성한 불길 속에서 정신과 기도로 정화되어 갔다. 음침하고 흉측한 것들이 사라져 갔다. 신음하며 지샌 밤들, 음란한 생각들로 뛰던 심장 고동, 금기의 문 앞에서 엿듣던 소리, 온갖 음탕한 짓거리들도 모두 없어져 갔다. 나는 그 자리에 베아트리체라는 대상을 숭배하는 제단을 세우고, 나를 그녀에게 바치는 의식을 통해서, 정신과 신들에게도 나를 바쳤다. 음침한 세계에서 뒹굴던 내 삶을 거두어 빛의 세계의 제물로 바쳤다. 나의 목적은 향락이 아니라 순결이었고, 행복이 아니라 아름다움과 영성이었다.

베아트리체 숭배는 내 삶을 송두리째 바꿨다. 어제까지 조숙한 풍자꾼이던 나는 성자가 되려는 희망을 품은 사원의 하인이 되었다. 나는 몸에 밴 나쁜 생활 습관을 청산했을 뿐 아니라 내 삶의 모든 측면을 깨끗하고 고상하게 만들어서 나 자신을 개조하려고 노력했다. 식습관, 언어 습관, 옷차림까지도 여기에 부합되도록 신경 썼다. 아침마다 냉수마찰도 시작했는데, 처음에는 엄청난 노력이 필요했다. 나는 진지하고 품위 있게 행동하기 위해서, 자세를 뻿뻿히 하고 천천히 위엄 있게 걸었다. 남들 눈에는 우스꽝스러워 보였겠지만, 내게는 신을 경배하는 진실한 행동이었다.

나는 새로운 신념을 표현할 방법을 여러 가지로 시도해 보다가, 한 가지에 집중하게 되었다. 나는 그림을 그리기 시작했다. 처음에는 내가 소장한 베아트리체의 초상이 그녀와 충분히 닮지 않아서 내 나름대로 그려 보려고 시작했다. 나는 새로운 기쁨과 희망에 차서 종이와 물감과 붓을 사 왔고, 방에 (최근에 나는 독방을 쓰게 되었다) 팔레트, 유리잔, 도자기 접시, 연필을 준비했다. 조그만 튜브 속에 든 고운 색깔 템페라 물감들이 나를 매혹했다. 처음으로 물감을 뽀얀 접시 위에 짰을 때의 그 빛깔은 지금까지도 눈에 선하다. 타는 듯한 크롬옥시드 그린이었다.

나는 신중하게 그려 나갔다. 얼굴같은 건 그리기가 어려우니까 다른 것부터 시작했다. 장신구, 꽃, 상상으로 그린 풍경화 소품(교회 앞 나무 한 그루, 사이프러스 나무들이 줄지어 선 로마 수도교)……. 나는 그림 그리기에 푹 빠져서 그림물감 세트를 처음 가져 본 아이처럼 행복했다. 그러다가 마침내 베아트리체의 초상을 그리기 시작했다.

처음 몇 장은 완전히 망쳐서 찢어 버렸다. 거리 이곳저곳에서 만났던 얼굴인데, 떠올리려고 할수록 생각나지 않았다. 결국 나는 기억해 내려는 노력을 포기하고 생각과 직관이 이끄는 대로, 그림물감과 붓이 뻗어가는 대로 그렸다. 꿈속에서 본 모습이 나오긴 했는데 별로 만족스럽지 않았다. 계속 시도했더니 한 장 한 장 더해질 때마다 모습이 한결 선명해졌고, 결코 실제와 똑같지는 않아도 내가 꿈꾸던 모습에 가까워 갔다.

나는 갈수록 거의 무심히 꿈꾸듯이 줄을 그었고, 딱히 모델을 떠올리지 않으며 색을 칠했다. 잠재의식의 어설픈 장난 같은 그리기였다. 그러다가 마침내 어느 날, 나도 모르는 새에 이제까지 그린 어떤 얼굴보다 한층 더 강력하게 나를 잡아끄는 얼굴을 완성했다. 베아트리체의 얼굴이 아니었다(어차피 그림은 이미 오래전부터 그녀의 얼굴이 아니었다). 뭔가 다른, 뭔가 비현실적인 얼굴이었는데, 그래서 별로였다는 게 절대 아니다. 소녀라기보다는 차라리 소년의 얼굴이었고, 머리칼도 그녀의 옅은 금발이 아니라 붉은빛이 도는 갈색이었다. 턱은 단단하고 야무져 보였고 입술은 꽃잎처럼 붉었다. 전체적으로 약간 딱딱하고 가면 같은 느낌을 주었지만, 인상이 아주 강렬했고 신비로운 생명력이 넘쳐흘렀다.

내가 완성시킨 그림 앞에 앉아 있자니 이상한 기분이 들었다. 그것은 신상神像이나 신성한 가면처럼 보였고, 절반은 남자 절반은 여자 같았고, 나이를 가늠할 수 없었으며, 몽상에 빠진 듯하면서 강한 의지가 엿보였고, 딱딱한데도 은밀한 생명력이 충만했다. 이 얼굴은 내게 할 말이 있는 듯했다. 내게 속해 있으면서도 내게 뭔가를 요구하고 있었다. 확실히 누군가와 닮았는데 그게 누군지 기억나지 않았다.

이 얼굴은 한동안 내 뇌리를 떠나지 않고 나와 함께 생활했다. 나는 그림을 서랍에 넣고 잠가 두었는데 혹시라도 누가 보고 놀려 대는 게 질색이었기 때문이다. 그러나 혼자되기가 무섭게 그 그림을 꺼내어 보았다. 저녁에는 침대 맞은편 벽지 위에 핀으로 꽂아 놓고는 잠들 때까지 바라보았고, 아침에는 눈을 뜨자마자 쳐다보았다.

정확히 그 시기에 나는 어린아이였을 때 그랬던 것처럼 많은 꿈을 꾸기 시작했다. 요 몇 년간 나는 꿈을 꾼 적이 없었다. 이제 꿈들이, 아주 새로운 종류의 영상들이 다시 나를 찾아왔는데, 초상이 점점 자주 등장했다. 그 얼굴이 살아서 내게 말을 거는데 호의적일 때도 있고 적대적일 때도 있어서, 잔뜩 찌푸린 얼굴도 되었다가 무한히 아름답고 조화된 고귀한 모습도 되었다가 했다.

그러다가 어느 날 아침 나는 그러한 꿈에서 깨어나다가 갑자기 한 가지 사실을 알아차렸다. 그 얼굴은 굉장히 익숙한 눈길로 나를 보았고 내 이름을 부를 것 같았다. 어머니가 나를 잘 알듯, 예전부터 줄곧 나를 지켜본 듯했다. 나는 흥분을 억누르며 그림 속 얼굴을, 숱 많은 갈색 머리칼과 여성적인 분위기의 입술을, 그리고 이상하리만치 밝은 (물감이 저절로 그렇게 말랐다) 단호한 이마를 바라보았다. 그러자 머릿속에 차츰 눈에 익은 누군가의 얼굴이 떠올랐다. 내가 잘 아는 사람인데.

나는 침대에서 튀어 나와, 그림에 바짝 다가서서 초록빛의 큰 눈을, 물끄러미 내게 고정된 눈동자를 들여다보았다. 오른쪽 눈이 왼쪽보다 약간 치켜져 있었다. 그 순간 갑자기 오른쪽 눈이 씰룩했다. 아주 살짝 미세하게, 그러나 분명하게. 이 작은 움직임에 나는 그 얼굴을 알아보았다.

왜 이렇게 늦게 알아차렸지? 데미안의 얼굴이었다!

그 후 나는 종종 내가 기억하는 데미안의 진짜 표정들과 그 그림을 비교했다. 닮기는 했지만 똑같지는 않았다. 그러나 틀림없이 데미안이었다.

어느 초여름 석양 무렵, 서쪽 창문을 통해 기울어져 가는 태양 빛이 붉게 비쳐 들었다. 방 안이 어두워져 갔다. 나는 베아트리체의 초상, 아니 데미안의 초상을 창틀에 고정시켜서 그림에 석양이 비치는 모습을 보고 싶다는 충동을 느꼈다. 그러자 얼굴 윤곽은 흐려져서 몽롱해 보였지만, 붉게 그늘진 눈과 밝은 이마와 유난스레 붉은 입술은 더 강렬하게 타올랐다. 석양이 사라진 후에도 나는 오랫동안 그 앞에 마주 앉아 있었다. 점차 그 얼굴이 베아트리체나 데미안이 아니라 나라고 느껴졌다. 나와 닮아서가 아니라(닮을 필요도 없었다) 내 삶을 결정짓는 것, 내면의 나, 나의 운명, 나의 신(선이든 악이든)이었기 때문이다. 언젠가 내가 다시 친구를 만난다면 그 친구는 이런 모습일 것이다. 언젠가 내가 사랑을 하게 된다면 사랑하는 이가 이런 모습일 것이다. 나의 삶과 나의 죽음도 이러할 것이다. 이것이 나의 운명의 울림이자 리듬이 될 것이다.

그 무렵 나는 이제까지 읽었던 그 어떤 책보다 강렬한 인상을 주는 책을 읽고 있었다. 훗날에도 니체를 제외하면 그렇게 감동을 받았던 책은 거의 없었다. 편지와 잠언이 수록된 노발리스*의 책이었다. 내용의 대부분이 잘 이해되지 않는데도 그 구절들은 하나같이 내 마음을 잡아끌고 긴장시켰다. 지금 그 잠언의 한 구절이 불현듯 떠오른다. 나는 그 구절을 초상 아래에 적었다. '운명과 기질은 하나의 개념에 대한 두 개의 이름이다.' 그 말을 나는 그제야 이해했다.

나는 내가 베아트리체라고 이름 지은 소녀와 여전히 자주 마주쳤지만, 이미 거기에 동요는 없었다. 그저 부드러운 조화와 어떤 예감만 있었다. 그대와 나는 연결되어 있는데, 그대의 실체가 아니라 그대의 모습만 그럴 뿐이다, 그대는 내 운명의 일부다, 라고.

---

* Novalis. 독일 초기 낭만주의 시인이자 철학자다.

막스 데미안에 대한 그리움이 다시 강렬해졌다. 나는 그의 소식을 수년간 듣지 못했다. 딱 한 번 방학 때 그를 마주치긴 했다. 지금에야 나는 이 잠깐의 만남을 이 기록에서 숨기고 있었음을, 수치심과 허영심 때문에 그랬음을 깨달았다. 이것을 만회해야겠다.

술집에 드나들던 시절, 방학 때 고향에 갔을 때였다. 나는 피곤에 찌든 얼굴로 산책용 지팡이를 휘두르며 예나 지금이나 여전히 한심스러운 거리의 건달들을 구경하며 건들건들 시내를 돌아다니다가, 옛 친구가 내 쪽으로 걸어오는 것을 보았다. 그의 모습을 보자마자 온몸이 움찔했다. 전광석화처럼 프란츠 크로머가 떠올랐던 것이다. 제발 데미안이 그때의 일을 잊었기를! 그에게 신세 갚을 일이 남아 있다는 것이 그렇게나 불편했다. 어리석은 아이 때의 일에 불과하긴 하지만, 신세는 신세였으니까.

그가 내가 인사를 하는지 아닌지를 보려는 듯했기에 나는 되도록 태연하게 인사를 했다. 그는 나에게 손을 내밀었다. 옛날과 똑같은 데미안의 악수였다! 꽉 움켜쥐는, 따뜻하면서도 서늘한, 남성적인 악수!

그가 주의 깊게 내 얼굴을 들여다보았다.

"싱클레어, 너 많이 컸구나."

그는 전혀 변하지 않았다. 여전히 나이 들어 보이기도 하고 젊어 보이기도 했다.

우리는 함께 산책하며 이야기를 나눴는데, 하찮은 대화들뿐이었고 서로의 근황에 대해서는 함구했다. 예전에 내가 몇 번이나 편지를 썼다가 답장을 받지 못했던 일이 생각났다. 아, 제발 그가 바보 같은 편지들도 잊었기를! 그는 편지에 관해서도 한마디도 하지 않았다.

그때는 아직 베아트리체도 초상도 없었고 나는 황량한 시기의 한복판에 있던 참이었다. 도시 외곽을 지날 때 내가 술 한잔 사주겠다고 말했고, 그는 좋다고 했다. 나는 잔뜩 멋을 부리며 와인 한 병을 주문해 잔에 채우고 그와 잔을 부딪치고는 학생들이 흔히 그러하듯 첫 잔을 단숨에 비웠다.

"술을 자주 마시는구나?"

그가 나에게 물었다. 나는 나른한 말투로 대답했다.

"응. 그것 말고 무슨 할 일이 있겠어? 아직까지는 제일 재미있는 일이니까."

"그렇게 생각해? 그럴지도 모르지. 제법 근사한 점

도 있으니까 말이야. 도취의 황홀함과 바쿠스*적인 면이 말이야. 하지만 술집을 자주 가는 사람들은 그런 멋은 다 잊어버리더라. 술집을 전전하는 일이야말로 진짜 건달들이 하는 짓 같아. 그래, 하룻밤쯤 타오르는 횃불 곁에서 진짜 정신없이 취해보는 거야 좋지! 그러나 매일매일 연거푸 술잔을 기울이는 게 정말 잘하는 짓일까? 매일 밤 단골 술집 술상을 보고 있는 파우스트를 상상할 수 있겠니?"

나는 술을 마시며 적의에 찬 눈빛으로 그를 쳐다보았다.

"글쎄, 누구나 파우스트 같을 수는 없으니까."

나는 짤막하게 대꾸했다.

데미안은 다소 놀랍다는 듯이 나를 보았다. 그러고는 예전처럼 신선하고 우월감이 느껴지는 웃음을 지었다.

"이런 걸로 다투지 말자! 아무튼 술꾼이나 건달의 생활이 평범한 모범 시민의 일상보다 더 활기찰 수도 있어. 언젠가 읽은 적이 있는데, 방탕한 생활은 신비주의자가 살기 위한 최선의 준비 활동이래. 예언자가 되는

---

* 바쿠스(디오니소스)는 술의 신이다. 풍부한 감성, 환각, 황홀경 등을 상징해서 이성적인 신 아폴로(아폴론)과 대비된다.

건 언제나 성 아우구스티누스** 같은 인물이거든. 그도 예언자가 되기 이전에는 향락가였고 방탕아였어."

나는 데미안의 이야기가 미심쩍었고 훈계당하고 싶지 않았다. 그래서 냉담하게 말했다.

"누구나 다 자기 방식대로 살겠지. 솔직히 말해서 나는 예언자 같은 건 될 마음이 전혀 없어."

데미안은 눈을 지그시 내리깐 채 알아들었다는 듯 나를 바라보며 천천히 말했다.

"이봐, 싱클레어, 네게 잔소리를 하려는 건 아니야. 게다가 나나 너나 네가 왜 요즘 술을 마시는지 모르고 있고. 아마 네 안에서 네 삶의 방향을 조종하고 있는 그것은 알고 있겠지. 우리들 마음속에 모든 것을 알고 모든 것을 원하고 모든 것을 우리 자신들보다 더 잘 해내는 누군가가 있음을 깨달으면 도움이 될 거야. 그럼 이만 실례할게. 집에 가야겠어."

우리는 짧게 작별 인사를 나누었다. 나는 몹시 마음이 상해서 그대로 혼자 앉아서 남은 술을 다 마셨다. 집

** 로마의 철학자이자 신학자. 젊은 시절 방탕하게 살다가 32세에 회개하고 독실한 신앙인이 된 것으로 유명하다. 〈고백록〉에 자신의 삶을 솔직하게 기록했다.

으로 가려고 했을 때 데미안이 벌써 술값을 계산했다는 사실을 알았다. 기분이 훨씬 더 나빠졌다.

이 사소한 사건을 다시 곰곰이 생각해 보았다. 나는 그를 잊을 수 없었다. 그가 그 교외의 술집에서 내게 한 말들을 이상할 정도로 생생하게 한마디도 잊지 않고 기억했다.

"우리들 마음속에 모든 것을 아는 누군가가 있음을 깨달으면 도움이 될 거야."

아직도 창틀에 둔, 이제는 빛이 완전히 사라진 그림에 시선을 고정했다. 그런데 여전히 두 눈이 이글이글 타오르고 있었다. 그것은 데미안의 눈빛이었다. 아니면 내 마음속에 들어 있는, 모든 것을 알고 있는 자의 눈빛이었다.

나는 데미안을 얼마나 그리워했던가! 그러나 그가 지금 어디에 있는지 알지 못했다. 어떻게 연락해야 할지도 몰랐다. 알고 있는 거라곤, 그는 아마도 어느 대학에선가 공부를 계속하고 있을 것이고, 김나지움을 졸업한 후 어머니와 함께 우리 도시를 떠났다는 것뿐이었다.

나는 데미안과 관련된 일은 무엇이든 기억해 보려고

크로머의 일까지 더듬어 갔다. 그가 일찍이 내게 이야기해 주었던 정말 많은 것들이 생생하게 떠올랐는데, 그 말들이 지금까지도 여전히 깊은 의미를 지니며 내 상황과 꼭 들어맞았다! 최근 우리가 별로 기쁘지 않게 재회했을 때 말했던 방탕아와 성자에 관한 의미도 갑자기 마음속에서 분명해졌다. 정확하게 내게 일어난 일이 아닌가? 술에 취해서 몽롱하고 불결하고 방탕하게 살다가 정반대의 충동이, 삶에의 열정과 깨끗함에 대한 갈망과 신성함에 대한 동경이 되살아나지 않았던가?

내가 계속 기억을 더듬는 동안, 밤이 깊어 갔다. 밖에서 비가 내렸다. 내 기억 속에서도 비 내리는 소리가 들렸다. 밤나무 아래에서 데미안이 프란츠 크로머에 대해 캐묻고 내 비밀을 알아맞히던 때의 빗소리다. 학교를 오가는 길에 나누었던 대화, 견진성사 수업 시간…… 하나의 기억이 끝나면 또 다른 기억이 꼬리를 물었다. 그리고 마지막으로 막스 데미안과 맨 처음 만났던 기억이 떠올랐다. 그땐 무슨 문제가 있었더라? 그 기억은 좀처럼 떠오르지 않았다. 나는 시간을 두고 그 기억을 되살리는 데 열중했다. 그러자 그것도 떠올랐다. 그가 카인 이야기를 해준 뒤, 우리 둘이 우리 집 현관 아치의 쐐기돌에 새겨진 낡고 퇴색한 문장에 대해 이야기했다. 그는 그것이 흥미로우며 그런 물건에는 누구라도 관심을 기울여야 한다고 말했다.

그날 밤 나는 데미안과 그 문장의 꿈을 꾸었다. 데미안이 그것을 손에 쥐고 있었는데, 어떤 때는 조그맣고 잿빛이었다가 때로는 굉장히 커져서 여러 빛깔을 띠었다. 그렇지만 그는 나에게 그것은 언제나 똑같은 문장이라고 설명하고는 내게 그 문장을 삼키라고 명령했다! 그것을 삼키자 나는 공포에 사로잡혔다. 문장 속의 새가 내 안에서 되살아나서, 점점 부풀며 나를 집어삼켜 가는 것이었다. 죽을 것 같은 두려움을 느끼며 나는 잠에서 깼다.

잠이 싹 달아났다. 한밤중이었는데, 방 안으로 비가 들이치는 소리가 들렸다. 창문을 닫으려고 일어났다가 방바닥에 놓인 흰 것을 밟았다. 아침에 보니 그것은 내 그림이었다. 그림이 바닥에 고인 물에 젖어서 틀어져 있었다. 나는 말리려고 흡수지 사이에 끼워서 두꺼운 책 속에 넣어 두었다. 다음 날 보니 잘 마르긴 했는데 그림이 변해 있었다. 붉은 입술이 다소 파리해지고 얼마간 가늘어졌다. 이제 정말 데미안의 입 그대로였다.

나는 문장의 새를 그리기 시작했다. 본래의 그 새 모양이 분명하게 기억나지는 않았다. 그런데 어렴풋이 기억을 더듬어 보니, 그 문장이 너무 낡아서 가끔 다시 채색을 했기 때문에 가까이 가서 봐도 알아볼 수 없는 부분들이 있었다. 그 새는 뭔가의 위에 서 있거나 앉아 있는데, 그게 꽃인지 바구니나 둥지인지 아니면 나무 꼭대기인지 애매했다. 나는 사소한 것에 마음 쓰지 않고 머릿속에서 분명히 모습이 떠오르는 부분부터 그려 갔다. 무언가 분명하지 않은 욕구 때문에 나는 강한 색깔을 썼다. 나는 새의 머리를 황금빛 노랑으로 칠했다. 기분이 내키는 대로 그린 그 그림은 며칠 안에 완성되었다.

그것은 날카롭고 겁 없어 보이는 매의 머리를 한 커다란 새였다. 새의 반신이 푸른 하늘을 배경으로 어두운 지구에 박혀 있었고, 마치 커다란 알에서 깨어 나오려는 것처럼 몸부림치고 있었다. 그 그림은 보면 볼수록 내가 꿈속에서 보았던 화려한 빛깔의 문장처럼 여겨졌다.

나는 데미안에게 편지를 쓸 수 없었다. 설령 부칠 주소를 안다고 해도 말이다. 그러나 나는 그 당시 무슨 일을 하든지 꿈과 예감에 사로잡혀 했던 것처럼, 이것이 전해지든 전해지지 못하든 간에 그에게 새 그림을 보내기로 마음먹었다. 나는 그림 위에 아무것도, 내 이름조차 적지 않고 가장자리를 조심해서 오려 내 커다란 봉투에 담았고, 데미안의 옛날 주소로 부쳤다.

시험이 다가왔고, 나는 이전보다 열심히 공부했다. 내가 행실을 바로잡은 이후로 선생님들은 내게 너그러워졌다. 지금도 역시 나는 모범생이라고 할 수는 없었으나, 그렇다고 어느 누구도 이제 와서 반년 전의 퇴학처분 경고의 기억을 들추는 사람은 없었다.

아버지도 이제는 비난이나 위협조가 아닌 옛날의 어조로 편지를 보냈다. 나는 아버지에게든 다른 어떤 사람에게든 내가 변한 이유를 설명하고 싶진 않았다. 이 변화가 부모님이나 선생님의 기대와 일치한 것은 우연이었다. 이 변화로 내가 남들 속으로 들어간 것은 아니었고, 누군가가 내게 다가오는 것을 허용하지도 않았다. 오히려 나는 한층 더 고독해졌다. 변화는 데미안의 방향을, 저 멀리 있는 운명을 가리켰는데, 그 한복판에서 있는 내게는 그것이 확실하게 보이지가 않았다. 베아트리체에게서 시작되었지만, 얼마 지나지 않아 초상이나 데미안에 대한 생각이 깊어지며 비현실적인 세계로 빠져들자 그녀는 완전히 잊혀졌다. 나는 누구에게도 내 꿈들과 기대들에 대해, 나의 내면적 변화들에 관해 한마디도 할 수 없었을 것이다. 간절히 그렇게 하고 싶었어도 말이다.

하지만 내가 그렇게 원할 수나 있었겠는가?

새는 알에서 나오려고 투쟁한다

내가 그렸던 꿈의 새는 여행을 떠나 내 친구를 찾았다. 가장 이상하고 신기한 방법으로 답장이 왔다.

어느 날 학교 쉬는 시간이 끝나서 자리로 돌아왔을 때 나는 책갈피 사이에 꽂힌 종이쪽지 한 장을 발견했다. 종이는 우리가 가끔 수업 시간에 메모를 보낼 때 접던 모양으로 접혀 있었다. 누가 보냈는지 짐작할 수 없었다. 이제까지 어떤 친구와도 이런 장난을 해보지 않았다. 나는 이것이 학교에서 유행하는 장난에 끼어보라는 권유겠거니 했다. 그럴 마음이 전혀 없어서 종이쪽지를 읽지도 않고 무심히 책 앞쪽에 꽂아 두었다. 그러다가 수업 중에 다시 그 쪽지가 손에 잡혔다.

쪽지를 만지작거리다가 생각 없이 펼쳐 보니 거기에 몇 줄의 문구가 적혀 있었다. 슬쩍 보는 것만으로 충분했다. 한 문장에 나는 얼어붙었다. 놀란 마음으로 다시 읽는 동안, 심장이 전율하며 운명 앞에 움츠러들었다.

"새는 알에서 나오려고 투쟁한다. 알은 세계다. 태어나려는 자는 한 세계를 깨뜨려야 한다. 새는 신에게 날아간다. 신의 이름은 아브락사스다."

나는 이 구절을 여러 번 읽고 깊은 생각에 잠겼다. 의심할 여지도 없이 그것은 데미안에게서 온 답이었다. 우리 둘 외에는 아무도 그 새 그림을 몰랐다. 그가 내 그림을 받고 뜻을 이해해서 내게 알려준 것이다. 하지만 이 모든 일이 어떻게 맞아떨어지지? 그리고 무엇보다도 나를 괴롭힌 것인데, 대체 아브락사스가 뭐지? 들어본 적도, 읽어본 적도 없는 이름이었다.

"신의 이름은 아브락사스다."

전혀 집중하지 못한 채 수업이 끝났다. 다음은 오전의 마지막 수업이었다. 수업은 젊은 보조 교사 담당이었는데, 대학을 갓 졸업한 사람으로 매우 젊고 괜한 잘난 척을 하지 않아서 학생들에게 인기가 있었다.

우리는 폴렌 선생님의 지도로 헤로도토스의 작품을

읽었다. 이 강독 수업은 내가 흥미 있어 하는 과목 중의 하나였다. 하지만 이날만은 수업에 집중할 수가 없었다. 나는 기계적으로 책을 펼쳐 놓은 채 선생님의 진도를 따라가지 않고 내 생각의 뒤를 좇았다. 데미안이 예전 견진성사 수업 시간에 했던 이야기가 얼마나 옳은 말인지 여러 번 느꼈다. 사람이 무언가를 간절히 원하면 그대로 이루어진다는 이야기 말이다. 내가 수업 중에 아주 강하게 내 생각에 집중하면 선생님들이 나를 내버려 뒀다. 하지만 정신이 산만하거나 졸릴 때면 갑자기 선생님이 옆에 와서 서 있었다. 그런 경험이 여러 번 있었다. 내가 정말로 깊은 생각에 몰두해 있다면 안전했다. 나는 강한 시선으로 상대를 노려보는 실험도 해봤는데, 그것도 믿을 만했다. 데미안과 함께였던 시절에는 성공할 수 없었던 일인데, 지금은 강한 시선과 깊은 생각만으로 매우 많은 일을 할 수 있음을 느꼈다.

지금도 나는 그런 방식으로 헤로도토스와 학교로부터 멀리 떨어져 있었다. 그런데 갑자기 선생님 목소리가 번개처럼 내리치며 내 의식을 뚫고 들어왔다. 나는 깜짝 놀라 정신을 차렸다. 선생님은 내 곁에 바짝 붙어서 있었다. 나는 그가 내 이름을 부른 줄 알고 긴장했다가, 나를 쳐다보고 있지도 않길래 안도의 숨을 내쉬었다.

그때 다시 선생님의 목소리가 들렸다. 분명히 '아브락사스'라고 말하고 있었다. 말의 첫머리는 듣지 못했지만 폴렌 선생님은 설명을 계속하고 있었다.

"우리는 고대의 종파들과 신비주의 교단의 견해를 합리주의적인 관점만으로 보고 '단순하다'고 판단해 버리면 안 됩니다. 고대에는 오늘날 우리가 '과학'이라고 부르는 것들이 전혀 없었습니다. 하지만 그 대신 매우 높은 수준의 철학적이고 신비로운 진리 탐구 활동이 있었습니다. 물론 그중 일부는 지루한 마술이나 경박한 요술로 변해서, 사기와 범죄로 이어지기도 했습니다만, 마술에는 본래는 고귀한 배경과 심오한 철학이 담겨 있었습니다. 앞서 예로 든 아브락사스가 그렇습니다. 이 이름을 고대 그리스인들의 마술 주문과 연관시켜서, 오늘날까지도 특정 야만족들이 믿고 있는 어떤 악마의 이름으로 간주하기도 합니다. 그러나 아브락사스는 훨씬 깊은 뜻을 담고 있습니다. 우리는 일단 이 이름을 신성과 악마성을 결합하는 역할을 하는 상징적인 신적 존재라고 생각해볼 수 있겠습니다."

작은 몸집의 젊은 학자는 섬세하면서도 힘 있게 설명을 계속했다. 크게 신경을 쓰는 사람은 없었다. 그 이름이 다시 거론되지 않자 나도 나만의 생각으로 주의를 돌렸다.

'신성과 악마성을 결합한다.'

이 설명의 여운이 사라지지 않았다. 우리가 우정을 나누던 최후의 시절에 데미안이 이렇게 말했다. 우리가 숭배하는 신은 인위적으로 구분된 절반의 세계(공적으로 허용된 '밝은 세계')만을 포용한다고. 그러나 우리는 온 세계를 숭배할 수 있어야 하니까, 악마까지도 포용하는 새로운 신을 갖거나 신에게 예배하는 동시에 악마에게도 예배해야 한다고. 지금 이 아브락사스가 신이자 악마인, 바로 우리가 찾던 신이었다.

나는 한동안 매우 열심히 그 신에 대해 알아보았다. 하지만 도서관을 다 뒤져도 아무 소득이 없었다. 그러나 내 본성은 원래 이런 식의 직접적이고 의식적인 탐구 방식에 맞지 않았다. 그건 손에 잡히고 느껴지는 작은 돌멩이 정도의 진리만 찾아낼 뿐이니까.

한때 그리도 몰두했던 베아트리체의 모습이 서서히 관심에서 멀어졌다. 아니, 서서히 뒤로 물러나서 지평

선에 가까워지니까 그림자처럼 흐릿해지며 가라앉았다고 말하는 편이 더 낫겠다. 그녀는 더 이상 내 영혼의 갈망을 만족시키지 못했다.

그 대신 고립을 자초해서 몽유병자처럼 지내 온 나의 내면에 새로운 것이 형성되기 시작했다. 삶에 대한 동경 혹은 사랑을 향한 동경이었다. 또한 베아트리체를 숭배하는 동안 잦아들었던 성적 충동이 다시 솟구치며 새로운 대상을 갈망했다. 여전히 내 욕망은 충족되지 못했다. 그렇다고 내 마음을 속이고 친구들처럼 소녀들에게 뭔가를 얻어내는 방식으로 충족감을 얻기란 더욱 불가능해졌다. 나는 다시 생생한 꿈들을 꾸기 시작했다. 사실 밤보다 낮에 빠지는 몽상이 더 많았다. 상상들, 이미지들, 욕망들이 내 안에서 수시로 일며 나를 외부 세계로부터 떼어냈다. 나는 자연히 내 주변의 세계보다 내가 창조한 세계, 이미지들과 꿈들과 그림자들이 뒤섞인 세계에 더 실제적이고 생생하게 연결되었다.

그때 어떤 특정한 꿈, 항상 되풀이된 환상이 내게 점점 중요해졌다. 내가 아버지 집에 돌아갔다. 푸른 하늘을 배경으로 문장 속의 새가 황금빛으로 환하게 빛나며 대문 위에 있었다. 집에서 어머니가 나를 맞이했다. 하지만 내가 어머니를 안으려 하니 어머니가 한 번도 본 적 없는 사람으로 변했다. 키가 훤칠하게 크고 힘이 셌는데, 막스 데미안이나 내가 그린 초상과도 닮은 것 같았지만 자세히 보면 또 달랐다. 힘차 보이지만 정말로 여성스러운 여인이었다. 그 여인은 나를 끌어당겨 몸이 떨릴 정도로 진한 사랑의 포옹을 해주었다. 희열과 공포가 뒤섞여 느껴졌다. 그 포옹은 신에게 드리는 예배인 동시에 죄악이었다. 그 여인의 모습에서 너무나 많은 것들, 그러니까 어머니나 데미안과의 수많은 추억들이 연상되어 유령처럼 나타났다가 사라졌으니까. 그녀와의 포옹은 경건한 숭배를 어겼지만, 짜릿한 희열이 느껴졌다. 이 꿈에서 깰 때면 나는 엄청난 행복감에 떨거나, 끔찍한 죄를 저지른 듯한 죽음의 공포와 양심의 가책에 떨었다.

아주 서서히 이 내면의 이미지는 무의식적으로 내가 찾고 있는 신에 대한 외부적 단서로 연결되었다. 그것은 점점 일정하고 긴밀하게 결합되어서, 나는 이 암시의 꿈에서 내가 아브락사스를 부르고 있음을 점차 감지했다. 쾌감과 공포, 남성과 여성의 혼합, 성스러움과 충격의 뒤섞임, 연약한 순결을 관통하는 깊은 죄악. 이것이 내 사랑과 꿈과 아브락사스의 이미지였다. 내게 사랑은 맨처음 내가 불안하게만 여겼던 짐승 같은 어두운 충동이 아니었다. 더 이상 베아트리체의 초상에 마음을 바쳤던 경건하고 정신적인 숭배도 아니었다. 사랑은 그 양쪽 다였다. 양쪽 모두이면서 그 이상이었다. 그것은 천사인 동시에 악마였고, 남자와 여자가 합쳐진 존재였고, 인간적이면서도 동물적인 것이고, 최고의 선이자 극한의 악이었다. 이렇게 사는 것이 운명이고, 이런 것들을 체험하는 것이 숙명 같았다. 깊은 동경심을 품은 동시에 깊은 두려움에 떨었고, 사랑은 언제나 내 머리 꼭대기에 실제로 존재하며 나를 수시로 덮쳐 왔다.

이듬해 봄, 나는 김나지움을 졸업하고 진학을 해야 했다. 아직도 나는 어디서 무엇을 공부하고 싶은지 정하지 못했다. 나는 콧수염이 자라기 시작했고 완전한 성인이 되었다. 그런데도 여전히 뭘 해야 할지 몰랐고 특별한 목표도 없었다. 단 하나 확실한 건 내면의 소리, 꿈속의 이미지뿐이었다. 나는 이것이 이끄는 대로 맹목적으로 따라가야 한다고 느꼈다. 매우 어려운 일이었고 나는 매일 그것에 저항했다. 내가 미친 건 아닐까 한두 번 생각한 게 아니다. 나는 다른 사람과 전혀 다른 걸까? 하지만 다른 학생들이 할 수 있는 일은 나도 할 수 있었다. 조금만 집중하고 노력하면 플라톤을 읽어 냈고 삼각 함수 문제도 풀었고 화학식 분석도 이해했다. 내가 할 수 없는 건 단 하나뿐이었다. 남들처럼 내면에 숨겨진 목표를 끄집어내서 확실히 내놓는 일. 남들은 자신이 교수나 판사, 의사나 예술가가 되고 싶다고 명백히 말했고 그러려면 시간이 얼마나 필요하며 어떤 현실적인 장점이 있는지도 잘 알았다. 나는 몰랐다. 언젠가는 나도 뭔가가 되겠지만, 내가 지금 그걸 어떻게 알 수 있다는 말인지. 이후 몇 년 동안 찾고 또 찾아도 아무것도 못 되고 아무 목표도 못 이룰 수도 있다. 시간이 흘러서 목표를 이뤘는데, 그것이 매우 사악하고 위험하고 무서운 일이었다고 드러날 수도 있다.

나는 내 속에서 스스로 솟아나는 것, 바로 그것을 살아보려 했다. 그것이 왜 그토록 어려웠을까?

나는 자주 내 꿈에 나타나는 거센 사랑의 형상을 그려 보려고 노력했다. 하지만 한 번도 성공하지 못했다. 성공했다면 데미안에게 보냈을 것이다. 그는 어디에 있을까? 알 수 없었다. 단지 데미안과 내가 어떤 방식으로든 연결되어 있는 것은 알았다. 언제쯤 다시 그를 만날 수 있을까?

베아트리체와의 몇 주, 몇 달간의 고요한 정적은 이미 오래전에 사라졌다. 그 당시 나는 섬에 도착해서 평화를 발견한 줄 알았다. 하지만 언제나 그랬듯이, 어떤 상태가 마음에 들거나 어떤 꿈 때문에 희망을 얻기가 무섭게, 그것들은 곧바로 퇴색하고 희미해졌다. 이런 상황을 한탄해 봐야 무슨 소용인가! 나는 지금 충족되지 않는 갈망, 나를 완전히 미치광이로 몰고 가는 강렬한 기대감의 불꽃 속에 살고 있었다. 꿈속 여인의 모습을 나는 너무도 생생하게, 내 손을 보는 것보다 더 선명하게 바라보며 이야기를 나눴고, 그 앞에서 눈물을 흘리고 그녀를 저주했다. 나는 그녀를 어머니라고 부르며 울었고 무릎을 꿇고 경배했다. 그 여인을 애인이라고 부르면서 모든 욕망을 충족시키는 깊은 입맞춤을 아련하게 느끼기도 했다. 악마, 매춘부, 흡혈귀, 살인마라고 부르기도 했다. 그녀는 나를 다정하기 그지없는 사랑의 꿈으로 유인하기도 했고 말할 수 없이 뻔뻔한 행위로 끌고 가기도 했다. 그녀에게는 지나치게 선한 것도 존귀한 것도 없었고 동시에 지나치게 악한 것도 비루한 것도 없었다.

그해 겨울 내내 나는 표현하기 어려운 내면의 폭풍우 속에서 지냈다. 고독함에 익숙해진 지 오래여서 새삼스레 고독이 나를 압박할 수는 없었다. 나는 데미안과 매와 나의 숙명이자 애인인 커다란 꿈의 이미지와 더불어 살았다. 이것만으로도 나는 버텨 나갈 수 있었다. 그것들이 모두 광활한 세계를 향해 있었고, 아브락사스를 가리키고 있었다. 하지만 이 꿈들 중의 단 하나도, 내 생각의 한 조각마저도 내게 순응하지 않았고 내 마음대로 불러들일 수 없었으며 내 마음대로 색칠할 수 없었다. 그것들이 나를 찾아와 나를 사로잡고 나를 지배했다. 나는 그것들에 의해 살아가는 존재였다.

그러나 나는 늘 외부 세계를 향해서는 굳건했다. 나는 사람을 전혀 두려워하지 않았다. 친구들까지 이것을 느끼고 은근히 존경의 눈길을 보내서 나를 미소짓게 했다. 나는 마음만 먹으면 언제고 그들의 마음을 꿰뚫어 보고 그들을 깜짝 놀라게 할 수 있었다. 그저 그럴 생각이 없었다. 나는 언제나 나, 나 자신만의 일에 몰두하고 있었다. 그런데 이제는 한 번이라도 진짜로 살아

보고 싶었다. 세상에 내 안의 뭔가를 꺼내 보이고, 세상과 진짜 얽혀서 다퉈보고 싶은 마음이 간절했다. 저녁의 거리를 산책하다가 여러 번 마음을 진정시키지 못하고 끝내 한밤중까지 헤매고 다닐 때면, 이번에는 틀림없이 나만의 애인과 마주치겠지, 다음 골목 모퉁이에서는 만날 수 있겠지, 다음 창문에서 그녀가 나를 부르겠지, 하고 생각했다. 이 모든 것이 때론 참을 수 없는 고통이어서, 나는 자살 충동을 느낄 때도 있었다.

피난처는 예상치 못한 곳에서 '우연히' 왔다. 하지만 우연이란 존재하지 않는다. 뭔가를 간절히 원해서 발견한 것이라면, 그건 우연히 이루어진 것이 아니라 자기 자신이, 그의 필사적인 소원이 필연적으로 그곳으로 이끈 것이다.

나는 시내를 걷다가 두세 번쯤 교외의 조그만 교회에서 울려나오는 오르간 소리를 들었다. 걸음을 멈추지는 않았다. 그런데 또다시 그 앞을 지나다가 오르간 소리를 들었다. 바흐의 곡이 연주되고 있었다. 교회 문은 잠겨 있었다. 골목에 행인이 거의 없어서 나는 외투 깃을 올리고 교회 옆 길가의 바위에 앉아 귀를 기울였다. 소리가 크지는 않았지만 좋은 오르간이라는 것을 금방 알 수 있었고, 연주는 신비하고 독특했다. 높은 수준의 개성적인 의지와 인내를 표현하는 훌륭한 기도처럼 울려 퍼지는 대가의 솜씨였다. 오르간 연주자는 이 음악 속에 보물이 숨겨져 있음을 알아서, 마치 생명을 얻으려는 사람처럼 이 보물을 얻기 위해 끊임없이 애쓰고 두드리고 노력하고 있다고 느껴졌다. 나는 연주의 기교는 잘 몰랐지만, 영혼의 진실한 표현은 어릴 적부터 본능적으로 쉽게 이해했고 음악을 내면으로 아주 분명하게 느꼈다.

바흐 다음에 곡명을 모르는 현대 음악이 연주되었다. 레거Reger인 듯했다. 교회는 완전히 어둠에 덮였고, 옆집 창문에서 새어 나오는 희미한 빛이 전부였다. 나는 연주가 그칠 때까지 기다렸고 연주자가 밖으로 나오는 것을 보려고 교회 앞을 서성였다. 그는 젊었지만 적어도 나보다는 나이가 들어 보였고 다부진 체구에 통통했다. 그는 마치 기분이 나쁜 사람처럼 성급한 발걸음으로 힘차게 그곳을 떠났다.

그 이후 나는 때때로 저녁 무렵에 그 교회 앞에 앉아 있거나 주변을 배회했다. 한번은 문이 열려 있길래 교회 안으로 들어갔다. 오르간 연주자가 위층에서 가물

거리는 가스등 밑에서 연주하는 것을 추위에 떨며 반 시간 동안이나 행복하게 들었다. 그의 연주에서 그의 이야기만 들렸던 것은 아니다. 연주되는 모든 음들이 서로 인연이 닿아 있고 남모르는 관계를 맺고 있는 것 같았다. 모든 곡이 종교적이고 헌신적이고 경건했지만, 일요일마다 교회에 오는 신자나 목사들처럼 경건한 것이 아니라 중세 순례자나 탁발승들처럼 경건했고, 모든 종파를 넘어서 존재하는 세계 감정을 향한 물불 가리지 않는 헌신처럼 경건했다. 바흐 이전 거장들의 곡과 옛 이탈리아 작곡가들의 곡이 자주 연주되었다. 그 곡들에 한결같이 똑같은 이야기가 들렸는데, 바로 음악가의 영혼 속에 담긴 것을 표현하고 있었다. 동경, 세계의 가장 내밀한 포착, 세계로부터의 가장 난폭한 분리, 자신의 어두운 영혼에 타들어 가는 듯한 심취, 헌신에의 도취와 불가사의한 것을 향한 깊은 호기심 같은 것들이었다.

언젠가 나는 그 오르간 연주자가 교회를 나설 때 몰래 따라갔다. 그가 시내 변두리에서도 멀리 떨어진 작은 술집으로 들어가길래, 나도 나 자신을 억제하지 못하고 따라 들어갔다. 나는 비로소 이 술집에서 그를 똑똑히 볼 수 있었다. 그는 검정 펠트 모자를 쓴 채 와인 한 병을 앞에 놓고 조그만 홀의 구석 탁자에 앉았다. 그의 얼굴은 내가 상상하던 그대로였다. 못생겼고 다소 야성적이며 탐구적이고 굳은 표정에 집요하고 의지에 차 있어 보였지만, 입 가장자리에는 아이 같은 부드러운 느낌이 남아 있었다. 남성적이고 강하게 느껴지는 것은 모두 눈과 이마에 모여 있었고 안정감 없는 하관에는 부분적인 연약함과 섬세하고 불완전함이 함께 깃든 얼굴이었는데, 우유부단해 보이는 턱은 눈초리에 대한 이율배반인 양 소년처럼 느껴졌다. 특히 내 마음에 든 것은 긍지와 적의에 가득 찬 암갈색 눈동자였다.

나는 말없이 그의 맞은편에 앉았다. 술집 안에는 우리 둘밖에 없었다. 그가 나를 쫓아버리려는 듯이 노려보았다. 그러나 나는 그가 성이 나서 투덜거릴 때까지 그를 뚫어지게 쳐다보았다.

"대체 왜 그리 기분 나쁘게 사람을 노려보지? 내게 무슨 용건이라도 있는 거요?"

"아뇨, 특별히 원하는 건 없습니다. 난 당신에 관해 이미많이 알고 있거든요."

그는 이마를 찌푸렸다.

"당신도 음악광이오? 음악에 미친다는 건 내가 보기엔 구역질 나는 짓이오."

나는 까딱도 하지 않았다.

"종종 당신의 연주를 들었습니다. 저쪽 교회에서요. 나는 당신을 귀찮게 하려는 게 아니라 당신에게서 뭔가를, 뭔가 특별한 것을 발견할 수 있지 않을까 하고 생각했어요. 그게 뭔지는 분명하게 말할 수 없지만 말입니다. 내 말을 귀담아듣지 마세요! 나는 교회에서 당신의 연주를 듣는 것으로 충분하니까요."

"하지만 난 언제나 교회 문을 잠그는데."

"얼마 전에 한 번 잠그는 것을 잊으셔서, 교회 안으로 들어가서 들었습니다. 보통은 밖에 서서 듣거나 모퉁이 돌에 앉아서 들었답니다."

"그랬소? 그럼 다음번엔 들어오시오. 그게 훨씬 따뜻하니까. 그저 문만 두드려요. 그러나 힘차게 두드려야 할 거요. 내가 연주하지 않을 때 말이오. 그런데 자, 무슨 말을 하려고 했소? 아주 젊은 분이군, 김나지움 학생이나 대학생이겠지. 음악을 하시오?"

"아뇨. 그저 듣는 걸 좋아합니다. 하지만 오직 당신의 연주처럼 거침없는 음악, 듣고 있자면 한 사람이 천국과 지옥을 잡아 흔든다고 느끼게 해주는 그런 음악만요. 제가 그런 음악을 즐겨 듣는 이유는, 그것이 도덕과 무관해서일 겁니다. 온갖 것들이 다 도덕적이라서, 그렇지 않은 걸 찾고 있거든요. 도덕성이라는 것에 항상 억눌렸달까요. 정확히 표현할 수가 없는데, 그러니까 혹시 당신도 신인 동시에 악마인 하나의 신이 존재한다고 생각하지 않나요? 전 그러한 신이 있다는 이야기를 들은 적이 있어요."

그는 널따란 모자를 조금 젖히고 이마로 내려온 검은 머리칼을 끌어올렸다. 그는 나를 뚫어지게 쳐다보더니 식탁 너머로 내게 얼굴을 바짝 들이댔다. 그의 나직한 목소리에 긴장감이 배어 있었다.

"지금 말한 그 신의 이름이 뭐요?"

"유감스럽지만 저는 그 신에 대해 아는 게 거의 없어요. 그냥 이름만 압니다. 그 신은 아브락사스라고 불립니다."

그는 누군가가 우리의 대화를 엿듣기라도 한다는 듯이 조심스레 사방을 둘러보더니, 내게 한층 더 바짝 다가앉으면서 속삭이듯 말했다.

"내 그럴 줄 알았지. 당신 누구야?"

"저는 김나지움 학생입니다."

"어디서 아브락사스를 알았지?"

"우연히요."

그는 테이블을 쳤다. 와인 잔이 넘쳐흘렀다.

"우연이라니! 이봐, 헛소리 작작해! 아브락사스는 우연히 알게 되는 이름이 아니라구. 내가 좀 더 이야기해 주지. 내가 좀 아는 게 있으니까."

그는 말을 멈추고 의자를 다시 뒤로 밀었다. 내가 기대에 가득 찬 시선으로 바라보자 그는 얼굴을 찌푸렸다.

"여기서 말고! 다음에 이야기하지. 자, 이거나 드시오."

그는 입고 있던 외투 주머니에 손을 쑤셔 넣더니 군밤 몇 개를 꺼내서는 내게 던져 주었다. 나는 무척 만족스러운 마음으로 말없이 그것을 집어 먹었다.

그는 잠시 후 소곤거렸다.

"그래, 당신은 그걸 어떻게 알게 됐지?"

나는 주저 없이 이야기했다.

"난 고독했고 방황했어요. 그때 옛 친구가 생각났는데, 난 그가 나보다 훨씬 많이 안다고 믿었거든요. 내가 그림을 하나 그렸는데, 세계로 나오려고 하는 새였습니다. 그걸 그에게 보냈지요. 제법 시간이 지나서 그 일을 까맣게 잊고 있을 무렵 뜻밖에도 종이쪽지 한 장이 제 손에 들어왔는데 이런 구절이 적혀 있었어요. '새는 알에서 나오려고 투쟁한다. 알은 세계이다. 태어나려는 자는 한 세계를 깨뜨려야 한다. 새는 신에게 날아간다. 신의 이름은 아브락사스다'."

그는 대꾸하지 않았다. 우리는 밤을 까서 술안주로 먹었다. 그가 물었다.

"한 잔 더 하겠나?"

"아뇨, 괜찮습니다. 술을 그리 좋아하지는 않거든요."

그는 다소 실망했다는 듯이 웃었다.

"좋을 대로 해. 그 점은 나와 다르군. 난 여기 더 있을 테니, 당신은 그만 가 보시오."

다음번에 그의 연주를 듣고 함께 걷는데, 그는 별로 말이 없었다. 그는 나를 옛날 골목의 낡고 웅장한 집으로 데려갔다. 위층으로 올라가니 크고 다소 어둡고 황량한 방에 피아노 외에는 음악에 관련된 것이 전혀 없었고 커다란 책장과 책상 때문에 학구적인 분위기가 풍겼다. 나는 감탄했다.

"책이 참 많군요."

"일부는 아버지의 서재에서 가져왔지. 아버지 집이니까. 젊은이, 난 부모와 함께 사는데 그들에게 당신을 소개하진 않겠네. 내 친구는 이 집에서 그리 환영받지 못하니까. 나는 소위 탈선한 자식이요. 아버지는 믿을 수 없을 만큼 존경받는, 이 시에서 손꼽히는 목사이자 설교가라네. 쉽고 간단히 말하자면, 나는 재능 있고 전도 유망한 후계자였는데 탈선하고 다소 정신이 돌아버렸다고들 하지. 신학생이었는데 국가시험 직전에 이 신성한 신학부를 팽개쳤거든. 개인적으로야 여전히 신학을 공부하고 있어. 사람들이 어떤 신을 만들어냈는가가 최고의 관심사니까. 그건 그렇고 현재는 음악을 하고 있으니 곧 자그마한 오르간 연주자 자리를 얻을 것 같네. 그러면 나는 다시 교회로 돌아가는 거지."

나는 서가의 책을 대충 훑어보았다. 조그만 탁상 램프의 희미한 불빛으로 보이는 것에 한에서 책들은 그리스어, 라틴어, 히브리어의 표제를 달고 있었다. 그러는 동안 그는 컴컴한 속에서 벽 쪽의 방바닥에 엎드려 무언가 부스럭거리고 있었다. 얼마 후에 그가 나를 불렀다.

"이리 오지. 이제 철학 시간을 조금 가지세. 그러니

까, 입은 닫고 엎드려 생각에 잠겨보자는 거야."

그는 성냥을 하나 켜서 벽난로 속의 종이와 나무에 불을 붙였다. 곧 불꽃이 높이 일었다. 그는 세심하게 불을 긁어 일으키기도 하고 장작을 집어넣기도 했다. 나는 그의 곁으로 가서 너덜너덜한 융단 위에 엎드렸다. 그는 물끄러미 불을 들여다보았고 나도 곧 불에 마음이 끌려 우리는 거의 한 시간쯤이나 널름거리는 장작불 앞에 아무 말 없이 엎드려서는 불꽃이 훨훨 타오르고 바지직거리고 꺾이고 휘어지고 가물가물 흔들리다 경련하듯 파닥거리며 마침내는 조용히 사그라져서 밑바닥에서 부화하는 것을 바라보았다.

"인간이 만들어 낸 숱한 발명들은 멍청하기 짝이 없지만 불을 피우는 건 예외 같군."

그는 혼잣말로 한 번 이렇게 중얼거렸다. 그 말 외에 우리 두 사람은 한마디도 하지 않았다. 시선을 집중해 나는 불을 들여다보았고 꿈과 정적 속에 잠겨 들었으며 연기 속에서 어떤 자태를, 재 속에서 무엇인가의 형상을 보았다. 갑자기 나는 깜짝 놀랐다. 그가 관솔을 불 속에 던져 넣자 조그맣고 가느다란 불꽃이 솟구쳐 올라왔는데 그 속에서 황금빛 매의 머리를 가진 새가 보였다. 사그라져 가는 난로의 불 속에서 황금빛으로 작열하는 실 가닥들을 한데 모아 그물 모양으로 만들었다. 문자와 갖가지 형상과 얼굴, 짐승, 식물, 벌레, 뱀에 대한 기억이 떠올랐다. 문득 정신이 들어 옆에 있는 그를 보니 그는 턱을 괴고 엎드려 정신없이, 마치 꿈꾸는 것처럼 재를 뚫어지게 쳐다보고 있었다.

내가 나지막하게 말했다.

"이제 가야겠어요."

"그래, 잘 가게. 또 만나지."

그는 꿈쩍도 하지 않고 말했다. 어느새 램프의 불이 꺼져버려서 나는 간신히 컴컴한 방과 복도와 계단을 더듬거리며 그 을씨년스런 집을 나왔다. 거리로 나온 나는 멈춰 서서 그 낡은 집을 올려다보았다. 어떤 창에도 불이 켜 있지 않았다. 조그만 놋쇠 문패가 문 앞 가스등 불빛에 반짝였다.

「피스토리우스 주임 목사」

기숙사로 돌아와 저녁을 먹은 후 내 조그만 방에 혼자 있게 되어서야 비로소, 나는 아브락사스나 피스토리우스에 대해 들은 것이 없고 서로 열 마디도 나누지 않았음을 깨달았다. 하지만 나는 그 방문이 무척 만족스러웠다. 그는 다음 만날 때엔 옛 오르간 음악 중에서 가장 뛰어난 곡인 북스테후데의 〈파사칼리아〉를 들려주기로 약속했다.

내가 미처 명확히 깨닫지는 못했지만, 그 은둔자의 음울한 방 안 난로 앞에 함께 엎드려 있을 때 피스토리우스는 이미 첫 수업을 시작했다. 불꽃을 들여다본 일이 참 좋았다. 그 일은 내가 항상 가지고 있으면서도 한 번도 제대로 성찰하지 않았던 나의 내면의 성향들을 강화하고 확인시켜 주었다. 점차 나의 성향들이 조금씩 내게 분명해졌다.

나는 어릴 때부터 자연의 기이한 현상에 몰두하는 버릇이 있었다. 관찰하는 게 아니라, 그것들의 마법같은 힘과 심오하게 헷갈리는 언어에 푹 빠지는 것이다. 옹이투성이의 기다란 나무뿌리, 돌 속에 혈관처럼 색색으로 층이 진 암맥, 물 위에 뜬 기름 얼룩, 유리의 섬세한 균열…… 온갖 것들이 마법 같은 힘으로 단번에 나를 사로잡았다. 특히 물과 불, 연기, 구름, 먼지, 무엇보다도 눈을 감았을 때 보이는 빙빙 맴도는 갖가지 빛깔의 무늬가 좋았다. 피스토리우스를 방문하고 며칠 후부터 그때의 기억들이 떠오르기 시작했다. 그날 저녁 이후로 느껴지는 이 힘과 기쁨, 감정의 고양은 전적으로 활활 타오르는 불을 오랫동안 응시했던 것에서 시작되었다. 정말이지 불을 응시한 것만으로도 놀랄 만큼 유쾌하고 만족스러웠다!

이 새로운 경험이 내가 본래의 인생 목표를 향해 가는 동안 발견했던 몇몇 경험들에 보태졌다. 어떤 형상들을 세밀히 관찰하는 것 말이다. 불합리하고 심하게 괴상한 자연 형상에 몰두하면, 나의 내면이 이 형상을 만들어 낸 어떤 의지와 조화되는 존재라는 깨우침을 준다. 그러다 보면 그것이 곧 내 기분이고 나의 창조물이라 여겨지면서, 나와 자연의 경계가 흔들리고 녹아서, 망막에 맺힌 형상이 바깥의 인상에서 왔는지 내면의 인상에서 비롯되었는지 파악할 수 없게 된다. 우리가 창조적인지, 우리의 영혼이 얼마나 쉴 새 없이 세계의 창조에 관여하는지를 이보다 더 쉽고 간단하게 발견해내는 방법은 없다. 나와 자연에 작용하는 신은 나뉠 수 없는 동일한 신이니까, 만일 세계가 붕괴되어도 우리 중의 누군가가 재건할 수 있다. 산과 강, 나무나 잎, 뿌리와 꽃…… 그렇게 모든 자연물의 원형이 우리

속에 존재하며 영혼에서 나오기 때문이다. 그 영혼의 본질은 영원하고, 정확히는 몰라도 대개 사랑의 힘과 창조의 힘으로 느껴진다.

몇 년 후 나는 나의 관찰이 이미 증명되어 있음을 알았다. 레오나르도 다 빈치가 많은 이들이 침 뱉은 담벼락을 바라보는 일이 얼마나 크게, 얼마나 강력하게 흥미로운가를 쓴 책이 있었다. 그는 벽의 축축한 얼룩 앞에서 마치 피스토리우스와 내가 불을 보며 느낀 것과 똑같이 느낀 것이다.

다음번에 만났을 때 오르간 연주자는 내게 설명했다.

"우리는 개인을 너무 좁게 한정해 버려. 아주 개별적인 특징이나 보통 사람들과 판이하게 다른 것만을 개성이라고 생각하지. 하지만 우리를 이루는 것은 다 세계의 성분이야. 우리의 육체가 어류나 훨씬 더 이전의 생명체까지 거슬러 올라가는 진화적 계보를 지녔듯, 우리의 영혼도 인류의 영혼 속에 존재했던 온갖 것을 지니고 있다는 말이지. 이제까지 존재했던 모든 신과 악마는, 그리스인에게 있었건 중국인에게 있었건 아프리카 줄루 족에게 있었건, 모두 잠재적 가능성으로서, 소망으로서, 대안으로서 우리 안에 남아 있어. 만일 인류가 적당히 재능은 있지만 교육은 전혀 받지 못한 아이 한 명만 남기고 멸망해 버린대도, 이 아이가 이전 인류의 진화 과정을 재발견할 거야. 신들과 악마들, 낙원들, 계율과 금기, 구약과 신약 등 모든 것을 그 아이가 재현해낼 거야."

"만약 그렇다면, 그때 개인의 가치는 도대체 어딨죠? 우리 안에 모든 것이 이미 다 준비되어 있다면 도대체 어떤 이유로 우리는 계속 노력해야 합니까?"

"잠깐!"

피스토리우스는 성급히 소리쳤다.

"내면에 세계를 지니고만 있는 것과 그것을 알고 있는 것은 엄청나게 달라! 광인이 플라톤을 연상시키는 사상을 창조해 낼 수도 있고, 헤른후트파 학교에 다니는 독실한 어린 학생이 그노시스파나 조로아스터파에 나타난 깊은 신화적인 연관을 독창적으로 생각해 낼 수도 있겠지. 그렇지만 그들이 스스로 인식하고 있지 않다면 반대로 나무나 돌, 기껏해야 짐승이나 다를 바가 없네. 그러나 이 인식의 불꽃이 최초로 번쩍 빛나는 순간, 그는 곧바로 인간이 되지. 자네도 저기 거리를 걷는 모든 두 발 달린 족속들을, 단지 직립보행을 하고 자식을 열 달간 배 속에 넣고 다닌다는 것만으로 인간으로 생각하지는 않겠지. 얼마나 많은 이가 물고기나 양, 벌레나 거머리에 불과한지, 개미나 벌과 같은 존재에 불과한지! 물론 그들 각자가 인간이 될 가능성을 지니고는 있지만, 스스로 예감하거나 부분적일망정 자각해야만 그 가능성이 비로소 자기 것이 될 거네."

우리의 대화는 이런 식이었다. 내게 완전히 새롭거나 놀라운 내용은 드물었다. 그런데도 모든 대화가, 심지어 아주 평범한 이야기들까지도 내 안의 같은 지점을 부드럽게 그러나 끈질기게 망치질해 댔다. 모든 대화가 나의 형성을 도왔다. 내가 허물을 벗고 껍질을 깨뜨리게 도와서, 매번 나는 머리를 조금씩 더 높고 더 자유롭게 치켜들었고, 마침내 내 황금빛 새가 아름다운 머리를 산산이 부수어진 세계의 껍질 밖으로 내밀었다.

우리는 자주 서로의 꿈 이야기를 했다. 피스토리우스는 꿈을 해석할 줄 알았다. 놀라운 이야기 하나가 떠오른다. 내가 꿈 속에서 날았는데, 사실은 감당할 수 없는 힘으로 크게 도약해서 대기를 가르고 내던져진 것이었다. 나는 비상의 감각에 매우 들떴다가, 걱정될 만큼 점점 더 높이 치솟아 갈수록 무기력해지자 공포가 밀려왔다. 그 순간 상승과 낙하가 호흡의 들숨과 날숨으로 조절된다는 사실을 발견하자 살았다 싶었다.

피스토리우스는 그 꿈을 이렇게 해석했다.

"자네를 날 수 있게 한 비약이란 인간의 위대한 특전이네. 모두가 가지고 있지. 힘의 근원이 느껴지는 감정이야. 하지만 곧 불안해지는 거야. 왜냐하면 대단히 위험한 일이니까! 그래서 대부분은 날기를 포기하고 법의 규정에 따라 걷는 편을 택한다네. 하지만 자네는 그렇지 않았어. 유능한 청년답게 계속 날고 있지. 그러니 생각해 봐, 자네는 점점 더 잘 날게 되는 데다가, 자네를 계속 휩쓰는 커다랗고 알 수 없는 보편적인 위대한 힘에 섬세하고 가냘픈 자신의 힘이 더해진 것을 느낄 거야. 하나의 기관, 하나의 방향키처럼 말이지. 얼마나 기막힌 일인가. 그런 일이 없다면 무기력하게 공중에 내던져진 것과 다를 바가 없지, 미친 사람처럼 말이야. 하늘을 나는 자들은 땅만 걸어다니는 사람보다야 깊은 예감을 받았지만, 어떤 열쇠나 방향키도 없기 때문에 끝 없는 심연으로 추락하네. 그런데 싱클레어, 자넨 그걸 제대로 해내고 있어! 어째서 그걸 아직도 전혀 모를까? 자넨 어떤 새 기관, 호흡을 조절해주는 새로운 기관을 가지고 그걸 하고 있어. 이제는 자네 영혼이 근원에 있어서는 얼마나 '개인적'이지 않은지 깨달았겠지. 왜냐하면 자네의 영혼이 스스로의 힘으로 이 조절기를 고안해 낸 게 아니니까! 전혀 새로운 게 아니야! 빌려온 것이고 이미 수천 년 전부터 존재하던 거야. 그것은 물고기의 평형 기관, 즉 부레야. 부레가 폐의 역할도 하기 때문에 상황에 따라서는 호흡에 부레를 이용하는, 덜 진화된 희귀한 물고기 종류가 오늘날에도 있다네."

그는 심지어 동물학 책을 한 권 가져와서 진화의 흔적이 담긴 물고기의 이름과 그림까지 보여주었다. 나는 특이한 전율과 함께, 나의 내면에 진화 초기 단계의 기능이 생동하고 있음을 느꼈다.

야곱의 싸움

별난 음악가 피스토리우스가 들려준 아브락사스 이야기를 여기서 간단히 되풀이해서 설명하기는 어렵다. 그보다는 그에게 배운 것으로 나 자신에게로 한 발짝 더 내디뎠다는 점이 중요했다. 당시 나는 열여덟의 괴짜 청년으로, 오만 가지 일에 조숙하면서 다른 오만 가지 일에는 뒤떨어지고 무력했다. 또래들과 비교할 때면 나 자신이 무척 잘났다는 건방진 생각이 들었다가도, 곧 열등감과 우울감에 빠졌다. 내가 천재 같다가도 반쯤 미친 게 아닐까 하는 의심을 품었다. 친구들과 섞이지 못했고 자책과 염려에 사로잡혔다. 나와 그들 사이에 절망적인 거리감이 느껴졌고, 나는 삶으로부터 격리되었다.

괴짜 어른인 피스토리우스는 내게 용기를 잃지 말고 스스로를 존중하라고 말해 주었다. 그는 스스로 모범을 보였으니, 나의 말들과 꿈들과 생각들 속에서 가치를 찾아내서 결코 가볍게 여기지 않고 진지하게 의논해 준 것이다.

"자네가 언젠가, 음악이 도덕과 무관해서 좋아한다고 했었지. 그 말에 이의를 제기하는 건 아니야. 하지만 그 경우 자네는 스스로 도덕가가 되어서는 안 돼! 타인과 자신을 비교해서도 안 돼. 자연이 자넬 박쥐로 만들었다면 타조가 되려고 애쓰지 말란 말이네. 자넨 번번이 자신이 별난 사람이고 남들과 다른 길을 가고 있다고 자책하는데, 그런 생각을 버려. 불을 들여다 보고, 흘러가는 구름을 응시하고, 그러다가 내면의 소리가 들리거든 즉시 그것들에 자신을 내맡기게. 처음부터 선생님이나 아버지 혹은 신의 뜻과 일치하는지, 그들의 마음에 들지를 묻지는 말라구! 그런 물음이 사람을 망쳐. 그렇게 하면 안전하게 인도로만 걷는 화석이 되고 마는 거야. 이봐, 싱클레어. 우리 신의 이름은 아브락사스, 신이자 악마이고 빛의 세계와 어둠의 세계를 동시에 지니고 있다네. 아브락사스는 어떤 생각도, 어떤 꿈도 제외하지 않아. 그점을 결코 잊지 말게. 그러나 만약 자네가 흠잡을 데 없이 모범적이고 평범한 사람이 되어 버리면 그가 당신을 버릴 거야. 당신을 버리고 자기의 사상을 요리하기 위한 새로운 그릇을 찾아갈 거야."

나는 여전히 그 어두운 사랑의 꿈을 가장 자주 꿨다. 내가 대문의 새 문장 밑을 지나 옛 우리 집에 들어가 어머니를 포옹하는데, 다시 보니 어머니 대신 키가 크고 반은 남성이고 반은 여성인 자를 끌어안는 꿈 말이다. 나는 그녀가 두려우면서도 그녀에게 강렬하게 끌린다. 이 꿈만은 피스토리우스에게 이야기할 수 없었다. 다른 온갖 이야기는 그에게 다 하면서도 그 이야기만은 남겨 두었다. 그 꿈은 나의 은신처이며, 나의 비밀이며, 나의 피난처였다.

심정이 착잡할 때면 피스토리우스에게 북스테후데의 〈파사칼리아〉 연주를 부탁했다. 그러고는 어스름한 저녁의 교회 안에서 자신의 내면으로 빠져들어 스스로에게 귀를 기울이고 있는 듯한 이 기이하고 친숙한 음악에 빠져 넋을 놓고 앉아 있었다. 그 음악을 들으면 항상 편안해졌고, 영혼의 소리에 더 잘 귀 기울이게 됐다.

오르간 소리가 이미 잦아든 뒤에도 우리는 잠시 교회 안에 머물며 희미한 저녁 빛이 고딕식 창문을 통해 비추다가 이울고 사라져 버리는 것을 바라보곤 했다.

"내가 이전에는 신학자였고 하마터면 목사가 될 뻔했다는 이야기가 어쩌면 우습게 들릴지도 모르겠네. 하지만 그 일은 형식상의 오류에 불과해. 목사는 여전히 나의 천직이고 나의 목표지. 단지 나는 너무 일찍 만족했고 아브락사스를 알기도 전에 여호와에게 몸을 맡겼던 거야. 모든 종교는 아름다워. 종교는 바로 영혼이지. 그래서 사람이 그리스도교의 만찬을 먹든, 메카로 순례를 가든 그것은 매한가지야."

"그렇다면 당신은 진정한 목사가 될 수 있었을 텐데요."

"아니, 싱클레어, 그렇지 않아. 그럼 나는 거짓말을 해야 했을 거야. 우리의 종교는 마치 완전히 무익한 것처럼 행해지고 있어. 최악의 경우에는 가톨릭교도가 될 수도 있겠지만, 신교의 목사라니! 절대 안 돼! 얼마 안 되는 진짜 신자들을 몇 명 알고 있는데, 그들은 성경을 완강하게 문자 그대로의 뜻으로만 믿고 있어. 내가 그들에게 '그리스도는 개인이 아니라, 영웅이자 신화이자 인간성이 영원의 벽에 비쳐서 나타난 거대한 그림자상'이라고 어떻게 말할 수 있겠나? 아니면 현명한 설교를 들으려고, 의무를 이행하고 태만하지 않으려고 교회에 오는 사람들에게 대체 내가 무슨 이야기를 할 수 있겠나? 개종시키라고? 지금 그 얘기지? 난 그럴 뜻이 전혀 없네. 목사는 개종시키는 사람이 아니라, 단지 신자들 사이에서, 자기와 같은 사람들 사이에서 살아가는 자라네. 우리 내면에서 신을 만들어내는 감정들의 전달자이자 표현자이기를 바랄 뿐이네."

그는 잠시 숨을 돌렸다가 이야기를 계속했다.

"친구, 우리가 아브락사스라고 이름 지은 우리의 새 믿음은 아름다운 것이라네. 우리가 가진 것 중에서 최고야. 하지만 아직 갓난아이에 불과해. 아직 날개도 돋지 않았어. 고독한 종교도 진짜가 못 된다네. 종교는 공동체의 것이어야 하네. 예배와 도취, 축제와 비밀스러운 의식이 있어야만 해."

그가 자기의 생각으로 빠져들어갔다.

"그 의식을 혼자서나 아니면 몇몇 사람들끼리 수행할 수는 없나요?"

나는 주저하면서 물었다. 그는 고개를 끄덕였다.

"가능하네. 내가 이미 오래전부터 그렇게 해오고 있으니까. 다른 사람들이 알면 수년쯤 감옥에 처박힐 그런 예배를 행해 왔지. 그러나 나는 그것도 진짜가 아님을 아네."

갑자기 그가 내 어깨를 쳤다. 나는 깜짝 놀라서 움츠렸다.

"젊은이!"

그는 성급하게 소리쳤다.

"자네 역시 비밀 의식을 갖고 있어. 자네는 분명히 내게 말하지 않은 꿈을 꿀 거야. 그걸 알겠다는 게 아니야. 그 꿈을 갖고 살아가라는 거야! 그것을 갖고 놀고 그것을 위한 제단을 마련하라고! 완전하진 않지만 그러는 것도 하나의 길일 수 있어. 우리가, 자네와 나와 몇몇 사람들이 이 세계를 개선할 수 있을지는 장차 알게 되겠지. 하지만 그동안 우리는 매일 내면을 개선해 나가야 하네. 안 그러면 우리의 존재는 의미가 없어. 잊지 말게! 싱클레어, 자넨 이제 열여덟이니 매춘부의 뒤를 따라가지는 않지. 분명 사랑에 대한 꿈이나 욕망이 있을 거야. 아마도 그것에 공포를 느끼는지도 모르겠는데, 그러지 말게. 그거야말로 자네가 가진 가장 좋은 것일 테니까! 내 말을 믿게. 내가 자네 나이 때 사랑의 꿈을 억누르느라고 너무 많은 것을 잃었어. 그래서는 안 돼. 아브락사스를 아는 사람이라면 더 이상 그래서는 안 돼. 두려워해서는 안 되고, 영혼이 열망하는 것들을 금지시켜도 안 되네."

나는 깜짝 놀라 그의 말에 반박했다.

"하지만 마음에 떠오르는 일을 다 해도 되는 건 아니죠! 마음에 들지 않는다고 사람을 죽여서는 안 되니까요."

그는 내게 다가섰다.

"형편에 따라서는 그것도 허용될 수 있어. 대개는 오해로 인한 실수가 될 확률이 높겠지만. 뇌리에 떠오르는 일은 그냥 다 해치워 버리라는 게 아니야. 그건 아니야. 다만 충분히 이해가 되는 생각들을 무작정 배척하거나 도덕적인 잣대를 들이대서 내치지는 말라는 말이야. 자기 자신 혹은 누군가를 십자가에 못 박는 대신, 엄숙한 생각으로 와인을 마시며 희생의 비법을 생각해 볼 수도 있는 거야. 물론 그런 행위들 없이도 자네는 충동과 유혹을 존경과 사랑으로 바꿀 수 있을 거네. 그제서야 그것들이 의미를 드러낼 거라네. 정말이지 다 의미가 있다니까. 싱클레어, 혹시 정말로 미친 생각이나 사악한 욕망이 들거든, 누군가를 죽여버리거나 얼토당토않은 추잡한 일을 저지르고 싶어지거든, 그 순간 아브락사스가 자네의 내부에서 그렇게 공상하고 있다고 생각하게! 자네가 없애버리고 싶은 자는 실존하는 '아무개 씨'가 아니라 그 모습으로 변장한 것에 불과하다네. 누가 밉다면 그가 자네 내부에 있는 그 무엇인가를 가지고 있기 때문이라네. 우리 내면에 없는 것은 우리를 화나게 하지 못하는 법이니까!"

피스토리우스가 이토록 나의 내심을 정확하게 지적한 건 처음이었다. 나는 대답할 수가 없었다. 그러나 나를 가장 강렬하게, 가장 기묘하게 감동시킨 것은 이 충고가 이미 여러 해 전부터 내 마음속에서 울리고 있는 데미안의 말과 너무나 유사하다는 사실이다. 그들은 피차 서로에 대해 아무것도 모르면서도 내게 똑같이 충고한 것이다.

피스토리우스가 나지막한 목소리로 말했다.

"우리가 보는 사물이란 우리 내면에 있는 것과 똑같아. 내면에 이미 가지고 있는 현실 외에 다른 현실은 없어. 그래서 그렇게나 많은 사람들이 비현실적으로 살고 있는 거야. 외부 세계에서 가져온 이미지만을 현실로 여기면서, 내면의 세계가 한 마디도 못하게 하거든. 그래도 행복할 수야 있겠지. 하지만 일단 다른 길을 발견하면, 더 이상 다수가 가는 길로 함께 갈 수가 없지. 싱클레어, 다수가 가는 길은 편하지만 우리 길은 힘들다네. 하지만 우리는 우리의 길을 가세."

이후 두 차례나 그를 기다렸다가 못 만나고 며칠 후, 나는 그가 늦은 밤 혼자서 만취해서 찬 바람을 맞으며 비틀비틀 모퉁이를 걸어오는 것을 보았다. 나는 그를 부르고 싶지 않았다. 그는 나를 못 알아보고 곁을 스쳐 지나갔는데, 미지의 것이 자신을 부르는 어두운 소리를 뒤따라가는 것처럼 이글이글 불타는 고독한 시선으로 앞쪽만 응시하고 있었다. 나는 거리 하나만큼 뒤처져서 그를 따라갔다. 그는 보이지 않는 철사 줄에 끌려가듯 광신적이지만 흐트러진 걸음걸이로, 마치 유령처럼 걸었다. 처연한 심정이 되어 나는 집으로, 구원을 얻지 못한 꿈의 세계로 되돌아왔다.

'저런 식으로 내면의 세계를 새롭게 하겠다니!'

나는 이렇게 생각했다. 그러나 다음 순간 저속하고

도덕적인 생각이라고 느꼈다. 그의 꿈에 대해 내가 뭘 아는가? 그는 그렇게 취한 속에서도 내가 불안스럽게 나의 길을 가는 것보다는 훨씬 더 확실히 그의 길을 가고 있는 것이리라.

몇 번인가 나는 수업 사이 쉬는 시간에 이전까지는 한 번도 눈여겨본 적이 없는 동급생 하나가 내게 접근하려고 애쓰는 것을 느꼈다. 작고 연약해 보이는 야윈 아이로, 가늘고 붉은 기가 도는 금발이었다. 그의 시선과 태도에서 무언가 특이한 것이 느껴졌다.

그러던 어느 날 저녁, 하교길에 그가 골목에서 기다리고 있었다. 그는 내가 자기 앞을 지나쳐 버릴 때까지 기다렸다가는 다시 내 뒤를 따라서 우리 집 앞까지 왔다.

"내게 할 말이 있니?"

내가 먼저 물었다. 그는 수줍은 듯이 말했다.

"너랑 잠깐 이야기를 하고 싶은데. 조금만 함께 걸어줄 수 있니?"

나는 그를 따라 걸었다. 그가 몹시 흥분하고 기대에 차 있음이 느껴졌다. 그의 손이 부들부들 떨리고 있었다.

"너, 심령술 하지?"

그의 당돌한 물음에 나는 웃음이 터졌다.

"아니, 크나우어. 절대로 아니야, 어떻게 그런 엉뚱한 생각을 하게 됐니?"

"아니면 접신술은?"

"그것도 아니야."

"아, 그렇게 말문을 닫아버리지 말고! 나는 네게 뭔가 특별한 게 있다는 걸 알아. 네 눈빛을 보면 알 수 있지…… 틀림없이 넌 심령들과 접촉하고 있어. 그냥 호기심에서 던져 보는 질문이 아니야, 싱클레어! 그런 게 아니라구! 나도 구도자란 말이야. 그래서, 너도 알겠지만, 너무 외로워."

나는 그를 격려했다.

"자세히 말해 봐. 난 심령에 대해서는 정말 아무것도 몰라. 난 단지 내 꿈속에서 살고 있을 뿐인데, 그걸 네가 느낀 모양이야. 남들도 꿈속에서 살긴 하지만 그들 자신의 꿈이 아니지. 그게 나와의 차이점이야."

그가 낮은 목소리로 말했다.

"그래, 그럴지도 몰라. 어떤 꿈속에서 살아가는지가 중요하지. 혹시 선한 마술에 대해 들어봤니?"

나는 모른다고 대답했다.

"자기 자신을 통제하는 방법이야. 그걸로 넌 불멸의 존재가 될 수도 있고 사람들을 홀릴 수도 있지. 그런 연습을 한 번도 해보지 않았다고?"

내가 이 '연습'에 대해 호기심이 생겨서 캐묻자, 그는 처음에는 대답을 안 하려고 하다가, 내가 가 버리려고 하자 그제야 털어놓았다.

"나는 잠들기 직전이나 정신을 집중하려고 할 때 그런 연습을 해. 뭔가를, 예를 들어서 어떤 낱말이나 이름이나 기하학적 도형을 상상하지. 그러고 나서는 최대한 집중해서 그것을 내 안에 집어넣는 상상을 해. 내 머릿속에서 실제로 그것이 느껴질 때까지 말이야. 그 다음에는 목구멍까지 차오르도록, 내 몸속에 완전히 가득 찰 때까지 그렇게 하는 거야. 그러면 나는 바위라도 된 듯이 아주 확고해지고 그 어떤 것도 나의 이 안정감을 부수지 못하지."

나는 그의 말을 어렴풋이 이해했다. 그런데 뭔가 진짜 고민거리가 더 있다고 확신했다. 그는 이상스러우리만치 흥분했고 안절부절했다. 나는 그가 더 명확하게 질문할 수 있게 도와주었고, 그는 곧 자신의 최대 관심사를 털어놓았다.

"너도 금욕하고 있지?"

그는 불안한 어조로 내게 물었다.

"그게 무슨 뜻이야? 성적으로 말이야?"

"그래, 그거. 난 2년째 금욕하고 있어. 그 가르침을 안 이후로 말이야. 너도 이미 알다시피 그전에는 나도 방탕한 짓을 하고 다녔지. 넌 여자랑 자본 적이 한 번도 없니?"

"없어. 내게 알맞은 여자를 못 찾았거든."

"그럼 네 마음에 드는 여자를 찾으면, 그녀와 잘 거야?"

"물론이지. 만약 그녀도 이의가 없다면."

나는 약간 빈정거렸다.

"아, 넌 완전히 잘못된 길을 가는 거야! 내적인 힘은 철저한 금욕 상태에서만 형성될 수 있어. 나는 2년쯤 금욕을 했어. 이 년 하고도 한 달이 좀 넘도록! 정말 힘들었어. 번번이 더 이상 참을 수 없는 지경에 이르렀다구."

"이봐, 크나우어. 나는 금욕이 그렇게나 중요하다고 생각하지 않아."

"그래, 다들 그렇게 말하지. 그렇지만 너까지 그렇게 말할 줄은 몰랐어. 보다 더 높은 정신적인 길을 가고자 하는 사람은 순결을 지켜야 해, 무조건."

"그럼 그렇게 해! 하지만 나는 왜 성을 억제하는 사람이 그렇지 않은 사람보다 더 정결하다는 건지 잘 모르겠어. 넌 성적인 것을 너의 생각과 꿈에서 완전히 몰아낼 수 있어?"

그는 절망적인 표정으로 나를 쳐다보았다.

"아니, 도저히 안 돼! 아, 그래도 그래야지. 밤이면 난 내 자신에게도 말할 수 없는 꿈들을 꿔, 끔찍한 꿈들을!"

나는 피스토리우스의 이야기가 떠올랐다. 그러나 그의 말이 아무리 옳아도, 그 말을 그대로 전달할 수는 없었다. 내 경험에서 얻지 않은, 혹은 내가 지킬 자신이 없는 충고를 건넬 수는 없으니까. 나는 입을 다물었다. 내게 도움을 청하는 이에게 아무런 충고도 해줄 수 없다는 데에 깊은 굴욕감을 느꼈다. 크나우어가 옆에서 계속 한탄했다.

"나는 온갖 실험을 다 해 봤어! 가능한 모든 방법은 다! 냉수욕에, 눈으로 몸도 비벼보고, 체조와 달리기까지 해 봐도 아무 소용이 없어. 매일 밤 나는 생각조차 하지 말아야 할 그런 꿈을 꾸다가 깨는 거야. 더 두려운 건, 그런 꿈들 때문에 내가 배웠던 정신적인 부분들을 차츰 잃어 간다는 사실이야. 더 이상 마음을 집중하거나 스스로 잠들 수도 없어. 하룻밤을 꼬박 뜬눈으로 지새우는 일도 잦아. 이렇게는 더 이상 못 버티겠어. 만약 내가 이 싸움에서 진다면, 결국 굴복해서 다시 더러워진다면, 그때는 애당초 한 번도 싸우지 않았던 사람보다 더 사악해지는 거겠지. 내 말 이해하지?"

나는 고개를 끄덕였지만 한마디도 할 수 없었다. 그의 이야기가 지루하게 느껴지기 시작했고, 그의 깊은 고통과 절망에 공감되지 않는다는 사실에 무척 놀랐다. 내 느낌은 이것뿐이었다. 난 널 도와줄 수 없어.

"그러니까 넌 내게 해 줄 말이 한마디도 없다는 거야?"

마침내 그가 지치고 슬픈 목소리로 말했다.

"전혀 아무것도 없어? 한 가지쯤은 있을 수도 있을 텐데! 대체 넌 어떻게 하고 있니?"

"크나우어, 난 네게 아무 말도 해 줄 수가 없어. 이런 문제는 누가 누구를 도울 수가 없어. 나도 아무에게도 도움을 받은 적이 없거든. 그저 스스로에 대해 곰곰이 성찰해서, 네 본질에서 진정 원하는 대로 행동해야 해. 다른 방법은 없어. 네 스스로의 힘으로 자기를 찾을 수 없다면 넌 어떤 마음도 발견해 낼 수 없으리라는 건 확실해."

그 꼬마 친구는 깊이 실망해서 말을 멈추고는 나를 쏘아보았다. 그러더니 갑자기 증오에 불타오르는 시선으로 나를 노려보며 이마를 찌푸렸고 난폭하게 외쳤다.

"쳇, 정말 근사한 성인군자로군! 너도 악덕을 가졌다는 걸 알고 있어! 엄청난 현자인 척하지만 뒤에서는 남몰래 나나 다른 사람들처럼 똑같은 추악한 짓거리에 매달려 있잖아! 너도 돼지야, 돼지, 나처럼! 우리는 다 돼지라구!"

나는 우두커니 서 있는 그를 내버려 둔 채 그 자리를 떠났다. 그는 두서너 발짝쯤 나를 따라오다가 몸을 돌려 반대 방향으로 뛰어가 버렸다. 나는 동정과 혐오가 뒤범벅된 심정으로 심한 구토증을 느꼈다. 집으로 돌아와 조그만 내 방에서 두서너 장의 그림을 주위에 세워 놓고 간절한 내심의 동경으로 내 자신의 꿈에 몸을 맡기고서야 진정되었다. 꿈이, 집의 문과 문장과 어머니와 낯선 여인에 관한 나의 꿈이 다시 나타나자마자, 나는 그녀의 표정이 너무나 생생히 보여서 당장 그리기 시작했다.

15분쯤 꿈꾸듯 무의식 중에 스케치를 그려서 마침내 며칠 후 그림이 완성되자, 나는 그것을 벽에 붙이고 탁상용 램프를 그 앞에 옮겨다 놓고는, 생사를 결판낼 때까지 싸워야 할 유령에 대적하는 심정으로 그림 앞에 다가섰다. 그 얼굴은 이전에 그렸던 얼굴들, 나의 친구 데미안과 닮았고 심지어 날 닮은 부분도 있었다. 한쪽 눈이 표시가 날 만큼 다른 눈보다 위쪽에 붙었는데, 눈매는 숙명으로 충만한 채 내 머리 너머를 골똘히 응시하고 있었다.

그 그림과 마주 서자 내면의 긴장으로 가슴속까지 써늘해졌다. 나는 그림에게 말을 걸었고, 비난했고, 어머니라고 불렀고, 애인이라고 불렀으며, 매춘부이며 천한 여자라고 불렀고, 또 아브락사스라고도 불렀다. 피스토리우스의 말이 (아니, 데미안의 말이었던가?) 언뜻 생각났다. 언제 한 말인지는 기억나지 않았지만 그 순간 그것이 다시 귓가에 들렸다. 야곱과 신의 천사 사이의 싸움에 관한 말로서 "그대 나를 축복치 않는다면 내 그대를 놓아 주지 않으리로다"였다.

그림 속 얼굴은 램프의 불빛을 받으며 내 부름에 따라 변했다. 환하게 빛났다가, 검고 어두워졌고, 생기 없는 눈 위로 창백한 눈꺼풀이 감겼다가, 다시 뜨면 눈동자가 타는 듯한 광채로 빛났다. 여자인 동시에 남자였고, 소녀였고 조그만 아이였고 짐승이었다. 몽롱하게 반점처럼 보이다가는 다시 크고 분명해졌다. 마지막에 나는 내면의 강력한 부름에 따라 두 눈을 감았다. 그러자 얼굴이 한결 더 강하고 힘찬 모습으로 변해 갔다. 나는 그 앞에 무릎을 꿇으려 했다. 그러나 그것이 내 자신의 내부에 너무 깊이 들어 있어서, 마치 온통 내 자신이 되어 버리기라도 한 것처럼 그것을 내게서 분리해 낼 수가 없었다.

그러자 봄의 폭풍처럼 어둡고 무겁게 포효하는 소리를 들었고, 말로 표현할 수 없이 낯선 경험에 대한 공포로 몸이 떨렸다. 별들이 내 앞에서 명멸했고 잊고 있던 유년 시절의, 아니, 존재 이전의 시기와 생성의 초기 단계에까지 이르는 추억이 내 곁으로 흘러내려 나를 밀치고 스쳐 갔다. 내 생활의 모든 은밀한 비밀들이 되풀이되는 듯한 이 추억들은, 어제오늘 끝나 버리는 것이 아니라 그 너머의 미래까지 비추어서, 오늘로부터 나를 분리시켜 더 새로운 생활의 형식으로 이끌어 갔다. 그 형상들은 굉장히 눈부실 정도로 명쾌하게 빛났지만, 나는 나중에 그것들 중 어느 것도 정확히 기억해 낼 수 없었다.

깊은 잠에서 깨어 보니 나는 옷을 입은 채 침대 위에 비스듬히 누워 있었다. 불을 켜고 중요한 걸 생각해 내야 한다고 느꼈지만 몇 시간 전의 일은 아무것도 기억해 낼 수가 없었다. 나는 더듬거리며 그림을 찾았지만 그것은 이미 벽에 걸려 있지도 않았고 책상 위에도 없었다. 희미하게나마 그것을 내가 태워 버렸는지도 모른다는 생각이 났다. 그것을 내 손바닥 위에서 태워 그 재를 먹어 버린 것은 혹시 꿈이었을까?

크고 쑤시는 듯한 불안이 나를 몰아세웠다. 나는 모자를 쓰고 집과 골목 사이를 무엇에 강요당하는 사람처럼 걸었다. 폭풍에 휘몰리기라도 한 것처럼 거리를 지나고 광장을 가로질러 달리고 또 달렸다. 피스토리우스의 음침한 교회 앞에서 귀를 기울이다 무엇을 찾는지조차 모르면서 극도의 다급한 충동에 사로잡혀 찾고 또 찾았다. 나는 아직 드문드문 불빛이 켜진 사창가 골목에 들어섰다. 멀리 외곽으로는 신축 가옥과 벽돌 더미가 군데군데 회색의 더러운 눈에 뒤덮여 있었다. 나는 몽유병자처럼 낯선 압박감에 몰려 그 황량한 거리를 헤매면서, 내 고향마을의 신축 가옥을 떠올렸다. 언젠가 나의 착취자 크로머가 최초의 거래를 하려고 나를 끌고 갔던 곳이다. 그와 비슷한 느낌의 집 한 채가 잿빛 어둠 속에서 나를 기다리고 있었고 문구멍이 나를 향해 꺼먼 입을 딱 벌리고 있었다. 나는 그 안으로 끌려 들어가는 듯한 느낌에 충격을 받았고 문구멍을 피하려다 모래와 자갈 더미에 걸려 비틀거렸다. 그러나 들어가고 싶은 충동이 더 강렬했으므로 그 문을 들어서지 않을 수 없었다.

널빤지와 바스러진 벽돌을 넘어 이 황막한 공간 속으로 휘청거리며 들어서자 축축한 냉기와 돌 냄새가 음산하게 코를 찔렀다. 모래 한 무더기가 마치 잿빛 얼룩처럼 눈에 띄는 외에는 모든 것이 어둠에 묻혀 있었다.

바로 그때 내 곁의 어둠 속에서 사람이 하나, 조그맣고 야윈 청년이 하나 유령처럼 일어섰다. 나는 그가 크나우어임을 곧 알아챘지만 머리칼은 계속 두려움에 곤두서 있었다.

"어떻게 여기까지 온 거야?"

흥분한 나머지 그의 정신이 산란해진 것 같은 어조였다.

"어떻게 날 찾았지?"

나는 무슨 말인지 이해할 수 없었다.

"너를 찾았던 게 아냐."

나는 얼떨떨한 심정으로 말했다. 말 한 마디 한 마디 하기가 몹시 힘들어서 목소리는 생기가 없고 무겁게 얼어붙은 입술에서 말이 간신히 새어 나왔다.

그는 나를 물끄러미 바라보았다.

"찾았던 게 아니라고?"

"그래, 뭔가에 이끌려 왔어. 네가 나를 불렀니? 틀림없이 네가 불렀을 거야. 도대체 넌 여기서 뭘 하는 거니? 지금은 한밤중인데."

그는 야윈 두 팔로 나를 발작적으로 끌어안았다.

"그래, 밤이야. 곧 아침이 되겠지. 오, 싱클레어, 나를 잊고 있었던 게 아니었군! 나를 용서해 주겠니?"

"대체 무엇에 대해서?"

"아, 나는 정말 추악했었어."

겨우 우리가 나눈 대화가 생각났다. 네댓새 전이던가? 내겐 그 일 이후로 벌써 한평생이 지난 것 같았다. 그제야 나는 모든 것을 순간적으로 알아차릴 수 있었다. 우리들 사이에서 일어난 일뿐 아니라, 왜 내가 여기에 와 있는 것인지, 크나우어가 이런 위험한 곳에서 무엇을 하려고 했는지도.

"너 자살하려고 했구나, 크나우어?"

그는 추위와 공포에 몸서리쳤다.

"그래, 그러려고 했어. 할 수 있었을지는 모르겠지만 어쨌든 아침까지 여기 있으려고 했어."

나는 그를 끌고 밖으로 나왔다. 하루를 시작하려는 옅은 새벽빛이 말할 수 없이 차갑고 냉랭한 잿빛의 대기 속에서 희미하게 비치기 시작하고 있었다.

나는 그의 팔을 꼭 잡고 꽤 멀리까지 걸었다.

"이젠 집으로 돌아가. 그리고 누구에게도 오늘 일을 말하지 마! 너는 길을 잘못 들었을 뿐이야. 우린 네가 생각하듯 그런 돼지가 아니라 인간이야. 우리는 여러 신을 만들어 내고 그들과 싸우고, 신은 우리를 축복해 주는 거야."

우리는 서로 아무 말없이 묵묵히 걷다가 헤어졌다. 집에 들어오자 날이 희뿌옇게 새어 왔다.

○○시에서 내게 주어진 최고의 것은 피스토리우스와 함께 오르간 옆에서 혹은 난로 앞에서 보낸 시간이었다. 우리는 아브락사스에 관한 그리스어 원서를 함께 읽었고, 그는 〈베다〉에서 번역된 몇 구절을 내게 읽어 주었다. 나는 그에게 신성한 '옴'을 부르는 법도 배웠다. 하지만 나의 내면을 성장시킨 것은 이런 오컬트가 아니었다. 나는 내면을 발견해 내는 일에 현저히 유능해졌고, 나의 꿈과 사상과 예감에 대한 믿음이 커졌고, 나의 내면에 어떤 힘을 지니고 있음을 깨달아서 들떴다.

피스토리우스와 나는 어떤 식으로든지 호흡이 잘 맞았다. 강력하게 그를 생각하기만 하면 언제나 그가 내게로 오든지 그의 안부가 전해졌다. 나는 데미안에게 했던 것처럼 그가 내 곁에 없어도 무엇이든 그에게 물어볼 수 있었다. 내 내면에 집중해서 그를 시각적으로 떠올린 후, 강렬한 생각으로 응축한 나의 물음들을 그에게 곧장 던졌다. 그러면 질문에 집중했던 내 영혼의 힘이 대답을 가지고 내 마음속으로 되돌아왔다. 다만 그때 내가 마음속에 그렸던 것은 피스토리우스나 막스 데미안이 아니라 꿈속의 초상, 그러니까 반은 남성이고 반은 여성인 내 안의 악마였다. 그 모습은 이미 내 꿈속이나 종이 위 초상으로만 존재하는 게 아니라 내가 바라는 고양된 모습으로 내 안에서 살고 있었다.

자살 미수자 크나우어는 나와 기이한, 어찌 보면 좀 우스운 관계가 되었다. 내가 그에게로 가지 않을 수 없었던 그날 이후로 그는 충실한 하인이나 개처럼 내게 매달려서, 자기 인생을 나와 결부하려고 애썼고 맹목적으로 나를 추종했다. 괴상한 질문이나 소원을 갖고 나를 찾아와서는 유령을 보여 달라거나 카발라 비법을 알려 달라고 했다. 내가 그러한 것에 대해 전혀 모른다고 아무리 이야기해도 그는 곧이듣지 않았다. 심지어 내게 뭐든 다할 수 있는 힘이 있다고 믿었다. 하지만 한 가지 이상한 점은, 내가 내 마음속에서 엉켜 있는 어떤 일을 풀지 않으면 안 될 때 그가 자주 내게 기묘하고도 어리석은 질문을 가지고 찾아왔고, 그의 변덕스런 생각이나 관심거리가 나의 문제를 해결하는 실마리가 되었다는 사실이었다. 때론 그가 너무 귀찮아서 위압적으로 쫓아 버렸다. 그럼에도 그 역시 나에게로 보내진 사람이었고, 내가 그에게 준 것이 그의 마음속에서 갑절이 되어 내게 되돌아왔으며, 그 또한 나의 인도자이자 길이라고 마음 깊이 느꼈다. 그가 내게 가져오는, 그가 자기 구제의 길을 찾는 얼빠진 책이나 저서도 당장에 깨달을 수 있는 것보다는 훨씬 더 많은 것을 나에게 깨우쳐 주었다.

크나우어는 후일, 나도 모르는 사이에 나의 길에서 떨어져 나갔다. 그와는 싸움이 필요치 않았다. 그러나 피스토리우스와는 달랐다. ○○시에서의 학창 시절이 끝나갈 무렵 피스토리우스와 이상야릇한 일을 경험하게 되었다.

아주 평범한 사람도 평생에 한두 번쯤은 경건함과 감사라는 미덕을 어기게 된다. 누구나 한 번은 아버지와 스승으로부터 떨어져 나가는 걸음을 떼고, 대부분이 그것을 참아 내지 못하고 이내 다시 제자리로 돌아가더라도 그 순간의 고독의 쓰라림을 조금쯤은 느끼게 된다. 내 경우에는 부모님과 그들의 세계, 즉 유년 시절의 '빛나는 세계'와 맹렬히 싸워서 헤어진 게 아니라 서서히 거의 눈치채지 못하게 떨어져 나왔고 낯설게 되었다. 나는 그것이 몹시 유감스러웠고 가끔 고향에 갈 때마다 아주 쓰라린 심정이 되었다. 하지만 그 심정이 마음 깊숙이 남지는 않았다. 견딜 만했다.

그러나 습관이 아니라 스스로의 의지로 애정과 공경심을 바쳤던 곳, 우리가 마음 깊은 곳에서 우러나서 제자나 친구를 자처했던 이들, 그렇게 가장 소중했던 부분으로부터 멀어지고 싶은 마음을 내면에서 갑자기 깨달을 때는 더 쓰라리고 무섭다. 그런 때는 친구와 스승에게 반발하는 모든 사상이 독이 묻은 가시를 드러내며 심장을 찔러대고, 그것을 막으려는 일격들이 되돌아와 제 얼굴을 정확히 가격하고, 스스로를 도덕적으로 건전하다고 여겨왔던 사람들은 '배신'과 '배은망덕'이라는 단어의 야유나 낙인을 떠올린다. 그러고는 충격과 공포에 사로잡혀서 소심하게 유년기의 미덕이 있는 사랑스러운 골짜기로 다시 숨어들어서, 곧 이것과도 단절되고 이 유대도 갈기갈기 찢길 거라는 사실을 믿으려 하지 않는다.

서서히 나의 내면의 어떤 감정이 피스토리우스를 무조건 인도자로 인정하기를 거부했다. 나의 청년기의 가장 중요했던 몇 달간의 체험은 그와의 우정과 친교,

그에게 받은 충고와 위로에서 비롯되었다. 신은 그를 통해서 나에게 이야기를 걸었다. 그의 입을 통해 나의 꿈은 다시 나에게 돌아왔고, 해석되었고, 본질을 드러냈다. 그는 내 자신 스스로 용기를 갖게 해 주었다. 아, 그런데 나는 지금 그에게 서서히 반항하기 시작했다. 나는 그의 너무 많은 훈계에 반감을 가졌고, 그가 단지 나의 일부분만을 이해한다고 느꼈다.

우리 사이에 사소한 다툼도, 어떤 형태의 불화나 절교도 없었다. 그저 내가 별 의미없는 한 마디를 했을 뿐이다. 그러나 그 순간 우리 사이는 산산조각 났다.

벌써 얼마간 희미한 예감으로 나를 압박하던 어떤 감정이 어느 일요일 그의 낡은 서재에서 뚜렷한 모습으로 드러났다. 난로 앞 방바닥에 누워서 그는 비밀 의식과 종교 형태들을 이야기하고 있었다. 그는 그것들을 연구하고 명상하며, 그 가능성 있는 미래에 열중했다. 그러나 나에게는 그 모든 것이 삶에 결정적으로 중대한 일이라기보다는 그저 기묘한 절충안으로 들렸고, 애매모호한 현학적 과시 같았으며, 지난 시대 폐허 사이의 따분한 탐구로만 들렸다. 불현듯 나는 그 모든 방법, 예배, 종교 형식 및 그것을 재조립해 내는 일에 대해 반발심이 일었다.

"피스토리우스!"

내가 듣기에도 의아스러우리만큼 놀랄 정도로 치밀어 오르는 악의를 품은 어조였다.

"당신이 꾼 꿈 얘기나 다시 해 봐요. 실제 꿈, 당신이 밤에 꾼 꿈 말이에요! 당신이 말하는 것들이 모두 너무, 너무나 곰팡내가 나니까요!"

그동안 그는 내가 그런 식으로 말하는 것을 한 번도 들은 적이 없었다. 말을 내뱉은 그 순간 나는 내가 쏘아 그의 심장에 명중시킨 그 화살이 바로 그의 무기 창고에서 얻어 온 것임을, 그가 이따금 내게 하던 풍자적 어조의 자기 비난을 지금 내가 더욱 날카롭게 갈아서 되던진 것임을 창피함과 놀라움이 뒤섞인 심정으로 번갯불처럼 선명하게 느꼈다.

그도 그것을 느끼고는 순간 침묵했다. 나는 불안으로 가슴이 터질 것 같은 심정으로 그가 무섭도록 창백해지는 것을 바라보았다.

무거운 침묵의 시간이 지난 후 마침내 그가 새 장작을 불에 던지며 조용한 음성으로 말했다.

"자네가 옳아, 싱클레어. 자넨 정말 영리한 친구군.

이제부터는 그놈의 곰팡내 나는 일로 자네를 괴롭히지 않겠네."

그는 매우 침착했다. 그러나 나는 그가 입은 상처의 고통을 너무나 잘 알 것 같았다. 내가 무슨 짓을 저지른 거지?

눈물이 날 것 같았다. 나는 진심으로 그에게 용서를 빌고 애정에 넘치는 감사를 다짐하려고 했다. 간절한 말이 마음을 가득 채웠다. 그러나 나는 그 말을 할 수 없었다. 그저 엎드린 채 불을 들여다보고 아무 말없이 기다릴 뿐이었다. 그 역시 아무 말이 없었고, 그렇게 우리들은 엎드려 있기만 했다. 불은 다 타서 사위어 들기 시작했고 불꽃이 사그라질 때마다 나는 다시는 되돌아오지 않을, 무엇인가 아름답고 친밀한 것들이 식어 가고 사라져 감을 느꼈다.

"당신이 내 말을 오해하지나 않았을지 걱정됩니다."

나는 압박감으로 메마르고 쉰 목소리로 말했다. 이 어리석고 무의미한 말이 마치 신문의 연재소설을 낭독하는 것처럼 입술에서 기계적으로 흘러나왔다.

피스토리우스는 나직하게 말했다.

"난 자네를 아주 정확히 이해했네. 자네가 옳아."

나는 끈기 있게 그의 다음 말을 기다렸다. 그가 천천히 말을 이었다.

"사람이 남과 맞설 때 정당할 만큼 말이지."

'아니, 아니, 내가 틀렸어요!' 하고 내 마음은 맹렬히 외치고 있었다. 그러나 실제로는 아무 말도 할 수 없었다. 내가 단 한마디의 말로 그의 본질적인 약점과 상처를 건드렸다. 그 스스로도 믿고 싶어 하지 않는 부분을 건드린 것이다. 그의 이념은 곰팡내가 났고, 그는 퇴보적인 탐구자였으며, 낭만주의자였다. 나는 갑자기 뼈저리게 깨달았다. 피스토리우스가 내게 해준 역할, 내게 가르쳐 준 것들을 그 자신에게는 해줄 수 없다는 사실을. 그는 인도자인 그 자신마저 넘어서고 버리지 않으면 안 되는 길로 나를 인도했던 것이었다.

어떻게 내가 그런 말을 할 수 있었을까! 나는 조금의 악의도 없었고, 파국을 예상하지도 않았다. 내가 입을 열었던 그 순간조차 스스로 잘 알지 못하는 이야기를 지껄였던 것이었다. 단지 조금 재치 있고 약간은 질이 나쁜 조그만 충동에 따랐을 뿐인데, 운명적인 일이 되어 버렸다. 나의 사소하고 부주의한 행동이 그에게는 심판이 되었다.

그가 화내고 변명하고 나를 꾸짖기를 얼마나 간절히 원했던지! 그러나 그는 그 어떤 일도 하지 않았다. 이 모든 일을 나는 내 마음속에서 스스로 해야 했다. 할 수만 있었다면 그는 미소라도 지었을 텐데. 그가 미소 짓지 않는 것으로 내가 그에게 얼마나 큰 충격을 준 것인지 잘 알 수 있었다.

피스토리우스가 나에 의해서, 이 주제넘고 배은망덕한 제자에 의해서 받은 타격을 그렇듯 말없이 감수하고 나의 정당성을 승인하고 나의 말을 운명으로 인정함으로써 그는 내가 자기혐오에 빠지고 나의 실책을 몇천 배나 강하게 자책하게 했다. 사람이 누군가에게 타격을 가할 때는 강하고 자기 방어를 할 줄 아는 사람을 맞히려는 것이다. 그러나 그는 말없이 참을성 있게 묵묵히 항복해 버린 무방비 상태의 사람이었다.

오랫동안 우리는 꺼져 가는 불 앞에 엎드린 채로 있었는데, 불타는 모든 형상과 스스로 사그라지는 모든 재의 줄기가 나에게 행복하고 아름답고 풍부했던 시간을 되새기게 해 주었고, 피스토리우스에 대한 의무를 배신한 죄악감을 점점 키웠다. 나는 더 이상 그것을 참을 수가 없었다. 나는 일어서서 걸어 나왔다. 한참 동안 나는 그의 방문 앞에 서 있었다. 그리고 컴컴한 계단 위에서, 또 집 앞에서 행여나 그가 나를 뒤따라오지나 않을까 하는 기대로 한참이나 그렇게 서 있었다. 마침내 그곳을 떠나서 몇 시간이고 시내와 교외를, 공원과 숲을 밤까지 헤매 다녔다. 그때 처음으로 나는 내 이마 위에서 카인의 표식을 느꼈다.

점차 나는 그때의 일을 되새겨 볼 수 있었다. 처음에는 오로지 나의 잘못을 책하고 피스토리우스를 옹호하려는 의도였다. 그러나 매번 반대의 결과로 끝났다. 나는 천만번 나의 경솔한 말을 후회했고, 그것을 철회할 용의가 있었다. 그럼에도 그 말은 진실이었다. 지금에서야 나는 비로소 피스토리우스를 완벽히 이해하고 그의 모든 꿈을 그려볼 수 있다. 그의 꿈은 목사가 되고, 새로운 종교를 선포하고, 영혼과 사랑과 예배에 새로운 형식을 부여하고, 종교의 새로운 상징을 세우는 것이었다. 그러나 그것은 그의 역량과 사명에 적합하지 않았다. 그는 과거에 너무 열심히 매달려서 과거에 대한 지식들이 너무나 상세했다. 이집트나 인도, 미트라스나 아브락사스에 대해 너무나도 많이 알고 있었다. 그는 세상이 이미 보아 온 형상을 너무나 사랑했는데도, 마음 깊은 곳에서는 완전히 새롭고 색다른 것을 원했다. 그런 것은 신선한 토양에서 샘솟아야지 박물관이나 도서관에서 끌어와서는 안 된다는 사실을 스스로도 잘 알고 있었다. 그의 역할은 내게 해주었듯 사람이 자기 내면으로 들어갈 수 있도록 도와주는 데 있었다. 전대미문의 새로운 신을 제시하는 일은 그의 사명이 아니었다.

그러자 내 안에서 어떤 깨우침이 날카로운 불꽃처럼 나를 불태웠다. 누구에게나 '사명'이 있지만, 누구도 그것을 스스로 선택하고 해석하고 임의로 관리할 수는 없다! 새로운 신을 원한다는 것은 틀렸다. 이 세계에 무엇인가를 주려고 하는 것은 전적으로 잘못된 생각이다. 각성된 인간에게 부여된 의무는 단 한 가지, 자신을 찾고 자신의 내면에서 견고해져서 그 길이 어디에 닿아 있건 간에 조심스럽게 자신의 길을 더듬어 나가는 일. 그 이외의 다른 의무는 존재하지 않는다. 이러한 생각이 깊이 나를 사로잡았고, 이 생각이야말로 내가 이번의 체험에서 얻은 열매였다. 때때로 나는 미래의 형상과 함께 놀았고, 시인이나 예언자 혹은 화가나 다른 어떤 것으로서 나에게 부여되었을 역할을 꿈꾸었다.

그러나 한편으론 다 부질없었다. 나는 시를 짓기 위해서 존재하는 게 아니었다. 설교를 하기 위해서나 그림을 그리기 위해서도 아니었다. 나든 누구든 그것 자체를 위해 존재하지는 않았다. 이 모두 부차적으로 일어나는 것일 뿐이었다. 각자를 위한 진정한 천직이란 자기 자신에 도달하는 단 한 가지뿐이다. 그가 설령 시인이나 미치광이나 예언자나 심지어 범죄자로 일생을 마친다 해도 좋다. 그것은 그의 문제가 아니고 중대사도 아니다. 그의 임무는 임의의 것이 아니라 자신의 운명을 발견하는 것이며, 그 운명을 자신의 내부에서 송두리째, 그리고 온전하게 끝까지 지켜 내는 일이다. 그 외의 모든 것은 일부일 뿐이며, 도피하려는 노력이고, 대중의 이상 속에 숨으려는 재도피이자 순응이고, 자신의 마음에 대한 두려움이다. 무섭고 경건하게 그 새로운 생각이 내 앞에 솟아올랐다. 그것은 이미 몇백 번이나 예감되어 왔고 이미 여러 차례 이야기된 적이 있었지만, 나는 이제야 겨우 그것을 확실하게 깨달았다. 나는 자연에 던져진 돌이었다. 불확실하고 새로운 것 속으로, 어쩌면 허무 속에 던져졌을 것이다. 자연에 던져진 것을 나를 본연의 깊이에서 움직이게 하고 그 의지를 나의 내면에서 느끼면서 송두리째 나의 것으로 만드는 것만이 나의 천직 같았다. 오직 그것만이.

나는 이미 많은 고독감을 맛보았다. 내 앞에는 보다 더 깊은 고독이 펼쳐져 있었고 그것을 피할 도리는 없었다.

나는 이제 피스토리우스를 달래려는 마음을 갖지 않았다. 우리는 여전히 친구였지만, 우리의 관계는 달라졌다. 우리는 그 일에 관해 단 한 번 다시 이야기를 나눴다. 어쩌면 피스토리우스만 말했는지도 모르겠다.

"자네도 알다시피 내 꿈은 목사야. 무엇보다도 우리가 그렇게도 많은 예감을 품고 있는 새로운 종교의 목사가 되고 싶지. 하지만 나는 결코 그렇게 될 수 없으리라는 걸 잘 알아. 감히 입 밖에 내어 이야기한 적은 없었지만 이미 오래전부터 알았지. 나는 결국 다른 목사적인 봉사를 하게 되겠지. 오르간이나 뭔가 다른 방법으로. 그러나 나는 언제나 내가 아름답고 신성하다고 느끼는 무엇인가에 의해, 다시 말하면 오르간 연주의 비법, 상징과 신화 같은 것에 의해 둘러싸여 있지 않으면 안 되네. 나는 그것을 간절히 필요하고 그것에서 떨어지고 싶지 않아. 그게 내 약점이지. 싱클레어, 나는 때때로 그러한 것을 원해서는 안 되고 그것은 사치이자 내 약점이야. 만약 내가 아주 단순하게 아무런 요구나 주장도 없이 운명에 자신을 맡긴다면 더 위대하고 더 정당하겠지만, 난 그럴 수가 없다네. 그것이야말로 내가 할 수 없는 유일한 일이야. 이 세상에 단 하나 존재하는 정말로 어려운 일이라고. 나는 때때로 그것을 꿈꿨지만 한 번도 그렇게 하지 못했어. 나는 몸서리가 나. 이렇듯 완전하게 벌거숭이가 되어 고독하게 서 있을 수만은 없어. 나도 별 수 없이 다소의 따뜻함과 먹을 것이 필요해. 이따금씩은 자기 동류의 체온을 가까이에서 느끼고 싶어 하는 한 마리의 불쌍하고 연약한 개에 불과하지. 제 운명 이외에는 아무것도 원하지 않는 사람에게는 이미 동류란 없지. 그는 아주 고독하고, 주변에는 싸늘한 세계의 공간밖에는 없지. 겟세마네 동산에서의 그리스도가 그러했던 거야. 흔연히 십자가에 못 박히는 순교자도 있었지만, 그들 역시 영웅이 아니었고 자유롭지 못했어. 그들 역시 자기들에게 친밀하고 다정한 무언가를 원했지. 그들에겐 모범이 있었고, 그들에겐 이상이 있었던 거야. 그저 운명만을 원하는 사람에게는 모범도 이상도 없는 거니까. 그들에겐 아무런 사랑도, 아무런 위안거리도 있을 수 없어. 그런데도 사람은 이런 길을 걷지 않으면 안 되네. 나나 자네 같은 부류의 사람들은 진정으로 고독하긴 하지만 그래도 아직은 피차 뭔가 남다른 것, 반항하는 것, 특이한 것을 추구하는 데서 남모르는 만족을 느끼긴 해. 하지만 만약 온전하게 그 길을 가고자 한다면 그것까지도 단념해야 해. 또 우리는 혁명가도 이상가도 순교자도 되려고 해서는 안 돼. 그것은 생각할 수도 없는 일이야."

그렇다. 그것은 생각할 수도 없는 일이었다. 그러나 꿈꿀 수는 있었으며, 미리 느끼고 예감할 수는 있는 일이었다. 몇 번인가 아주 조용한 시간에 나는 그것을 조금쯤은 느껴 본 적이 있었다. 그런 때에 나는 내 자신의 내부를 들여다보았고, 강하게 부릅뜬 내 운명의 두 눈을 들여다보곤 했다. 그 눈은 예지에 충만해 있기도, 미친 듯한 열기에 충혈되어 있기도, 애정에 빛나거나 깊은 악의에 차 있기도 했다. 그러나 어느 것이건 다 마찬가지였다. 사람이 선택할 수 있는 것은 없었고, 사람이 원한다고 해서 이루어질 수 있는 것도 없었다. 단지 자기 자신만을 원하고 자신의 운명만을 원할 수 있을 뿐이었다. 피스토리우스는 인도자로서 내가 이 길을 제법 멀리까지 나갈 수 있게 도움을 주었다.

그 시절, 나는 천지를 모르는 것처럼 돌아다녔다. 마음속에선 언제나 폭풍이 몰아쳤고, 발걸음마다 위험에 차 있었다. 나는 이제까지 내가 걸어온 길이 모두 그 속으로 사라지고 마는 아득한 심연이 내 앞에 펼쳐진 것 외엔 아무것도 볼 수가 없었다. 그리고 나는 마음속에서 데미안과 닮은 그 두 눈에 나의 운명이 깃든 인도자의 모습을 보았다.

나는 한 장의 종이에 이렇게 썼다.

"인도자가 나를 버렸다. 나는 아주 캄캄한 어둠 속에 혼자 서 있다. 나는 혼자의 힘으로는 한 발짝도 걸어 나갈 수가 없다. 오, 나를 도와주오!"

나는 그 쪽지를 데미안에게 보내려다가 그만두었다. 어리석고 무의미한 일같이 느껴졌기 때문이었다. 나는 그 짤막한 기도문을 외우고는 때때로 혼자 마음속으로 중얼거리곤 했다. 그 기도는 언제 어디서나 나를 따라다녔다. 기도의 의미가 무엇인지 알 수 있게 된 것이다.

학창 시절은 끝났다. 나는 아버지의 제안으로 방학

동안 여행을 하기로 했다. 여행이 끝나면 대학을 가야 했는데, 어떤 학부로 갈지 정하지 못했다. 한 학기 동안 철학 수업을 듣기로 했다. 어떤 다른 학과라도 만족했을 것이다.

에바 부인

방학 중에 나는 수년 전 데미안이 그의 어머니와 살았던 집에 가 보았다. 노부인이 정원을 산책하고 있기에 말을 건넸고, 이 집이 지금은 그 부인의 소유임을 알았다. 나는 부인에게 데미안 가족의 소식을 물었다. 부인은 그들을 잘 기억하고 있었지만 지금 사는 곳은 알지 못했다. 내가 그들을 찾아왔다는 걸 알자 부인은 나를 집 안으로 데리고 들어가서 가죽 장정의 앨범을 한 권 찾아와 데미안의 어머니 사진을 보여 주었다. 나는 데미안의 어머니에 대한 기억이 거의 없었는데, 그 조그마한 사진을 보고 심장이 멎는 줄 알았다. 내 꿈속의 모습이었다! 내 꿈에 나오는 얼굴이 바로 데미안의 어머니 얼굴이었다. 키가 크고 아들과 닮은 남성적인 분위기에, 엄격하면서도 열정적인 모성 특유의 특징을 지닌 여성이었다. 매력적으로 아름다운, 너무 아름다워서 선뜻 다가가기도 힘들 정도의, 악마이자 모성인, 운명인 동시에 애인인 바로 그 얼굴이었다. 바로 그녀였다!

내 꿈 속의 모습이 실재한다는 사실에 기적을 본 듯한 충격을 받았다! 그 여인이, 내 운명의 표정을 지닌 여인이 있다니! 더욱이 그 여인이 데미안의 어머니라니! 지금 그녀는 어디 있지? 어디에?

그 직후에 나는 여행길에 올랐다. 이상야릇한 여행이었다! 나는 마음 내키는 대로 쉴 새 없이 흘러다니며 그녀를 찾았다. 어떤 날은 마주치는 모든 이들이 그녀를 떠올리게 하고 그녀와 닮아 보였다. 그럴 때면 마치 뒤엉킨 꿈속에서처럼 낯선 도시의 골목으로, 기차역과 열차속으로 빨려 들어갔다. 또 다른 날은 이러한 찾아 헤맴이 참 부질없다고 느껴졌다. 그러면 공원이나 호텔의 정원, 역의 대합실에서 망연하게 앉아 있으면서 내면의 이미지를 생생히 되살리려고 애썼다. 하지만 그것은 곧 수줍어하며 멀리 달아나 버렸다. 나는 깊이 잠들지 못했고, 기차 속에서 십여 분쯤 눈을 붙이는 것이 고작이었다. 딱 한 번, 취리히에서 꽤 예쁘장한 여자가 노골적으로 나를 따라왔다. 하지만 나는 그녀를 거들떠보지도 않고 없는 사람 취급하며 지나쳐 걸어갔다. 다른 여자에게 단 한 시간이라도 관심을 보내느니 차라리 당장 죽는 편이 나았다.

나의 운명이 나를 끌어당기고 있으며, 그것이 실현될 날이 가까워지고 있음을 느꼈다. 나는 그것을 스스로의 힘으로 앞당길 수 없어서 초조해 미칠 지경이었다. 그러다가 역에서 (인스부르크라고 생각되는데) 기차가 막 출발했을 때 창밖으로 그녀를 연상시키는 모습을 보고는 며칠간이나 절망스러웠다. 그런데 불현듯 그 모습이 다시 꿈속에 나타났다. 나는 추적이 부질없음을 깨닫고는 창피하고 처량한 심정이 되어서, 다음 기차를 타고 곧장 집으로 되돌아왔다.

이삼 주일 후 나는 H대학에 입학했다. 만사가 다 실망스러웠다. 내가 수강한 철학사 강의든 학생 활동들이든 전부 고루하고 기계적이었다. 모든 게 판에 박힌 듯 뻔하게 굴러갔고, 다들 똑같이 행동했고, 소년티를 못 벗은 얼굴에 나타나는 과장된 쾌활함은 암담하게 공허한 가면 같았다. 그러나 적어도 나는 자유로웠다.

하루를 통째로 나를 위해 쓰면서, 가까운 교외의 낡은 집에서 조용하고 평화롭게 지냈다. 책상 위에는 니체 책이 두세 권 놓여 있었다. 나는 니체와 함께 살고, 그의 영혼의 고독을 느꼈고, 그를 그토록 쉴 새 없이 몰아댄 숙명을 느꼈다. 그와 더불어 고통 받았고, 그와 동시에 그렇게 가차 없이 자기 운명을 걸어간 사람이 있었다는 사실에 기뻐했다.

하루는 늦은 저녁 나는 가을바람에 나부끼듯 시내를 건들거리며 다녔다. 어느 음식점에서 남학생들 단합대회 소리가 들렸다. 열린 창문으로 담배 연기가 자욱이 넘쳐 나왔고, 노랫소리가 시끄러웠지만 별로 흥겹지 않았고 생기 없이 단조로웠다.

나는 거리 모퉁이에 서서 그 소리를 들었다. 두 곳의 학생 주점에서는 면밀하게 훈련된 청춘의 쾌활함이 밤의 대기로 퍼져 나오고 있었다. 사방이 가짜 모임들이었다. 사방에서 운명의 굴레를 던져버리고 무리의 따뜻함 속으로 도피하려는 모임들로 넘쳐났다.

내 뒤에서 두 남자가 천천히 지나갔다. 그들 대화의 한 토막이 들렸다.

"어느 흑인 부락의 청년 숙소들 같지 않아? 문신이

다시 유행하는 것까지 똑같잖아. 봐, 이게 젊은 유럽이야."

그 음성이 이상하게 무슨 경고처럼 귀에 익었다. 나는 어두운 골목길에서 그 두 사람을 따라갔다. 한 명은 작고 세련된 일본인으로, 가로등 아래에서 그의 노란 얼굴이 미소를 띠고 빛났다.

그때 다른 남자가 다시 말했다.

"당신네 일본의 상황도 더 나을 것이 없겠지. 무리를 따르지 않는 사람은 어디나 드무니까. 여기에도 그런 사람은 소수야."

나는 그의 말 한 마디 한 마디에 충격과 기쁨을 느꼈다. 내가 아는 사람이었으니까. 데미안이었다.

나는 그들을 따라 바람 부는 어두운 골목길을 걸으며, 그들의 대화에 귀 기울이고 데미안의 음성을 음미했다. 음색이 옛날 그대로였다. 예전처럼 아름다운 안정감과 침착성이 나를 압도했다. 이제 다 잘 되겠지. 그를 찾았으니까.

일본인이 교외의 막다른 골목에서 데미안에게 작별 인사를 건네고 현관문을 열었다. 데미안이 되돌아 나오는데, 내가 골목 중간쯤에 서서 기다렸다. 갈색 고무

재질의 레인코트 차림에 가느다란 지팡이를 팔에 걸친 데미안이 단정하고도 탄력 있는 걸음걸이로 나를 향해 걸어오는 것을 보고 있자니, 심장이 사정없이 뛰었다. 그는 발걸음을 전혀 흩뜨리지 않고 다가오더니 내게서 몇 걸음 떨어진 곳에 멈춰 서서 모자를 벗었다. 야무진 입매와 특별히 빛나는 넓은 이마를 지닌 옛날의 환한 얼굴이 드러났다.

내가 그를 불렀다.

"데미안!"

그가 나에게 손을 내밀었다.

"너로구나, 싱클레어! 널 기다렸어."

"내가 여기 있는 줄 알았어?"

"확실히 알진 못했지만, 그렇게 되기를 줄곧 바랐어. 오늘 저녁에야 널 만났지만. 저녁 내내 우리를 뒤쫓던데."

"나를 단번에 알아봤다는 말이야?"

"물론이지. 네가 조금 변하긴 했지만, 여전히 표식을 달고 있으니까."

"표식이라니, 무슨 표식?"

"네가 아직도 기억하는지 모르겠는데, 우리가 예전

에 카인의 표식이라고 부르던 것 말이야. 그게 우리의 표식이야. 네게는 항상 표식이 있었어. 그래서 내가 네 친구가 된 거고. 지금은 그것이 더 뚜렷해졌군."

"그런 줄 몰랐어. 아니 무의식중에는 알고 있었는지도 모르지. 데미안, 언젠가 내가 초상을 그렸는데, 너와 나를 모두 닮아서 놀랐어. 그게 바로 표식이었을까?"

"그거야. 널 만나서 기쁘다! 어머니도 기뻐하실 거야."

나는 깜짝 놀랐다.

"어머니? 어머니도 여기 계셔? 하지만 나를 전혀 모르실 텐데?"

"어머니는 널 잘 아셔. 내가 널 소개하지 않아도 알아보실 걸. 그런데 왜 오랫동안 아무 소식이 없었니?"

"가끔 편지를 쓰려고는 했는데 못 했어. 얼마 전부터는 곧 만날 것 같더라. 난 매일같이 오늘을 기다린 거야."

그가 내 팔짱을 끼고 걸었다. 데미안의 침착함이 나를 차분하게 만들어 주었다. 우리는 곧 옛날처럼 지껄였다. 우리는 학창 시절, 견진성사 수업, 방학 중의 그 불쾌했던 만남을 회상했다. 이번에도 우리를 밀접하게 연결해 준 최초의 사건, 프란츠 크로머에 대해서는 말하지 않았다.

갑자기 대화가 기이하고 불길한 주제들로 옮겨갔다. 데미안이 일본인과 나누었던 대화를 떠올리면서 대학생들의 생활에 대해 이야기했고, 거기서부터 한참 동떨어진 주제로 넘어갔다. 그렇지만 데미안의 말에 의하면 그것들은 대학 생활과도 밀접한 연관성이 있었다.

그는 유럽의 정신과 시대의 징표에 관해 이야기했다. 어디를 가도 집단행동이 지배하고 있고, 자유와 사랑이 보이지 않는다고 말했다. 이 모든 가짜 공동체들(대학생 연맹부터 합창단, 나아가 국가까지)은 공포심과 불안감과 당혹감에서 탄생되어서, 안으로 썩고 닳아 곧 붕괴되고 말 거라고 했다.

"순수한 연대는 아름다운 거야. 하지만 보이는 곳마다 도처에 만발하는 이런 것들은 전혀 연대가 아니야. 연대는 개인과 개인이 서로를 알게 됨으로써 탄생하고, 한동안 세계를 바꿔놓을 수 있는 거야.

지금 연대로 보이는 것들은 오합지졸에 불과해. 서로를 두려워 해서 뭉치는 거거든. 사장은 사장들끼리, 노동자는 노동자들끼리, 학자는 학자들끼리 말이야! 그들이 왜 두려워 할까? 사람은 자기 자신과 조화를 이루지 못하고 삐걱댄다고 느낄 때 두려워져. 자기 자신을 전혀 모르겠을 때 두려움을 느끼는 거야. 그런데 사회는 자신의 내면을 몰라서 두려운 자들로 이루어졌지! 모두가 '이제까지 살아온 나의 인생 법칙이 오늘날 더 이상 맞지 않구나, 법들이 다 낡아버렸는데 종교나 도덕도 적당하지가 않구나' 하고 느끼는 거야. 유럽은 수백 년간, 아니 그 이상의 시간 동안 그저 연구만 하고 공장만 세웠거든! 한 사람을 죽이는 데 몇 그램의 화약이 필요한지는 정확히 알지만 신에게 기도하는 법은, 단 한 시간만이라도 행복해질 방법은 전혀 모르는 거야. 학생 주점 같은 곳을 한번 봐! 혹은 부자들이 드나드는 오락장이라도! 절망적이야. 싱클레어, 어디에도 명랑함이 없어. 불안에 가득 차서 모여든 사람들이니 더욱 겁을 먹고 악의에 차서 누구도 아무도 믿지 않는 거야. 그들은 더 이상 이상이 아닌 이상에 매달려서는 새로운 이상을 세우는 자에게 돌멩이를 던지는 거야. 곧 충돌이 일어날 거야. 날 믿어, 싸울 거라니까, 그것도 아주 가까운 시일 내에! 물론 그것이 세계를 '개선'하지는 못하겠지. 노동자가 공장주를 때려죽이든 러시아와 독일이 서로 총질을 하든 그저 소유주만 바뀌는 문제일 뿐이야. 그러나 그렇다고 해서 그 모든 게 헛된 일이라는 건 아냐. 오늘날 붙들고 있는 이상이 무가치하다는 것을 증명해 주는 셈이 될 테고, 석기시대의 신들을 제거해 줄 거니까. 지금 이대로의 이 세계는 죽고 멸망하고 싶어 해. 또 결국에는 그렇게 되고 말 거야."

"그럼 그땐 우리는 어떻게 될까?"

"우리? 아마 함께 멸망하겠지. 우리 같은 자들도 맞아 죽을 가능성이 있으니까. 단지 우리는 그렇게 쉽게 끝나버리지 않아. 우리가 남긴 것과 생존자들의 주위로 미래 의지가 결집되겠지. 인류의 의지, 그러니까 유럽이 기술과 과학이라는 시장통으로 떠들썩하게 눌러 덮었던 그것이 다시 나타나겠지. 그렇게 되면 인류의 의지가 결코 오늘날의 공동체, 국가나 민족, 단체나 교회의 것과 똑같았던 적은 없었음이 명확히 드러날 거야. 자연이 인간에게 원하는 바는 오히려 각 개인의 마음에, 자네나 나의 마음에 새겨져 있어. 그것은 예수의 마음에도 적혀 있었고, 니체의 마음에도 적혀 있었지. 이 중요한 흐름에게, 날마다 그 모습은 달라지겠지만, 흘러갈 공간이 생길 거야. 오늘날의 공동체들이 붕괴되고 나면 말이지."

우리가 시냇가의 정원 앞에 멈춰 섰을 때는 꽤 늦은

시각이었다.

"여기가 우리 집이야. 곧 한번 와. 네가 오기를 몹시 기대하고 있을 테니까."

기쁜 심정으로 나는 냉랭해진 밤공기 속의 먼 귀로를 재촉했다. 시내의 여기저기에서 주거지로 돌아가는 대학생들이 소란을 피우며 비틀거리고 있었다. 나는 자주 즐거움을 나타내는 그들의 우스꽝스러운 행동과 나의 고독한 생활 사이에서 격리감과 때로는 조소에 가까운 대립감을 느끼곤 했었다. 그런데 오늘은 처음으로 침착하고 내밀한 힘으로 그것이 내게 얼마나 사소한 일인지, 그 세계가 내게서 이미 얼마나 멀어져 버렸는지를 느꼈다. 나는 고향 마을의 관리들이나 신분 높은 노신사들이 낙원의 추억이나 되는 양 음주로 허송한 대학 시절 추억에 집착하고, 시인이나 낭만주의자들이 그들의 유년 시절에 바치는 것과 비슷하게 이제는 사라져 버린 대학 시절의 '자유'를 예배하던 것을 떠올렸다. 어디서나 똑같았다! 어디서나 그들은 과거의 '자유'와 '행복'을 찾으면서, 현재 책임져야 할 일이나 미래 나아가야 할 방향에 대한 불안감을 회피했다. 이삼 년쯤 술 퍼마시고 고성방가를 질러대다가는, 기어들어 와서 관청의 성실한 관리가 되었다. 그렇다. 썩었다. 우리 사회는 부패했다. 세상에는 이 대학생들의 멍청함보다도 훨씬 더 멍청하고 나쁜 수백 가지의 다른 멍청함들이 있었다.

하지만 멀리 떨어진 숙소에 도착해서 잠자리에 들었을 때, 이 모든 생각은 깡그리 사라지고 내 온 정신은 오늘이 내게 준 한 가지 약속에만 매달려 있었다. 원한다면 당장 내일이라도 데미안의 어머니를 볼 수 있다니. 대학생들이 술을 퍼마시든, 얼굴에 문신을 하든, 이 세계가 모조리 썩어서 그 몰락을 기다리든, 나와 무슨 상관이랴! 나는 단 하나, 나의 운명이 새로운 모습으로 나를 마중 나오길 기다릴 뿐이었다.

나는 아침 늦게까지 곤하게 잤다. 새로운 날이 엄숙한 축제일처럼 밝았으니, 유년 시절의 성탄절 축제 이래 경험하지 못한 그러한 날이었다. 나는 매우 초조했지만 두렵지는 않았다. 나는 내게 지극히 중요한 날이 시작되고 있음이 느껴졌다. 내 주위가 기대에 찬 의미 있고 엄숙한 세계로 변해 있었다. 소슬히 내리는 가을비조차 아름답고 고요하고 신성한 음악에 가득 찬 축제일의 분위기를 더했다. 생전 처음으로 외부의 세계가 내면의 세계와 완벽하게 일치된 음향을 울리고 있었다. 살아 있음이 기쁨이었다. 어떤 집, 어떤 상품 진열장, 골목의 어떤 얼굴에도 방해받지 않았다. 모든 것이 당연히 그렇게 있어야 하는 모습으로 있되, 옛날의 눈에 익은 공허한 모습이 아니었다. 기대에 차서, 경건하게 운명을 받아들일 준비가 된 자연의 모습이었다. 내가 어린 소년이었을 때 성탄절이나 부활절 같은 대축일의 아침에 봤던 그런 세계였다. 세계가 아직도 이렇게 아름다울 수 있다는 사실을 나는 까맣게 잊고 있었다. 내면으로 들어가서 사는 일에 익숙해진 나머지 외부 세계는 내게 의미가 없다고, 유년기를 잃어버리면 세계의 밝은 빛도 잃어버리는 거라고, 사람은 영혼이 자유롭고 성숙해지는 대가로 이 사랑스러운 빛을 포기하지 않으면 안 된다고 체념해버렸던 것이다. 하지만 이제 나는 이 모든 것이 단지 파묻히고 어둠에 덮였을 뿐이어서, 유년기의 행복에서 벗어나고 포기했던 사람도 이 세계가 빛나는 것을 보고 아이의 시선으로 내적인 전율을 맛볼 수 있음을 황홀하게 느꼈다.

그 순간이 왔다. 전날 밤 막스 데미안을 바래다 주었던 교외의 정원을 다시 찾아간 것이다. 높다랗고 비에 젖어 잿빛으로 보이는 나무들 뒤에 밝고 살기 편하게 생긴 작은 집이 숨어 있었다. 유리벽 뒤에는 꽃이 핀 키 큰 관목들이 있었고, 빛나는 유리창 뒤에는 그림과 책이 줄지어 있는 컴컴한 방의 벽이 보였다. 현관은 곧장 난방이 잘된 작은 거실과 통해 있었는데, 그곳에서 흰 앞치마에 까만 옷차림의 말 없는 늙은 가정부가 나를 안내해 주며 내 외투를 받아 걸었다.

가정부가 나가고 나는 거실에 홀로 있었다. 사방을 둘러보자 곧장 내 꿈의 한복판으로 휩쓸려 들어간 듯했다. 문 위쪽 짙은 색 나무 벽에 높이 걸린 검정 액자 속에 내가 잘 아는 그림이 있었다. 지구의 껍질을 깨고 비상하려는, 황금빛 매의 머리를 가진 나의 새였다. 나는 깊이 감동해서 꼼짝도 할 수가 없었다. 기쁘면서도 동시에 고통스러웠다. 이제까지 겪은 나의 모든 행동과 체험이 이 순간 해답과 실현으로 되돌아온 듯했으니까. 섬광처럼 빠르게 수많은 형상들이 영혼을 스쳐 지나갔다. 현관문 아치 위에 오래된 석조 문장이 달려 있던 부모님 집, 그 문장을 그리던 소년 데미안, 크로머의 저주에 걸려 두려움에 떨던 어린 소년의 나, 조용한 기숙사의 한구석에서 꿈꾸던 새를 그리던 청년의 나,

제 스스로의 그물에 뒤얽혀 있던 영혼, 그리고 이 모든 것, 그러니까 이 순간에 이르기까지 한 번이라도 내 안에서 메아리쳤던 모든 것들이 나 자신에 의해 긍정되고 응답 받고 승인되었다.

젖어드는 눈으로 나는 내 그림을 응시하며 내 마음을 읽었다. 그때 시선을 내리자, 새 그림 아래 열린 문 앞에 검정 옷의 키 큰 부인이 서 있었다. 그녀였다.

나는 한마디도 할 수 없었다. 자신의 아들처럼 시간과 나이를 초월한, 영혼의 힘이 넘치는 얼굴의 아름답고 품위 있는 부인이 미소 지었다. 그녀의 눈길에 나는 성취감을 느꼈고 그녀가 인사하자 고향에 돌아온 기분이었다. 나는 아무 말 없이 그녀에게 두 손을 뻗었다. 그녀가 굳건하고도 따스한 두 손으로 내 손을 잡았다.

"당신이 싱클레어군요. 한눈에 알아봤어요. 잘 왔어요!"

그녀의 음성은 낮고 따스했고 나는 달콤한 와인을 마시듯 그 음성을 들이켰다. 그리고 시선을 들어 그녀의 고요한 얼굴을, 깊이를 가늠할 수 없이 까만 눈과 신선하고 성숙한 입술과 표식을 지닌 넓고 기품 있는 이마를 바라보았다.

"얼마나 기쁜지 모르겠습니다!"

나는 그녀의 두 손에 입을 맞추었다.

"한평생 길 위에서 헤매다가 이제야 집에 돌아온 기분입니다."

그녀는 어머니 같은 미소를 지었다.

"아무도 집으로 돌아갈 수는 없어요. 그러나 두 길이 친밀하게 마주치는 곳에서는 온 세계가 잠시나마 집처럼 느껴지죠."

그녀는 이곳에 오기까지 내가 느꼈던 감정을 표현하고 있었다. 음성이나 말투가 아들과 비슷하면서도 전혀 딴판이었다. 더 성숙하고 더 따스하고 더 분명했다. 그런데 데미안이 소년일 때도 소년이라는 인상을 주지 않았던 것처럼 그의 어머니도 장성한 아들이 있는 어머니로 보이지 않았다. 얼굴과 머리칼에 감도는 숨결은 젊고 감미로웠으며, 황금빛 살결은 생기 있고 주름살이라고는 찾아볼 수 없었으며, 입은 갓 피어난 꽃 같았다. 내 꿈속에서보다 훨씬 위엄 있는 모습으로 그녀가 내 앞에 서 있었다. 그녀 가까이에 있는 것으로 사랑의 행복을 느꼈고, 그녀의 따스한 시선에 벅찬 충족감이 차올랐다.

이제 내 운명이 내 앞에 새롭게 모습을 드러냈다. 더 이상은 심각하거나 고립되지 않고, 성숙하고 활기차고 기쁨에 넘쳤다! 나는 새삼스레 어떤 결심이나 맹세를 할 필요가 없었다. 나는 목적지, 높은 길로 들어서는 지점에 도착했다. 거기서부터 약속의 땅까지의 여행길은 탁 트여서 경이로운 모습으로 뻗어 있었다. 가까이에 행복의 나무 그늘이 드리워졌고, 온갖 환희가 가득한 정원에서 땀을 식힐 수 있는 길이다. 앞날이 어떤 식으로 전개되든지 나는 환희로 가득차 있었다. 이 여인이 세상에 존재하고, 그녀의 음성을 음미하며, 그녀 곁에서 숨 쉴 수 있으니까. 어머니건, 애인이건, 여신이건, 그녀가 여기 이렇게 있어만 준다면! 나의 길이 그녀의 길과 가깝기만 하다면!

그녀는 나의 매 그림을 가리켰다.

"막스가 이 그림을 받았을 때처럼 기뻐한 적이 없었죠."

그녀가 생각에 잠긴 듯했다.

"나도 그랬고요. 우리는 당신을 기다렸어요. 이 그림을 받고 당신이 우리에게 오는 중임을 알았지요. 싱클레어, 당신이 조그만 소년이었을 때 말이에요, 어느 날 데미안이 학교에서 돌아와서 이렇게 말한 적이 있어요. '학교에 이마에 표식이 있는 애가 있어요. 그 애는 틀림없이 내 친구가 될 거예요.' 하고 말이죠. 그 애가 바로 당신이었어요. 당신도 쉽지는 않았겠지만, 우리는 당신이 해낼 거라는 확신이 있었답니다. 언젠가 한번 방학을 맞아 집으로 돌아왔다가 데미안과 조우한 적이 있었지요. 당신이 아마 열여섯 살쯤이었을 거예요. 데미안이 그 일을 이야기해 주더군요."

나는 말을 가로막았다.

"데미안이 그때 일을 말했다고요? 맙소사, 제가 제일 비참했던 시절이었어요!"

"알아요. 막스가 그렇게 말하더군요, 싱클레어가 가장 어려운 시기를 겪고 있다고. 당신이 또다시 공동체 속으로 도망가려고 애쓰고 있고, 심지어 술집 단골손님이 되었다고요. 하지만 결코 성공하지 못할 거라고, 왜냐하면 당신의 표식이 흐려져 있긴 하지만 아무도 모르게 당신의 내면을 불태우고 있기 때문이라고 말했지요. 그렇지 않던가요?"

"네, 정확해요. 그러다가 베아트리체를 알게 되었고, 마침내 또다른 인도자를 만났지요. 피스토리우스라는 사람이었어요. 그제야 비로소 제가 소년 시절에 왜 그렇게 데미안과 결부되었던지, 왜 그에게서 벗어날 수 없었던지 분명하게 깨달았습니다. 부인, 아니 친애하는 어머니, 저는 그때 종종 자살까지 생각했어요. 그 길은 누구에게나 그렇게 어려운 건가요?"

그녀는 손으로 내 머리를 쓸어 넘겼다. 산들바람처럼 가벼운 손길이었다.

"태어나는 것은 언제나 힘든 일이지요. 새도 알을 깨고 나오려면 온힘을 다해야 한다는 걸 당신도 잘 알잖아요. 돌이켜 자신에게 한번 물어보세요. 대체 그 길은 그렇게도 어려웠던가? 그저 어렵기만 했던가? 아름답기도 하지 않았는가? 당신은 보다 더 아름답고 더 쉬운 길을 알고 있나요?"

나는 고개를 가로저으며, 잠에 취한 듯 말했다.

"어려웠어요. 꿈이 올 때까지는요."

그녀는 머리를 끄덕이면서 나를 뚫어지게 바라보았다.

"그래요. 자신의 꿈을 발견해야 해요. 그러면 길은 한층 쉬워지죠. 하지만 영원히 계속되는 꿈이란 없어요. 계속 새로운 꿈으로 교체되지요. 그러니 어떤 꿈에도 집착해서는 안 돼요."

나는 매우 놀랐다. 일종의 경고이자 방어인가? 하지만 상관없었다. 나는 이미 목적지를 묻지 않고 그녀를 무작정 따라갈 준비가 되어 있었다.

"제 꿈이 얼마나 오래 지속될지는 모르겠습니다. 영원하기를 바랍니다. 제 운명이 새 그림 아래에서 어머니처럼, 애인처럼 저를 맞아 주었어요. 저는 제 운명에 속할 뿐, 그 밖에는 아무것에도 속하지 않습니다."

"그 꿈이 당신의 운명인 한에서 당신은 그것에 언제나 충실해야겠지요."

그녀는 진지한 어조로 내 말을 확인해 주었다.

비애가, 그리고 이 마법 같은 순간 속에 그대로 죽고 싶다는 갈망이 나를 덮쳤다. 눈물이 (얼마나 오랫동안 나는 울지 않았던지!) 억누를 길 없이 흘러나와 나를 압도했다. 나는 황급히 고개를 돌리고 창가로 걸어가서는, 눈물로 흐릿해진 시선으로 화분의 꽃 너머 먼 곳을 응시했다.

등 뒤에서 그녀의 목소리가 들렸다. 침착했지만 가장자리까지 찰랑찰랑 채워진 와인 잔처럼 다정함이 가득한 목소리였다.

"싱클레어, 당신은 아직 어린애로군요! 당신의 운명은 당신을 사랑하고 있어요. 언젠가는 당신이 꿈꿨던 것처럼 완전히 당신 것이 된답니다. 당신이 변함없이 충실하다면."

나는 간신히 감정을 자제하고 다시 그녀 쪽으로 얼굴을 돌렸다. 그녀가 손을 내밀고는, 미소를 지었다.

"내겐 친구가 몇 명 있어요. 나를 '에바 부인'이라고 부르는 아주 가까운 사람들이에요. 당신도 원한다면 나를 그렇게 불러요."

그녀는 나를 문으로 데려가 문을 열고 정원을 가리켰다.

"저기 바깥에 막스가 있을 거예요."

나는 충격을 받아 멍한 상태로 큰 나무 아래 서 있었다. 내가 깨어 있는 건지, 꿈을 꾸고 있는 건지 평소보다 더 분간할 수가 없었다. 빗방울이 나뭇가지에서 방울져 떨어져 내렸다. 나는 천천히 강기슭을 따라 멀리까지 뻗어 있는 정원으로 걸어갔다. 마침내 데미안을 발견했다. 그는 웃옷을 벗은 채 정원의 정자 안에 매달아 놓은 모래주머니 앞에서 권투 연습을 하고 있었다.

나는 깜짝 놀라 발을 멈추었다. 데미안은 아주 멋있

어 보였다. 널따란 가슴, 강인하고 남자다운 머리, 근육이 팽팽히 불거진 팔은 세고 단단해 보였고, 허리와 어깨와 팔의 관절에서 유연하고도 활기찬 움직임이 샘솟아 나왔다. 나는 큰 소리로 그를 불렀다.

"데미안! 거기서 뭘 하고 있어?"

그는 유쾌하게 웃었다.

"연습하고 있어. 그 일본인과 격투를 하기로 했거든. 그 작은 친구는 고양이처럼 날쌔고 빈틈이 없단 말이야. 그러나 날 이기진 못할 걸. 지난번에 빚진 아주 사소한 굴욕을 되갚아줄 작정이니까."

그가 셔츠와 겉옷을 입었다.

"우리 어머니를 만나 봤어?"

"그래, 데미안. 너희 어머니는 정말 근사한 분이시더군! 에바 부인! 그 이름은 정말 완전히 그분에게 어울려. 모든 존재의 어머니 같단 말이야."

그는 생각에 잠긴 표정으로 잠시 내 얼굴을 보았다.

"벌써 그 이름을 알고 있네? 넌 자부심을 가져도 되겠다. 어머니가 첫 만남에서 이름을 가르쳐 준 것은 네가 처음이니까."

이날부터 나는 그 집에 아들이나 형제처럼 (또한 연

인처럼) 드나들었다. 현관을 들어서며 등 뒤로 문이 닫히는 소리를 들을 때면, 아니, 멀리서 정원의 키 큰 나무들이 보이기만 해도 나는 벅차고 행복했다. 현실(거리와 집들, 사람과 조직들, 도서관과 강의실)은 저 바깥에 있었고, 이 안에는 사랑과 영혼이 있었다. 전설들과 꿈들이 살아 숨 쉬었다. 그렇지만 결코 세상과 단절된 것은 아니었다. 우리의 생각과 대화는 여전히 이 세상의 한복판을 향했고, 단지 완전히 다른 비행기를 타고 있을 뿐이었다. 우리는 다수의 사람들과 경계선으로 분리된 것이 아니라 '세상을 보는 시선의 차이'에 따라 분리되었을 뿐이었다. 우리의 사명은 이 세계에 한 개의 섬, 새로운 모델을 제시하는 일이었다. 혹은 최소한 새로운 삶의 방식에 대한 가능성을 보여 주는 일임은 틀림없었다. 오랫동안 고립되었던 나는, 완전한 고독을 맛본 사람들 사이에서만 가능한 공동체를 알게 되었다. 나는 더 이상 행복한 사람들의 식탁이나 축복받은 이들의 축제로 되돌아가기를 바라지 않았고, 타인들의 연대를 시샘하거나 향수를 느끼지 않았다. 그리하여 나는 차츰 '표식'을 단 자들의 비법을 전수받았다.

표식을 지닌 우리들은 세상 사람들로부터 이상스럽

다고, 심지어는 미쳤다거나 위험스럽다고 간단히 치부될 수 있었다. 우리는 깨달은 자 혹은 깨달아 가는 자들이었다. 그래서 우리는 곧장 더욱 더 완전하게 깨닫기 위해 노력하는데, 반면 다른 사람들은 그들의 의견이나 이상, 의무, 삶, 행복을 한데 묶고 더욱 더 군중들과 같아지려는 노력에 집중한다. 물론 그들도 치열하게 노력하고, 힘과 위대성도 지녔다. 그러나 우리 표식을 지닌 자들은 자연의 의지를 새롭고 개별적인 미래를 위해 제시하는 데 반해, 그들은 현 상태에 안주하려고 고집을 부렸다. 그들에게 (우리처럼 그들도 사랑해마지않는) 인류란, 유지되고 보호받아야 할 완성된 존재였다. 우리에게 인류란 모든 사람이 추구하는 머나먼 목표, 아무도 그 모습을 모르고 그 법칙도 아무 데도 적혀 있지 않은 그런 아득한 미래였다.

에바 부인과 데미안과 나 말고도 우리 공동체에는, 다소 가깝고 먼 차이는 있지만 결국 같은 목적을 지닌 다양한 구도자들이 있었다. 그들의 대다수는 매우 특이한 길을 걸었으니, 독특한 목표를 세워 놓고 특정한 생각이나 의무에 매진했다. 점성술사, 카발라 연구자, 톨스토이 백작 신봉자들부터 여러 부류의 예민하고 수

줍고 마음이 여린 사람들, 새로운 소수 종파의 신봉자들, 인도의 요가 전파자들, 채식주의자들까지 다양했다. 이들과 우리는 각자가 타인의 비밀스러운 삶의 꿈을 존중한다는 것 말고는 어떠한 정신적인 공통점도 없었다.

우리와 가까운 유대감을 느끼는 이들도 있었다. 인류가 과거에 가졌던 신들과 이상들을 탐구했는데, 뭔가 피스토리우스의 작업을 연상시켰다. 그들은 고대어로 쓰인 원서를 가져와서 해석해 주고, 고대의 상징물이나 의식을 그린 도판을 보여 주면서, 인류가 이제껏 소유했던 이상들이란 결국 모두가 무의식에서 뿜어져 나온 영혼의 꿈에서 미래 가능성의 예감을 더듬어 온 것임을 역설했다. 이렇게 해서 우리는 천 개의 머리가 뒤엉킨 놀라운 고대의 신들부터 기독교 개종의 여명에 이르기까지, 다양한 신들을 섭렵할 수 있었다.

우리는 고독하고 경건한 사람들의 신앙고백을, 종교가 민족에서 민족으로 옮겨 간 변천의 궤적을 들었다. 그리고 우리는 이렇게 수집한 모든 자료를 통해서, 우리 시대 및 현대 유럽에 대해 비평적인 안목을 갖게 되었다. 엄청난 노력으로 인류를 위한 막강한 신무기를 만들어냈지만, 결과는 처참하게 황폐해진 정신만 남은 것이다. 유럽은 온 세계를 정복한 대가로 영혼을 잃었다.

우리 모임에는 특정한 소망과 구원을 믿는 신자들, 지지자들도 있었다. 유럽을 개종시키려는 불교 신자들, 악에 대한 무저항을 설파하는 톨스토이 신봉자들 및 기타 여러 종파의 추종자들도 있었다. 우리는 이들의 의견에 귀는 기울이되, 그것들을 상징(은유) 이상으로 받아들이지는 않았다. 표식을 지닌 자들은 미래가 띠게 될 모습에 초연했다. 이러한 모든 교파와 구제론들은 이미 죽어서 쓸모 없는 것으로 여겨졌다. 우리는 다만 각자 완전히 자기 자신이 되고, 완전히 자기의 내부에서 작용하는 자연의 의지에 뒤따르며, 불확실한 미래가 초래할지도 모르는 온갖 일에 대해서 스스로 준비를 갖추도록 순수하게 살아가는 것만을 유일한 의무로, 운명으로 느꼈다.

현대의 붕괴와 새로운 탄생이 임박했고 이미 일어나고 있음은, 비록 입 밖에 꺼내어 말하지 않더라도 우리 모두가 분명히 느끼고 있었다. 데미안은 여러 차례 나에게 말했다.

"무엇이 올 건지는 짐작할 수 없어. 유럽의 영혼은 무한히 오랫동안 쇠사슬에 매여 있던 짐승과 같아. 그러니 그것이 해방되었을 때 최초로 행할 행동은 그리 칭찬할 만한 것이 아닐 거야. 그렇지만 여태껏 그토록 오랫동안 늘 기만당하고 마비되어 왔던 영혼이 진짜로 원하는 바가 백일하에 드러날 수만 있다면, 어떤 길을 택하든 우회로든 아니든 중요한 문제가 아니야. 그때는 우리들의 날이 되어서, 우리를 필요로 할 거야. 새로운 지도자나 입법자로서가 아니라 (우리는 새로운 법률까지는 경험하지 못 하겠지) 의지자로서, 운명이 부르는 곳이라면 어디든 가서 서 있을 각오가 되어 있는 그런 사람으로서 필요하게 될 거야. 봐, 누구든 자신의 이상이 위협을 받을 때면 믿을 수 없이 대단한 성취를 기꺼이 해내지. 그러나 새로운 이상, 아마도 위험하고 불길한 성장의 움직임이 문을 두드릴 때는 아무도 반응하지 않아. 그때 거기로 기꺼이 달려가는 소수의 사람이 우리들인 거야. 그것을 위해 우리가 표식을 달고 있는 거니까. 공포와 증오를 일으켜 인류를 좁다란 전원에서 위험스러운 광야로 내몬 카인처럼 말이야. 인류의 역사에 영향을 끼친 모든 사람들은, 한 사람도 예외 없이, 운명을 받아들일 준비가 되어 있었기 때문에 능력을 발휘하고 영향력을 미칠 수 있었던 거야. 모세와 부처가 그러했고 나폴레옹과 비스마르크도 그러했지. 그 사람이 어떤 파동에 휩쓸리는가, 어떤 극점의 지배를 받는가 하는 것은 그 사람 자신이 선택할 수 있는 일이 아니야. 만약 비스마르크가 사회민주주의자들을 이해하고 그들에게 동조했다면 그는 영리한 지배자는 되었겠지만 운명의 인물이 못 됐겠지. 나폴레옹도, 카이사르도, 로욜라도, 그 부류의 다른 모든 사람들도 마찬가지야! 이것은 진화론적으로 생각해 봐야 해! 지표면의 융기와 침강이 수생 동물을 육지로, 육상 동물을 물속으로 밀어 넣었을 때, 새로운 적응력을 만들어 자기 종족을 멸종에서 구해내는 전대미문의 일을 수행해 낸 건 그런 개체들이었어. 운명을 받아들일 자세가 되어 있는 개체들. 그들이 이전에 자신의 종족 가운데서 유달리 더 보존적인 성향을 지녀서 현 상태를 유지하려는 편이었는지, 아니면 기이한 별종이며 혁명적이었는지를 우리가 알 수는 없겠지. 그렇지만 그들이 준비하고 있었기 때문에 진화의 과정에서 자신의 종족을 구할 수 있었던 건 확실해. 그래서 우리가 준비를 하려는 거고."

에바 부인은 우리가 그런 대화를 나누는 자리에 종종 함께 있었는데, 대화에 끼지는 않았다. 그녀는 자신의 견해를 펼치는 우리들에게 신뢰와 이해심에 가득 찬 경청자이자 반향이 되어 주었다. 마치 모든 생각들이 그녀에게서 비롯되어 다시 그녀에게로 되돌아가는 것처럼 느껴졌다. 나는 그녀 가까이에 앉아 있고, 종종 그녀의 목소리를 듣고, 그녀를 에워싼 성숙함과 영혼의 분위기를 나누는 것만으로도 더할 수 없이 행복했다.

나의 내부에서 어떤 변화가, 슬픔이나 새로운 도약이 일어나면 그녀는 즉시 알아차렸다. 나는 밤에 자면서 꾸는 꿈조차 그녀로부터 영감을 받는 것처럼 여겨졌다. 나는 자주 그녀에게 내 꿈을 자세히 이야기했는데, 그녀는 그것들을 쉽게 이해하고 자연스럽게 받아들였다. 그녀가 분명하게 파악해 낼 수 없는 기상천외한 꿈은 없었다. 한동안 내 꿈은 우리들이 낮에 나눈 일상 대화의 복제 같았다. 세계가 온통 혼란에 빠지고 내가 홀로, 혹은 데미안과 함께 긴장하며 위대한 운명이 다가오기를 기다리는 꿈이었다. 운명의 얼굴은 흐릿했지만 어딘지 에바 부인의 표정을 지니고 있었다. 그녀에게 선택되거나 배척당하는 것, 그것이 바로 운명이었다.

종종 그녀는 미소를 띠면서 말했다.

"싱클레어, 당신의 꿈은 완전하지 않아요. 당신은 제일 좋은 것을 빠뜨렸어요."

그 말을 듣고 나면 그 잊었던 부분이 생각났는데, 나는 어쩜 그것을 잊고 있었는지 이해할 수 없었다.

때때로 나는 불만을 느끼며 욕망으로 고통받았다. 그녀를 품에 끌어안지도 못하면서 곁에서 지켜보기만 하는 건 더 이상 참을 수 없다는 생각이 들었다. 그녀는 이것도 곧 알아차렸다. 한번은 여러 날 발길을 끊었다가 여전히 어지러운 마음으로 찾아가자, 그녀는 한쪽으로 나를 데려갔다.

"당신은 당신이 믿지도 않는 욕망에 굴복해서는 안 돼요. 당신이 무엇을 소원하는지 나는 잘 알고 있어요. 당신은 그 욕망을 깨끗이 단념하거나, 아니면 완전하고 정당하게 소망해야 합니다. 당신이 그 소원이 성취될 거라고 확신하며 요청할 수 있을 때, 비로소 그 소원은 성취될 겁니다. 그러나 지금 당신은 갈망과 포기 사이를 왔다갔다 하면서, 두 경우 모두를 두려워하고 있어요. 전부 다 극복해야 합니다. 내가 동화를 하나 들려 줄게요."

그녀는 별에 반한 청년의 이야기를 해 주었다. 그는 바닷가에 서서 별에 손을 뻗치고, 별에 예배하고, 별의 꿈을 꾸고, 모든 생각을 별에 쏟았다. 그렇지만 그는 사람이 별을 끌어안을 수는 없음을 알았다. 아니, 안다고 생각했다. 그는 이뤄질 희망 없이 별을 사랑하는 것을 자신의 운명으로 여겼고, 이런 생각에서 체념의 시를, 자신을 향상시키고 정화시키는 침묵과 끈질긴 고통에 대한 시를 한 편 완성했다. 그러나 여전히 그의 꿈들은 별만을 향했다. 그는 또다시 바닷가의 높은 벼랑 위에 서서 별을 쳐다보고 별을 향한 사랑을 불태웠다. 그리하여 동경이 절정에 달한 순간 그는 별을 향해 허공으로 뛰어들었다. 그런데 그 도약의 순간, 같은 생각이 번개처럼 그의 마음에 스쳐 지나갔다. "절대로 이루어지지 않는 일인데!" 그는 바닷가에 떨어져 산산조각이 나버렸다. 그는 사랑하는 법을 이해하지 못했던 것이다. 만약 도약의 순간에 그가 소망이 이루어질 거라는 강한 신념을 가졌더라면, 그는 하늘로 솟구쳐 올라 별과 하나가 되었을 것이다.

그녀는 진지하게 말했다.

"사랑은 간청해서는 안 돼요. 또 강요해서도 안 되죠. 사랑은 자신의 내부에서 확신에 이르는 힘을 가져야 해요. 그러면 사랑에 끌려가기를 멈추고, 끌어당기게 되죠. 싱클레어, 당신의 사랑은 나에게 끌리고 있어요. 당신이 나를 끌어당길 때 내가 갈 거예요. 나를 선물로 건네지 않을 거예요. 나는 쟁취되고 싶은 거예요."

그러나 다음번에 그녀가 들려준 동화는 달랐다. 짝사랑에 빠진 남자 이야기였다. 그는 자신의 영혼 속에 완전히 침잠하여 사랑한 나머지 타 없어질 것 같다고 느꼈다. 그는 세계를 잃어버렸다. 더 이상 푸른 하늘도 파릇한 숲도 보이지 않았다. 시냇물이 졸졸 흐르는 소리도, 하프의 선율도 들리지 않았다. 그는 가엾고 비참해졌다. 그런데도 그의 사랑은 계속 커져서, 사랑하는 여자를 가지지 못하느니 차라리 죽거나 파멸해 버리고 싶은 지경에 이르렀다. 그런데 사랑이 자신 안의 모든 것을 집어삼켰다고 느꼈을 때, 그의 사랑은 너무나 강력한 힘이 되어서 그 아름다운 여자까지 끌어왔다. 그녀가 왔고, 그는 그녀를 끌어안으려고 두 팔을 활짝 벌리고 서 있었다. 막상 그녀가 그의 앞에 와서 섰을 때 그녀는 아주 달라져 있어서 그는 깊은 경외감을 느꼈다. 자기가 잃어버렸던 온 세계가 다시 자기에게로 끌려온 것이었다. 그녀가 그의 앞에 서서 그에게 자신을 맡기자, 하늘과 숲과 시내도 새로운 빛을 띠고 생생하고 화창하게 그에게 다가와서는 그의 것이 되고 그의 언어를 속삭였다. 그는 한 여인만 얻은 것이 아니라, 온 세계를 품었다. 가슴속에서 하늘의 모든 별빛이 타올랐고 영혼은 환희로 번쩍였다. 그는 사랑을 해서, 자기 자신을 찾은 것이다. 대부분의 사람은 사랑을 해서, 자기 자신을 잃어버리는데.

에바 부인에 대한 사랑이 내게는 내 삶의 유일한 내용처럼 느껴졌다. 다만 그 모양은 매일 달라졌다. 어떤 날은 그녀가 내가 끌리고 열망하는 '사람'이 아니라, 내면의 나에 대한 '상징', 그러니까 나를 나의 내면으로 더 깊숙이 이끌기 위한 상징일뿐이라고 확신했다. 그녀의 말들은 종종 내가 절박하게 매달려 있는 질문들에 대해 내 잠재의식이 내놓는 대답처럼 들렸다. 그녀 곁에서 관능적인 욕망에 불타올라 그녀가 만진 물건에 입 맞추는 순간들도 있었다. 그렇게 조금씩 관능적 사랑과 정신적 사랑이, 현실과 상징이 겹쳐지기 시작했다. 그러자 우리 집의 내 방에서 고요하게 집중하여 그녀를 떠올리면 내 손 안에서 그녀의 손이, 내 입술 위에서 그녀의 입술이 느껴지곤 했다. 혹은 그녀의 집에서 그녀의 얼굴을 쳐다보고 그녀의 목소리를 듣는데도, 이게 꿈인지 현실인지 헷갈렸다. 나는 사랑을 꾸준하고 영원하게 간직하는 법을 알아 가기 시작했다. 에바 부인의 입맞춤을 느끼듯 책을 읽으며 새로운 영감을 얻었다. 그녀가 나의 머리칼을 쓰다듬어 주고 성숙하고 향기로운 온기가 담긴 미소를 지어 주면, 내면적으로 한 걸음 나아간 듯한 성취감을 느껴졌다. 내게 운명처럼 중요한 모든 것들은 그녀의 모습으로 나타났다. 그녀는 나의 모든 생각들로 변신할 수 있었고 나의 모든 생각들은 그녀로 변신할 수 있었다.

나는 부모님 집에서 보낼 성탄절 휴가를 두려워했다. 에바 부인과 2주나 떨어져 지내는 것은 고통스러운 일일 테니까. 그런데 막상 해보니 고통스럽지 않았다. 집에서 그녀를 생각하는 것은 멋진 일이었다. 그래서 H시로 되돌아와서도 이 안정감, 관능적인 그녀의 존재로부터의 해방감을 즐기려고 일부러 이틀이나 방문을 미뤘다. 또한 나와 그녀가 새로운 비유적인 방법으로 결합하는 꿈도 했다. 그녀라는 바다에 내가 용솟음치며 흘러들었다. 그녀라는 별에 나 역시 별로서 다가가 중간에 만났고, 서로 끌림을 느끼며 함께 머물렀다. 원을 그리며 서로의 주위를 영원토록 행복하게 맴돌았다. 다시 그녀를 방문한 첫날 나는 이 꿈을 이야기했다.

"아름다운 꿈이군요. 그것이 실현되게 하세요!"

그녀는 조용히 말했다.

이른 봄날, 내가 결코 잊을 수 없는 날이 왔다. 거실에 들어서니, 창이 하나 열려 있어서 짙은 히아신스 향기를 실은 훈훈한 바람이 들어오고 있었다. 아무도 안 보이길래 나는 계단을 올라가 데미안의 서재로 갔다. 가볍게 문을 두드리고는 늘 그랬듯이 대답을 기다리지 않고 문을 열고 들어섰다.

방은 어두웠고 커튼은 모두 드리워져 있었다. 데미안이 화학 실험실로 꾸며 놓은 조그만 옆방으로 통하는 문이 열려 있었다. 그곳으로 먹구름 사이로 비치는 밝고 하얀 봄 햇살이 들어오고 있었다. 아무도 없다고 생각한 나는 무심코 한쪽 커튼을 젖혔다.

바로 그때 나는 커튼이 드리워진 창 가까이에 앉아 있는 데미안을 발견했다. 그는 등받이 없는 의자에 이상한 모습으로 웅크리고 앉아 있었다. 그때 번갯불처럼 나를 스쳐 지나가는 생각이 있었다. 이런 일을 본 적이 있어! 두 팔은 미동도 없이 축 늘어졌고, 두 손은 무릎 위에 놓여 있었다. 얼굴은 다소 앞으로 숙여졌고, 크게 뜬 두 눈은 완전히 멀어버린 것 같았다. 마치 유리 조각처럼 한쪽 눈동자에서 가늘고 날카로운 광선이 반사되어 번쩍거렸다. 창백한 얼굴은 내면으로 깊이 침잠해 있었으며 몸서리쳐지는 마비 상태 이외에 다른 표정이라고는 찾아볼 수 없었다. 그는 마치 사원 입구에 있는 태곳적 짐승의 가면과 닮아 있었다. 숨도 쉬지 않는 것 같았다.

나는 되살아난 추억에 몸을 떨었다. 수년 전, 내가 소년일 때도 이와 똑같은 모습을 본 적이 있었다. 그때도 저렇게 두 눈은 내면을 응시했고, 양손은 축 처졌으며, 얼굴 위로 파리 한 마리가 기어가고 있었다. 6년 전에도 그는 꼭 이렇게, 주름살 하나까지 오늘과 다름이 없이, 나이 들어 보였고 시간을 초월한 존재로 보였다.

나는 겁에 질려서 가만히 방을 나와 계단을 내려왔다. 거실에서 에바 부인을 마주쳤다. 그녀는 창백하고 피곤해 보였는데, 그녀에게서 한 번도 본 적 없는 표정이었다. 바로 그때 그림자가 하나 창문을 스쳐 지나가자, 눈부시게 하얗던 태양빛이 홀연히 사라졌다. 내 말투가 조급하게 튀어나왔다.

"데미안에게 갔었어요. 무슨 일이 생겼나요? 그가 잠든 건지 무엇에 몰두하는 건지 잘 모르겠어요. 옛날에도 그런 모습을 한 번 본 적이 있는데."

"그 애를 깨우지는 않았겠죠?"

그녀의 목소리도 다급했다.

"예, 그는 내가 들어가는 소리도 듣지 못했어요. 저는 곧 되돌아 나왔어요. 에바 부인, 대체 무슨 일인지 제게 말씀해 주실 수 없나요?"

그녀는 손등으로 이마를 쓸었다.

"걱정 마세요, 싱클레어. 아무 일도 없으니까요. 그 애는 명상에 잠긴 거예요. 그리 오래 걸리진 않을 겁니다."

그녀는 일어서더니 막 비가 내리기 시작한 정원으로 나갔다. 나는 그녀를 따라 나가서는 안 된다고 직감했다. 그래서 나는 복도를 왔다 갔다 하면서 정신을 혼미하게 만드는 히아신스의 꽃향기도 맡고, 문 위에 걸린 나의 새 그림도 쳐다보면서, 그날 아침 집을 가득 채운 숨 막히게 기이한 공기를 호흡했다. 대체 뭐지? 무슨 일이 일어났지?

에바 부인은 곧 되돌아왔다. 빗방울이 그녀의 까만 머리카락에 방울져 있었다. 그녀가 늘 앉던 안락의자에 앉았다. 지쳐 보였다. 나는 그녀에게 다가가 몸을 굽히고 머리카락에 맺힌 빗방울에 입을 맞추었다. 그녀의 눈빛은 밝고 침착했지만, 빗방울에서 눈물 맛이 났다.

"그에게 가 볼까요?"

내가 속삭여 물었다. 그녀는 희미하게 미소 지었다.

"어린애같이 굴지 말아요, 싱클레어!"

그녀는 자기 안에 깃든 어떤 마력을 깨뜨리려는 듯 큰 소리로 나를 나무랐다.

"지금은 돌아가고, 나중에 다시 와요. 지금은 당신과 아무런 이야기도 할 수 없군요."

나는 그 집을 빠져나와 걷다가 뛰다가 하며 시내를 벗어나 산으로 갔다. 빗방울이 비스듬히 내 얼굴을 내리쳤고, 구름은 공포심에 짓눌린 듯 나지막이 흘러가고 있었다. 아래쪽은 바람이라곤 거의 불지 않았는데 높이 올라가니 폭풍우가 휘몰아치는 듯했다. 강철 같은 회색빛 구름들 틈새로 가끔씩 강렬한 햇살이 쏟아졌다.

그때 하늘에 누런 구름이 뭉게뭉게 흘러가다가 회색 구름의 벽과 충돌했다. 순식간에 바람이 누런 구름과 회색 구름과 파란 하늘을 뒤섞어 하나의 형상을 만들었다. 거대한 새가 시퍼런 혼돈을 찢고 나와 큰 날개를 퍼덕거리며 하늘로 날아가 버리는 모습이었다. 그 다음 돌풍이 몰아치는 소리가 들렸고 우박 섞인 비가 쏟아졌다. 순간 믿을 수 없을 정도로 공포스러운 천둥소리가 빗발에 얻어맞은 풍경 위로 내리쳤다. 그리고는 곧바로 한 줄기 햇살이 비치니, 주변 산의 갈색 숲에 쌓인 눈이 창백하게 비현실적으로 빛났다.

몇 시간 후 내가 흠뻑 젖은 채 되돌아가자 데미안이 현관문을 열어 주었다.

그는 자기 방으로 나를 데리고 갔다. 실험실에서 가스 불꽃이 타고 있고 종이가 사방에 흩어져 있는 걸로 보아, 일을 하고 있었던 모양이다. 그가 의자를 권했다.

"앉아. 피곤하겠다. 지긋지긋한 날씨야. 바깥에서 한참을 헤맸나 보구나. 곧 차를 가져올 거야."

나는 주저하면서 말을 꺼냈다.

"오늘 틀림없이 뭔가가 있어. 이게 단순한 천둥 번개일 리가 없어!"

그가 나를 탐색하듯 쳐다보았다.

"뭔가를 봤니?"

"응, 구름 속에서 형상을 봤어. 잠깐이었지만 아주 선명했어."

"무슨 형상을?"

"새였어."

"매? 네 꿈속의 새 말이야?"

"응, 내 매였어. 누렇고 거대했는데, 검푸른 하늘로 날아가 버렸지."

데미안은 깊은 한숨을 내쉬었다.

노크 소리가 들렸다. 늙은 가정부가 차를 가져왔다.

"자, 싱클레어, 차를 들어. 나는 네가 그 새를 본 것이 우연이라고 생각하지 않아."

"우연? 그런 것을 우연히 볼 수 있을까?"

"그래, 우연히 볼 수는 없겠지. 그 새는 뭔가를 의미할 텐데. 너는 알고 있니?"

"아니. 그저 그 새가 모든 것을 산산조각내는 정도의 충격적인 변화를, 운명의 한 걸음을 뜻한다고 느끼고 있을 뿐이야. 우리들 모두와도 관계가 있고."

그는 흥분해서 이리저리 서성거리면서 소리쳤다.

"운명의 한 걸음이라고! 나도 똑같은 꿈을 꾸었어. 어머니도 어제 똑같은 것을 의미하는 예감을 느끼셨다더군. 나는 나무줄기인지 탑인지에 걸쳐진 사다리를 타고 올라가고 있었지. 정상에 이르러서 내려다 보니, 넓은 평야에 셀 수 없이 많은 마을이, 온 나라와 도시가 불타고 있는 거야. 네게 전부를 말해줄 수는 없어. 아직 모든 것이 뚜렷하게 파악되진 않았으니까."

"그 꿈이 너와 관련된 것인 것 같아?"

"그야 물론이지. 모든 꿈은 자기 자신과 관련되어 있어. 하지만 그래, 네 말처럼 나에게만 해당되는 꿈은 아니지. 나는 내 영혼의 동요를 보여 주는 꿈과 아닌 것을 정확히 구별해. 후자는 온 인류의 운명을 암시해 주는 꿈인데 아주 드물어. 정말이지 거의 꾼 일이 없고, 예언으로서 실현되었다고 말할 만한 경우도 아직 한 번도 없었어. 그런 꿈은 해석이 너무 애매하잖아. 그렇지만 그 꿈이 내게만 관련된 것이 아니라는 것만은 확실히 알 수 있지. 왜냐하면 그 꿈은 과거에 꾸었던 꿈들과 계속 연결되어서 속편처럼 이어지거든. 싱클레어, 내가 예전에 네게도 이야기한 적이 있는, 나를 예감으로 채워주는 그런 꿈들을 말하는 거야. 우리 둘 다 이 세계가 정말 부패했음을 알고 있지만, 그것만으로는 즉각적인 멸망 등을 예언할 근거가 못 돼. 그러나 나는 여러 해 전부터 꿈으로부터 이 세계의 붕괴가 임박했다고 결론지었어. 강하게 느껴졌다고 말해도 좋고. 처음에는 아주 희미하고 막연한 예감이었지만 갈수록 또렷해지고 강해졌거든. 아직도 나는 나와도 관련 있는 어떤 광대하고 무시무시한 무엇이 다가온다는 것 밖에는 아무것도 몰라. 싱클레어, 우리는 우리가 그토록 여러 번 이야기했던 일을 경험하게 될 거야! 세계가 스스로 새로워지려 하고 있어. 죽음의 냄새가 맡아져. 죽음 없이는 어떠한 새로운 탄생도 없으니까. 하지만 내가 생각했던 것보다 훨씬 몸서리쳐지는 일이야."

나는 깜짝 놀라서 물끄러미 그를 바라보았다.

"꿈의 나머지 부분도 말해주면 안 돼?"

내가 조심스럽게 부탁해도, 그는 고개를 가로저었다.

"그럴 순 없어."

문이 열리고 에바 부인이 들어왔다.

"여기에 같이 있었군요! 슬퍼하고 있는 건 아니겠죠?"

그녀는 다시 생기를 되찾아 전혀 피곤해 보이지 않았다. 데미안은 어머니에게 미소 지었다. 그녀는 겁에 질린 아이를 달래러 오는 어머니처럼 우리들에게로 다가왔다.

"우리는 슬퍼하고 있는 게 아니에요, 어머니. 그저 이 새로운 징후의 의미를 풀어보고 있었어요. 하지만 어쨌든 소용없는 일이죠. 일어날 일은 어차피 갑자기 일어날 테고, 그러면 즉시 우리가 궁금해하던 것들을 알게 될 테니까요."

그러나 나는 기분이 몹시 언짢았다. 작별을 고하고 혼자 거실을 지날 때 히아신스의 향기가 시들어서 무미한 죽음의 냄새처럼 느껴졌다. 그림자가 이미 우리들을 덮친 것이다.

종말의 시작

여름 학기에도 H시에 머무르고 싶다는 나의 뜻은 관철되었다. 데미안과 나는 집 안에 있는 대신 시간이 날 때마다 시냇가의 정원에 나와 있었다. 씨름에 완전히 진 일본인은 가 버렸고 톨스토이 신봉자도 오지 않았다. 데미안에겐 말이 한 필 있었는데, 그는 매일같이 말을 탔다. 나는 자주 에바 부인과 단둘이 있었다.

이따금 나는 내 생활이 얼마나 평화로워졌는지를 떠올리고 깜짝 놀랐다. 나는 너무나 오랫동안 혼자인 것에, 자신을 부정하는 일에, 고통과 맹렬히 싸우는 데 익숙해져 있었으므로 H시에서 지낸 몇 개월이 마치 아름답고 유쾌한 환경에서 안락하고 황홀하게 지내도록 허락된 마법의 섬에서 사는 꿈 같았다. 나는 이것이 우리가 생각하는 새롭고 보다 더 높은 공동체의 전조임을 예감했다. 그러나 이 행복감에도 깊은 비애가 엄습했으니, 이 생활이 오래 지속될 수 없음을 잘 알았기 때문이다. 나는 풍요와 안락 속에서 숨 쉬도록 타고나지 않았다. 내겐 고뇌와 광분이 더 필요했다. 어느 날이고 나는 이 아름다운 사랑의 꿈에서 깨어 고독과 싸움만 있는, 아무런 평화도 공존도 없는 타인들의 차가운 세계 속에 다시금 혼자 서게 되리라는 것을 절실히 느꼈다.

그런 생각을 한 뒤부터 나는 아직 나의 운명이 아름답고 고요한 풍경 속에 머무름을 기뻐하며 갑절의 애정으로 애바 부인의 옆을 떠나지 않았다.

여름은 빠르고 순탄하게 지나갔다. 학기가 거의 끝나서 이별이 목전에 다가와 있었지만, 나는 이별을 생각조차 하지 않으려 들면서, 그저 꿀이 있는 꽃에 나비가 집중하듯이 그렇게 이 아름다운 날들에 집착하고 있었다. 행복의 시절이었고, 내 인생 최초의 충족이었으며, 공동체에의 가입이었다. 다음에는 무슨 일이 올 것인가? 나는 또다시 싸우고, 동경에 괴로워하고, 꿈을 꿀 것이며, 고독해지겠지.

그러던 어느 날, 이러한 예감이 몹시 강렬하게 나를 엄습하면서, 동시에 에바 부인에 대한 나의 사랑이 갑자기 고통스럽게 불타올랐다. 가슴이 저려 왔다. 아, 이제 곧 나는 이곳을 떠나서 그녀를 못 보고, 집 안을 거니는 그녀의 확고하고도 다정한 발소리도 못 듣고, 내 책상 위에서 그녀가 준 꽃도 못 보겠구나! 대체 내가 이룬 건 뭐지? 그녀를 얻는 대신, 그녀를 영원히 내 것으로 얻으려 투쟁하는 대신, 꿈에만 취해 있으면서 만족했을 뿐이다! 그녀가 진정한 사랑에 관해 들려준 온갖 말들이 떠올랐다. 헤아릴 수 없이 많은 세련된 경고의 말들, 수많은 가벼운 유혹들, 혹은 약속들…… 나는 그것들에서 무엇을 이뤘는가? 아무것도 없었다. 아무것도!

나는 내 방 한복판에 서서 모든 의식을 집중해 에바 부인을 생각했다. 나는 그녀가 내 사랑을 느끼게 만들고 나에게 오게 하려고 애썼다. 그녀는 내게로 와야 하며, 나의 포옹을 열망해야 하며, 나의 입맞춤이 그녀의 성숙한 사랑의 입술을 탐욕적으로 헤쳐 놓지 않으면 안 되었다.

나는 선 채로 손발이 차가워질 때까지 온 몸을 긴장

시켰다. 내 몸에서 힘이 빠져나가고 있음이 느껴졌다. 무언가 차가운 것이 나의 내부에 단단하게 응어리졌다. 나는 잠깐 가슴속에 한 개의 수정을 품은 것 같은 감각을 느끼다가 그것이 나의 자아임을 깨달았다. 냉기가 가슴까지 올라왔다.

그 무서운 긴장에서 깨어나자 나는 뭔가 오고 있음을 느꼈다. 나는 죽도록 피곤했지만, 불타오르듯 황홀하게 에바 부인이 방으로 들어오는 것을 바라볼 준비가 되어 있었다.

그때 길에서 말발굽 소리가 울렸다. 아주 가까이에서 요란스럽게 들리더니 갑자기 멈췄다. 창가로 뛰어가니 데미안이 말에서 내리는 것이 보였다. 나는 아래로 내려갔다.

"무슨 일이야, 데미안? 설마 어머니께 무슨 일이 생긴 건 아니겠지?"

그는 내 말을 거의 듣고 있지 않았다. 그는 매우 창백했고 땀이 이마에서 양쪽 볼 위로 흘러내리고 있었다. 그는 잔뜩 열이 오른 말의 고삐를 정원의 울타리에 매고는 내 팔을 잡아 끌었다.

"소식 들었어?"

나는 아무것도 몰랐다.

데미안은 나의 팔을 꽉 눌러 쥐고 어둡고 연민에 찬 이상한 시선으로 나를 바라보았다.

"그래, 시작됐어. 너도 러시아와의 긴장 상황은 알고 있었겠지."

"뭐? 전쟁이 일어났다는 거야? 정말로 일어날 거라고는 생각하지 않았는데."

주변에 아무도 없었지만 그는 아주 낮은 어조로 말했다.

"아직 정식으로 선전포고 한 건 아니야. 하지만 전쟁이야. 내 말을 믿어. 나는 그날 이후로 이 문제로 너를 괴롭히진 않았지. 하지만 나는 그때부터 세 차례나 새로운 징조를 보았어. 그러니까 그게 세계의 종말도, 지진도, 혁명도 아니고, 전쟁이었던 거야. 너는 이 사태가 어떤 결과를 초래할지 알겠지! 사람들은 기뻐할 거야. 지금도 벌써 전쟁의 예감만으로도 기뻐서 어쩔 줄 몰라하는 사람들이 있어. 그들의 삶이 그렇게나 무미건조했다는 말이지. 하지만 싱클레어, 너도 이것이 단지 시작에 불과하다는 것을 곧 알게 될 거야. 아마 대전쟁, 엄청난 규모의 전쟁이 될 거야. 하지만 그것도 역시 시작에 불과해. 새로운 세상이 시작되고 있어. 새 세상은 낡은 것에 집착하는 사람들에게는 질겁할 일이 되겠지만. 넌 어떻게 할 생각이야?"

나는 말문이 막혔다. 내게는 모든 것이 낯설고 비현실적으로 들렸다.

"모르겠어. 넌?"

그는 어깨를 으쓱했다.

"동원령이 떨어지면 곧 입대할거야. 나는 소위거든."

"네가 소위라고? 전혀 몰랐어."

"그렇겠지. 나의 적응 방식이거든. 너도 잘 알겠지만 나는 다른 사람의 눈에 띄기를 무척 싫어하면서도, 언제나 올바르기 위해서 좀 과다하게 행동하잖아. 나는 일주일 내로 전쟁터에 갈 것 같아."

"아, 이런!"

"지금은 감상적이 되어선 안 돼. 물론 내게도 살아있는 사람에게 발포를 명하는 일은 조금도 재미나지 않을 거야. 하지만 이건 부차적인 문제에 불과해. 이제 우리들 모두는 커다란 수레바퀴 속으로 휩쓸려 들어갈 거야. 너도 마찬가지겠지. 너도 분명 징집당하겠지."

"그럼 너희 어머니는, 데미안?"

이제야 비로소 나는 불과 15분 전에 있었던 일을 상기했다. 세상은 얼마나 변해 버렸는가! 감미롭기 그지없던 영상을 불러일으키려고 나는 온 영혼을 모았는데, 지금은 운명이 새로이 위협적이고 무서운 가면 뒤에서 나를 노려보았다.

"어머니? 어머니는 아무 걱정도 할 필요가 없어. 어머니는 오늘날 이 세상의 어느 누구보다도 안전하실 거니까. 넌 우리 어머니를 그렇게나 깊이 사랑하는 거야?"

"너도 알고 있었어?"

그는 밝고 아주 활달하게 웃었다.

"이 어린 친구야, 당연히 알고 있었지! 우리 어머니를 사랑하는 이들이 그녀를 에바 부인이라고 부르거든. 그런데, 무슨 일이야? 네가 오늘 어머니나 나를 부른 게 맞지?"

"응, 에바 부인을 불렀어."

"어머니가 그걸 감지하셨어. 갑자기 나더러 네게 가 봐 달라고 부탁하시더군. 그때 내가 막 러시아 소식을 이야기하던 참이었어."

우리는 되돌아서 걸었고 이미 할 말이 거의 남지 않았다. 그는 자신의 말에 다시 올라타서 돌아갔다.

이 층의 내 방에 들어와서야 비로소 나는 데미안이 전해 준 소식으로 인해, 아니 그 이전의 긴장으로 인해 내가 얼마나 기진맥진한가를 느꼈다. 하지만 에바 부인이 내가 부르는 소리를 들었다! 나는 내면의 생각만으로 그녀에게 도달했던 것이다. 그녀가 직접 와 주었더라면……. 하지만 오지 않았다 해도 이 모든 것은 얼마나 기이한 일인가. 그리고 얼마나 아름다운 일인가! 이제는 전쟁이 일어났다. 우리가 자주 이야기했던 바로 그 일이 시작되리라. 데미안은 꽤 많은 것을 미리 알고 있었다. 세계의 조류가 더 이상 우리 곁을 우회하지 않고, 우리의 가슴 한복판을 꿰뚫고 흘러간다니 얼마나 기이한가! 모험과 거친 운명들이 우리를 부르고 있었다. 지금이 아니라도 머지않아 세계가 우리를 필요로 하고 스스로를 변화시키려고 하는 순간이 올 것이다. 데미안이 옳았다. 이것은 감상적으로만 받아들여서는 안 되었다. 단지 이상한 일은, 이제 내가 그렇게도 고독하게 염원해 왔던 '운명'이라는 문제를 그렇게 많은 사람과, 아니, 온 세상과 더불어 나눌 거라는 사실이었다. 그래, 좋다!

나는 마음의 준비를 끝냈다. 저녁 무렵, 시내를 걷자

니 거리가 구석구석 흥분으로 들끓고 있었다. 어디서든 들려오는 소리는 '전쟁'이었다.

나는 에바 부인의 집으로 갔다. 우리는 정원의 정자에서 저녁식사를 했다. 내가 유일한 손님이었다. 우리 중 누구도 전쟁에 관해서는 한 마디도 하지 않았다. 단지 나중에 내가 집으로 돌아가기 직전에 에바 부인이 이렇게 말했을 뿐이다.

"친애하는 싱클레어, 오늘 당신이 나를 불렀지요. 내가 직접 가지 못한 이유는 잘 알 거예요. 이것만 잊지 마세요. 당신은 이제 부르는 법을 알아요. 그러니 언제든 표식을 지닌 누군가가 필요할 때 그렇게 부르세요."

그녀는 일어서서 정원의 황혼 속으로 앞장서 걸었다. 이 신비로운 여인은 침묵의 나무들 사이를 당당하게 걸어갔다. 그녀의 머리 위에서 조그만 뭇별들이 조용히 빛나고 있었다.

내 이야기가 끝나간다. 사태는 급속히 진행되었다. 곧바로 전쟁이 터졌고, 데미안이 은회색 군복 차림의 이상스럽고 낯선 모습으로 떠났다. 그날 나는 그의 어머니를 집까지 바래다 주었는데, 얼마 지나지 않아 나도 그녀와 작별했다. 그녀는 내게 입을 맞추고 잠시 나를 가슴에 끌어안았다. 그녀의 불타는 큰 두 눈이 내 눈을 바싹 들여다보았다.

모든 사람이 하룻밤 사이에 형제가 된 듯했다. 그들은 '조국'과 '명예'를 말했는데, 사실 그건 운명이었다. 한순간 그들 모두가 운명의 맨얼굴을 목격한 것이었다. 청년들이 병영에서 나와 기차에 올랐을 때 나는 그 많은 얼굴 위에서 표식을, (우리의 표식과는 달랐지만) 사랑과 죽음을 의미하는 아름답고 고귀한 표식을 보았다. 나 역시 한 번도 본 적 없는 사람들과 뜨겁게 섞였는데, 나는 그것이 어떤 의미인지 이해하고 있었기에 적절히 대응했다. 그것은 단순한 도취일 뿐, 운명을 갈망하는 의지는 아니었다. 그렇더라도 이런 도취는 신성한 것이었으니, 그들이 짧게나마 운명과 눈동자를 마주치고 극도로 고양되었다는 뜻이기 때문이다.

내가 전장으로 갔을 때는 초겨울이었다. 사방에서 끊임없이 들려오는 총소리에도 불구하고, 처음에는 모든 것이 다소 실망스러웠다. 예전에는 이상을 위해 살아가는 사람들이 왜 이렇게 드물까를 고민했다. 하지만 지금은 많은 사람, 아니 모든 사람이 이상을 위해 죽을 수도 있음을 알았다. 다만 그것은 개개인이 자유롭게 선택한 이상이 아니라, 공동체의 이상이었다.

시간이 지날수록 내가 사람들을 과소평가했음을 깨달았다. 군인으로서의 공통된 의무와 위험이 그들을 아무리 제복 입은 집단으로 획일화했더라도, 많은 수의 살아 있는 사람들과 죽어가는 사람들이 대단히 품위 있게 운명의 의지에 접근하는 것을 보았다. 많은 사람들, 정말 많은 사람들이 공격할 때뿐 아니라 평상시 매순간마다 '목적 따위 알 바 없이 절대자에게 완벽하게 복종하겠다'는 식의 막연하지만 확고한, 얼마쯤은 홀린 듯한 시선을 지니고 있었다. 이들은 그것이 무엇이 되었든간에, 자신들은 준비되어 있고 미래를 빚어낼 질료로 쓰일 거라고 믿었다. 세계가 전쟁이나 영웅주의, 명예 등의 낡아 빠진 이상들을 완강히 고집할수록, 진짜 인류의 속삭임은 더 멀어지고 비현실적으로 들렸다. 그저 껍데기에 불과해지고, 전쟁의 외면적이고 정치적인 목적을 물어봐야 얄팍한 대답만 나올 뿐이었다. 저 깊숙한 곳에서 뭔가가 형성되고 있었다. 새로운 인류에 가까운 그 무엇. 나는 많은 이들이 (그들 중 대다수는 내 옆에서 죽었지만) 증오와 분노, 살육과 말살 등은 대상들과는 관계가 없음을 예리하게 깨닫기 시작했다. 아니, 목적이든 대상이든 철저하게 우연이었다. 가장 원초적이고 과격한 감정들조차 적을 향한 것이 아니었다. 그 피비린내 나는 행위는, 새롭게 태어나기 위해 미쳐 날뛰고 죽이고 말살하고 스스로 죽어 버리려는, 분열된 한쪽 영혼에서 발산되는 것일 뿐이었다. 거대한 새가 알에서 나오려고 발버둥쳤다. 알은 이 세계고, 이 세계는 산산이 부서져야 했다.

어느 이른 봄의 깊은 밤, 나는 우리가 점령한 농가 앞에서 보초를 섰다. 맥없는 바람이 우울하게 간간이 불었고 플랑드르 지방의 높은 하늘엔 구름덩이가 흩날려 가고 있었다. 구름 뒤쪽 어딘가에 달이 떠 있는 것 같았다. 그날은 하루 종일 왠지 불안했고 알 수 없는 근심으로 마음이 어지러웠다. 나는 그 어두운 전초지에서 이제까지의 내 삶과 에바 부인과 데미안을 열렬히 생각했다. 백양나무에 기대서서 움직이는 하늘을 응시하는데, 미세하게 바르르 떨리는 밝은 빛이 곧 커다랗게 솟아오르는 일련의 형상들을 이뤘다. 맥박이 이상할 정도로 가냘프게 뛰면서 바람과 비가 느껴지지 않는 피부의 무감각, 그리고 언뜻언뜻 느껴지는 내부의 강렬한 각성 때문에 나는 인도자가 주위에 있음을 느꼈다.

구름 속에 대도시가 보였다. 거기서 수백만 명의 사람들이 광대한 풍경 속으로 떼 지어 흩어졌다. 그들의 한복판에 신의 모습을 한 강력한 자가 나타났다. 산맥처럼 거대하고, 머리카락에서 별들이 반짝였으며, 에바 부인 같은 표정을 지녔다. 사람들의 대열이 커다란 동굴로 들어가듯 여신에게 집어삼켜졌다. 땅바닥에 웅크리고 앉은 여신의 이마에서 표식이 빛났다. 여신은 어떤 꿈에 지배당하고 있는 것처럼, 두 눈을 감았고 얼굴이 고통으로 일그러졌다. 갑자기 그녀가 비명을 질렀다. 그러자 이마에서 별들이, 수많은 반짝이는 별들이 튀어나와서 멋진 활모양과 반원을 그리며 검은 하늘로 날아 올라갔다.

그 별들 가운데 하나가 날카로운 소리를 내면서 곧장 나를 향해 날아왔다. 마치 나를 찾아오는 것 같았다. 그러더니 굉음을 내며 수천 조각의 불꽃으로 쪼개져서, 나를 솟구쳐 올렸다가 땅으로 내동댕이쳤다. 우레와 같은 소리를 내면서 세계가 내 위에 무너져 내렸다.

나는 백양나무 근처에서 흙과 상처로 뒤덮인 채로

발견되었다.

나는 지하실에 누워서 포탄이 머리 위에서 우르릉거리는 소리를 들었다. 나는 화물차 안에 누워서 황막한 벌판 위를 덜거덕거리며 지나갔다. 나는 대개 자거나 혼수상태였다. 하지만 깊이 잠들면 잠들수록 무엇인가가 나를 끌어당기고 있으며, 내가 그 힘을 따라가고 있음이 격렬하게 느껴졌다.

나는 마구간의 짚더미 위에 누워 있었다. 몹시 어두워 누군가가 내 손을 밟고 지나갔다. 그런데 나의 내심은 계속 가기를 원했고, 더 강하게 끌렸다. 나는 다시 차 안에 누워 있었고, 그 후에는 들것인지 사다리인지에 누워 있었다. 점점 더 강력하게 어딘가로 가라는 명령을 느꼈고, 나중에는 그곳에 가야만 한다는 절박감만 남았다.

드디어 나는 목적지에 도달했다. 밤이었고, 의식은 또렸했다. 순간 마음속에서 강력한 끌림과 절박감을 느꼈다. 기다란 홀 바닥의 침상에 누워서, 바로 이곳이 부름받은 장소임을 알았다. 사방을 둘러보았다. 내 매트리스 바로 옆에 다른 매트리스가 있었고, 그 위에서 누군가가 몸을 굽혀 나를 바라보았다. 이마에 표식이 있었다. 막스 데미안이었다.

나는 말을 할 수가 없었다. 그도 말을 할 수가 없었거나 하려고 하지 않았다. 그저 나를 바라볼 뿐이었다. 그의 머리 위 벽에 걸린 등불이 그의 얼굴을 비췄다. 그는 미소 지었다.

영원처럼 긴 시간 동안 그는 내 두 눈만 들여다보았다. 그의 얼굴이 천천히 내게로 왔다. 거의 얼굴이 맞닿았다.

"싱클레어!"

그가 속삭였다. 나는 눈으로 그의 말을 알아들었다는 신호를 보냈다. 그가 거의 동정에 가까운 미소를 지었다.

"꼬마!"

그가 웃었다. 이제 입술이 거의 닿았다. 그가 나직이 말을 계속했다.

"프란츠 크로머, 기억나니?"

나는 그에게 눈을 깜박였다. 미소도 지을 수 있었다.

"꼬마 싱클레어, 들어 봐! 나는 떠나야 해. 자네는 아마 언젠가 나를 다시 필요로 하겠지. 크로머나 그 밖의 일 때문에 말이야. 그땐 네가 나를 불러도 내가 말이든 기차든 되는대로 막 타고 올 수는 없어. 그때 너는 네 내면에 귀를 기울여야 해. 그러면 내가 이미 너와 함께 있음을 알게 될 거야. 알겠지? 그리고 또 하나! 에바 부인이 부탁했어. 만약 네가 언젠가 나쁜 처지에 처하면 그녀가 나에게 보낸 입맞춤을 너에게 전해주라고 말이야……. 눈을 감아, 싱클레어!"

나는 순순히 눈을 감았다. 그치지 않고 쉴 새 없이 피가 조금씩 흐르는 내 입술 위에 그가 가볍게 입 맞추는 것을 느꼈다. 나는 잠이 들었다.

다음 날 아침 누군가가 붕대를 감아야 한다면서 깨웠다. 마침내 잠에서 완전히 깨자 나는 재빨리 옆의 매트리스를 보았다. 내가 한 번도 본 적이 없는 낯선 이가 누워 있었다.

붕대를 감는 것은 몹시 아팠다. 그 이후에 내게 일어났던 모든 일이 아팠다. 그러나 가끔 열쇠를 발견해서 내 자신의 깊은 곳으로, 어두운 거울 속에서 운명의 형상들이 졸고 있는 곳으로 내려가면, 그 어두운 거울 위로 몸을 굽혀 내 모습을 비춰 보았다. 이젠 완전히 내 친구, 나의 인도자인 그와 똑같이 닮은 모습이다.

헤르만 헤세의 자기 성찰적 기록,《데미안》

《데미안》은 헤르만 헤세가 1919년 '에밀 싱클레어'라는 가명으로 출판한 소설이다. 이미 성공한 작가였던 헤르만 헤세는 자신의 소설이 작품성만으로도 인정받을 수 있는지 확인해 보고자 했다.

결과는 성공적이었다. 제1차 세계대전 중인 1917년에 집필해서 1919년에 출간한《데미안》은 뜨거운 반응을 불러일으켰다. 폰타네 문학상을 수상했는데, 출판계에서는 '에밀 싱클레어'라는 익명의 신인 작가의 존재가 관심의 중심이었다. 소설가 토마스 만이 출판사에 '에밀 싱클레어'가 누구인지 알려 달라고 간청한 일례도 있었다. 결국 평론가 코로디가《데미안》의 문체를 분석해서 작가가 헤르만 헤세임을 밝혀냈고, 이후 헤르만 헤세의 이름으로 다시 발간되었다.

《데미안》은 세계대전 이후 현대 독일 문학에서 '전쟁'과 '개인'의 관계를 치밀하게 제시한 선구적 작품이다. 세계대전 이후 황폐해진 유럽에서, 무조건 아무 이유도 없이 자신을 희생하고 파괴해야 하는 현실과 자아의 관계에서 고민하는 청년들을 친절하고 치밀하게 안내한다. 개인주의적이고 철학적 사유가 관습화된 독일에서, 개인의 내면을 면밀히 탐구하지 않고서는 전쟁이라는 현실도 똑바로 이야기할 수 없다.

두 세계

소설의 화자는 중년의 '에밀 싱클레어'다. 중년의 나이에 유년 시절을 회상하며 이야기를 써 내려가는 화자는 헤르만 헤세와 많이 닮아 있다. 40대에 접어든 헤세는 세계대전이 보여준 인간의 잔인함, 쾌락 추구 본능, 질서가 붕괴된 혼란 등을 자기 내면에 있는 그대로 받아들이기로 했다. 그렇게 2차적인 자아의 변화를 소설로 집필한 것이 《데미안》이었다. 그래서 '에밀 싱클레어'의 유년 시절 배경도 역시 헤세와 비슷하다. 싱클레어는 독실하고 유복한 가정에서 자랐으며, 일반 공립 학교가 아닌 라틴어 학교를 다닌다.

하지만 화목한 가정 속에서 신앙적인 삶을 살던 싱클레어의 밝은 세계가 프란츠 크로머를 만나면서 흔들린다. 그저 우쭐대고 싶어서 거짓말을 했다가 프란츠 크로머에게 들키는데, 그것 때문에 인생이 송두리째 지배당하기 시작한 것이다. 싱클레어의 자아는 항상 가까이 있었지만 직접 경험해 보지는 못했던 어두운 세계로 빠져들었다. 꼬마 싱클레어를 이루는 세계인 '부모님, 누나들, 신, 학교'는 어둠의 세계에서는 아무 효력이 없었다. 싱클레어가 처음으로 온전한 자기 자신만의 문제를 갖게 된 셈이다.

카인

크로머와의 관계는 완벽하게 혼자서 자신의 힘으로 해결해야 할 문제였지만, 싱클레어는 아무런 해답을 찾지 못하고 크로머에게 끌려다녔다. 어둠의 세계에서 스스로의 힘으로 헤쳐 나올 방법을 찾지 못해 허우적대고 있었다. 이때 데미안이 싱클레어에게 구원의 손길을 내밀었다.

데미안은 성서에 나오는 카인과 아벨의 이야기에 새로운 해석을 내놓으며 싱클레어와 논쟁을 펼쳤다. 동생 아벨을 죽인 카인이 사실은 영웅이라는 데미안의 견해에 싱클레어는 반박했다. 이후 싱클레어는 당연하게 여겼던 생각들을 뒤집어보기 시작했다. 카인과 아벨 이야기는 내면에 끝없는 질문을 던졌다. 고요하던 싱클레어의 내면에 파문을 일으켰다.

모든 진실과 진리는 우리가 아는 것과 다를 수 있다는 데미안의 주장에 싱클레어는 자신도 모르게 비판적 사고와 자아의 싹을 틔우기 시작하며, 프란츠 크로머와 맞설 결심을 한다. 스스로 삶의 문제를 해결할 단초를 발견한 것이다.

예수 옆에 매달린 도둑

데미안은 달변가나 지식인처럼 '말뿐인' 자아 성장을 요구하지 않았다. 자신의 인생에 직접 부딪치며, 책임 의식을 갖고 삶을 추구할 수 있는 내면의 성장을 말했다. 바로 예수 옆에 매달린 도둑에 대한 이야기다.

악의 세계에서 살아온 두 도둑이, 죽기 직전 한 명은 회개하고 한 명은 회개하지 않았다. 학교에서는 회개한 도둑이 칭찬받아야 한다고 말하는데, 데미안은 생각이 달랐다. 악마의 세계에서 살아온 자가 천사의 사탕발림에 넘어간 것은 비겁하고 기회주의적이라는 것이다. 그러면서 오히려 자신의 삶에 책임을 지고 벌을 받는 쪽을 택한 도둑이 더 나은 인간이라고 말이다.

이 논쟁은 단순히 비판적 사고를 키우기 위해 사고의 틀을 깨고자 했던 소재일 수 있다. 하지만 자아가 성장하려면 말뿐이어서는 안 되고 자신의 선택을 책임지는 것이 중요하다는 것을 이야기한다. 이는 마지막 장 '종말의 시작'에서 전쟁에 참여하는 수많은 사람들의 책임 의식을 설명하는 단초가 된다. 현실에서 자기 존재를 책임지며 사는 것은 어쩌면 자아의 성장 정도와 상관없이 운명적으로 주어지는 의무다.

베아트리체

소년 싱클레어는 계속 고독과 방황 속을 헤맸다. 하지만 이전과 달리, 그 늪에서 스스로 헤어 나오는 방법을 찾았다. 바로 베아트리체였다. 베아트리체는 싱클레어의 자아가 추구하는 이성적이고, 가족적이고, 친밀하면서도 밝은 세계와 어두운 세계를 모두 아우를 수 있는 첫 번째 표적이 된다.

자신의 내면에서 이 표적을 발견하기 위해 싱클레어는 좌절과 방황과 탐구를 반복한다. 그 질기고 간절한 노력에 첫 번째 표적 베아트리체가 완성됐다. 싱클레어가 끊임없이 추구한 질문에 자아가 제시한 첫 번째 답이었다.

새는 알에서 나오려고 투쟁한다

소년기를 지나 어른으로 향해 가는 싱클레어는 베아트리체의 표적 다음에 어린 시절 고향집 현관 위 문장에 새겨진 새를 그렸다. 뭐라고 표현하기 어려운 이 두 번째 발견을 싱클레어는 무작정 데미안에게 전송했다.

그리고 데미안에게서 답이 왔다. "새는 알에서 나오려고 투쟁한다. 알은 세계이다. 태어나려고 하는 자는 한 세계를 깨뜨리지 않으면 안 된다. 새는 신에게 날아간다. 신의 이름은 아브락사스다."

알에서 깨어 나오려고 애쓰는 싱클레어의 자아를 향한 길잡이가 드디어 나타난 것이다.

야곱의 싸움

길잡이를 찾아낸 싱클레어는 본격적으로 아브락사스라는 존재를 탐구하기 시작한다. 좀 더 면밀하게 자아를 탐구하기 시작한 것이다. 자신의 내면이 정말 원하는 것은 무엇인지, 나를 구성하는 외부적 요인과 내부적 요인은 무엇인지. 자아를 탐구하며 답답해 하는 싱클레어의 고민들은 아브락사스의 존재에 대한 물음과 많이 닮아 있다.

싱클레어의 자아에 중요한 두 세계는 '내면의 세계와 외부의 세계'다. 아브락사스도 '선의 세계와 악의 세계'를 모두 포괄하며 두 세계의 접점에 있는 존재다. 싱클레어가 곧 아브락사스고, 아브락사스가 곧 싱클레어다. 자신의 세계에 대해 어느 정도 완전하게 인식하기 시작하는 지점인 것이다.

에바 부인

싱클레어의 자아는 아브락사스라는 길잡이를 통해 어느 정도 완전한 단계로 나아가고 있었다. 하지만 싱클레어 본인이 정말 간절히 원하는 것이 무엇인지에 대한 답은 찾지 못했다. 그 와중에 싱클레어는 데미안과 재회하고 그의 어머니를 만나게 된다. 자신의 내면에서 그토록 간절하게 바라던 형상을 드디어 찾은 것이다.

베아트리체와 아브락사스의 단계를 거쳐 드디어 찾은 에바 부인을 보며, 싱클레어는 데미안의 말을 다시 떠올린다. "무엇이든 '우연히' 발견되고, '우연히' 시작되는 것은 없다. 사람이 무언가 간절히 원하는 것이 있다면 그것은 이루어진다. 우리를 둘러싼 모든 것이 나를 얽매 와도, 자신의 내면에 귀 기울이고 집중해야 한다. 우리들 마음속에 모든 것을 알고 모든 것을 원하고 모든 것을 우리 자신들보다 더 잘 해내는 누군가가 있음을 인식해야 한다."

종말의 시작

싱클레어는 이렇게 훌륭하게 자아를 성장시키는 듯했다. 하지만 싱클레어를 둘러싼 두 세계는 그렇게 쉬운 존재가 아니었다. 내면의 물음도 답도 상관없이, 외부 세계는 싱클레어의 내면을 비웃기라도 하듯이 전쟁이라는 거부할 수 없는 상황을 만들어 놓는다.

개인이 자아의 성장을 추구하는 것은 중요하지만,

그 접점에는 반드시 외부 세계와 연결점이 있음을 보여 주는 것이다. 내면의 생각과는 다른, 불가피한 전쟁의 과정도 세계를 재창조해 내는 과정 중 하나일 수 있다. 여기에 참여하는 수많은 병사들은 그동안 우리가 무시해 왔던 미성숙한 존재들이었다. 하지만 과소평가였다. 떠맡겨지긴 했지만 공동의 책임을 다하기 위해 이들은 전쟁터로 온 것이다.

피할 수 없어서 어쩔 수 없든 아니든, 삶은 늘 우리에게 사력을 다하지 않으면 안 되는 과제를 준다. 싱클레어의 자아도 마찬가지였다. 데미안도 마찬가지였다. 다른 병사들도, 에바 부인도 마찬가지였다. 자아는 이렇게 어느 순간 완성되는 것이 아니라, 끊임없는 과제를 제시하며 우리 삶을 흔들어 놓는다. 지식인 헤르만 헤세의 시선으로는 그 어떤 탐구도 전쟁의 잔인함과 쾌락과 혼란함을 설명할 수 없었다. 현실에 분명하게 존재했지만 설명되지 않는 것들이었다. 현실의 존재를 있는 그대로 받아들이는 것 외에는 방법이 없었다. 내면에서 이해되지 않더라도 우리는 현실의 있는 그대로를 직시해야 한다.

새가 알에서 나와 새로운 세계를 창조하듯이, 우리

도 세계로 통하는 자신의 껍질을 부수는 데 사력을 다해야 한다. 자신과 싸워 가는 길은 참 좁고 힘들지만, 그 길에 집중하며 인생의 돛대를 세워야 끊임없이 성장할 수 있다.

한 개인이 독립적으로 성장하려면 의존하고 있던 많은 것들에서 떠나야 한다. 따뜻한 가족, 부모님의 품, 도덕적인 신, 의지가 되는 친구, 기대고 싶은 사랑, 추구하고 싶은 이상향……. 하지만 이 많은 것들을 떠나 홀로 서려면, 자아의 내면적 탐구와 비판적 사고뿐만 아니라 다른 것도 필요하다.

이를테면, 전쟁처럼 자아의 힘으로 어쩔 수 없는 외부적 요소들은 자아의 이야기만으로는 설명할 수 없다. 지식만으로 설명할 수 없는 새로운 세계를 인식하는 방법은 자아가 끊임없이 낡은 껍질을 벗고 새로 태어나는 방법뿐이다.

우리는 사실 삶의 순간마다 주어지는 고민들을 애써 외면하려 한다. 그래서 자아가 어떻게 해야 껍질을 깨고 나와 새로운 세계와 만날 수 있는지 잘 모른다. 더 치열하게 답을 찾을 필요가 있다. 내 세계에 조금만 위협이 와도 금방 죽을 것처럼 공포에 질리는 게 아니라,

새가 알을 깨고 나오듯 사력을 다해 껍질을 부수고자 해서 극복해야 한다. 겁에 질려 평생 자아를 세상 밖으로 꺼내 보지도 않을 건가, 아니면 당당히 세계와 마주하겠는가? 선택은 우리 몫이다. 그 선택에 《데미안》이 길잡이가 되어 줄 것이다. 수많은 '에밀 싱클레어'가 세상 밖으로 나올 수 있기를 기대한다.

이순학

| 작가 연보 |

1877년 7월 2일, 독일 남서부에 있는 작은 도시 칼프(오늘날 바덴-뷔르템베르크 주)에서 태어남. 아버지 요한 헤세는 독일 신교의 선교사였으며, 어머니 마리 헤세(결혼 전 이름은 마리 군데르트)는 선교사의 딸로서 인도에서 태어남.

1881년 가족 모두 바젤로 이주. 아버지가 바젤의 시민권을 얻음으로써 가족 모두가 스위스 국적을 갖게 됨.

1885년 바젤의 선교 기숙사 학교에 입학.

1886년 7월, 가족이 모두 칼프로 돌아옴. 헤르만 헤세는 칼프의 라틴어학교 2학년으로 전학.

1890년 괴핑엔에 있는 라틴어학교로 전학하여 신학교 입학시험을 준비함.

1891년 입학시험에 합격하여 마울브론 수도원에 있는 신학교에 입학함.

1892년 2월, "시인이 되지 않으면 아무것도 되지 않겠다"면서 학교에서 탈출했다가 하루 뒤에 붙잡혀옴. 이후 부모님과의 갈등이 시작됨. 5월, 자살 시도. 연말에 칸슈타트의 일반 김나지움(독일의 중고등학교 과정)으로 전학.

1893년 상급학교 진학을 위한 시험에 합격하지만, 학업을 그만둠.

1894년 에슬링엔 암 넥타르의 서점에 수습사원으로 들어가지만 3일 만에 도망침. 이후 칼프의 시계탑용 시계 생산공장에서 수습기술자로 들어가 14개월 동안 일을 배움.

1895년 10월, 튀빙엔의 서점 헤켄하우어에서 수습사원으로 일을 시작함. 이 시기에 고트홀트 데프라임 레싱, 요한 볼프캉 폰 괴테, 프리드리히 실러 등을 읽음.

1896년 시 〈마돈나〉가 오스트리아 빈에서 발행되는 잡지에 발표됨.

1898년 수습 기간이 끝나고 헤켄하우어 서점의 정식 직원이 됨. 부모로부터 경제적으로 독립함. 노발리스, 클레멘스 브렌타노, 요제프 폰 아이헨 도르프, 루드비히 티크와 같은 독일 낭만주의 작가들의 작품을 주로 읽음. 첫 번째 시집인 《낭만적인 노래들》을 발표.

1899년 첫 번째 산문집인 《한밤중의 한 시간(Eine Stunde hinter Mitternacht)》 발표. 가을부터 바젤의 유명 서점인 라이히에서 일하기 시작함.

1900년 약한 시력 때문에 병역 의무에서 면제됨. 아홉 편의 시와 세 편의 산문(2판부터는 다섯 편)으로 구성된 〈헤르만 라우셔〉 발표.

1901년 1월 말에 서점을 그만두고 이탈리아 여행을(플로렌스, 제누아, 피사, 베네치아) 떠남. 8월에 다시 바젤로 돌아와 바텐뷜 서점에서 일하기 시작함.

1902년 어머니 사망.

1903년 8살 연상의 스위스 사진작가 마리아 베르누이(Maria Bernoulli. 헤세는 '미아'라고 부름)를 알게 되고 함께 이탈리아 여행(플로렌스, 베네치아)을 떠남.

1904년 마리아와 결혼. 첫 장편소설 《페터 카멘친트(Peter Camenzind)》를 독일의 저명한 출판사 S. 피셔를 통해 발표하고 작가로서 이름을 알리게 됨. 《페터 카멘친트》의 성공으로 헤세는 다른 직업 없이 작가로서 살아갈 수 있게 됨. 보덴호수 근교로 이주.

1905년 첫째 아들 브루노(Bruno)가 태어남. 둘째 아들인 한스 하인리히는 1909년에, 셋째 아들인 마틴은 1911년에 태어남.

1906년 마울브론 수도원 학교의 경험을 바탕으로 한 두 번째 장편소설 《수레바퀴 아래서(Unterm Rad)》 발표.

1907년 단편집 《이 세상에(Diesseits)》를 발표. 묘비명을 "여기 시인 헤세 잠들다"라고 정함.

1908년 단편집 《이웃들(Nachbarn)》 발표.

1909년 강연 여행(취리히, 독일, 오스트리아)을 다녔으며, 빌헬름 라베를 방문.

1910년 소설 《게르트루트(Gertrud)》 발표. 이 소설을 쓰면서 창작의 위기를 겪음. 부인 마리아와의 관계가 삐걱거리기 시작함.

1911년 창작의 위기를 극복하기 위해 스리랑카와 인도로 여행을 떠남. 이 여행을 통해 원하던 영적-종교적 영감을 얻지는 못했으나, 이 여행은 헤세의 작품에 크게 영향을 끼침.

1912년 단편집 《우회로들(Umwege)》 발표. 가족들과 함께 베른으로 이주. 부부 사이의 관계는 이 이주를 통해서도 해결되지 않음.

1913년 《인도에서. 인도 여행의 기록(Aus Indien. Aufzeichnungen einer indischen Reise)》 발표.

1914년 제1차 세계대전 발발. 소설 《로스할데(Roßhalde)》 발표. 자원입대를 하고자 하였으나 복무 부적격 판정을 받음. 그동안 현실 정치를 멀리하는 작가였으나, 이후 증오와 폭력에 반대하고 인본주의와 이성에 호소하는 에세이들을 발표함. 이로 인해 독일 언론의 공격을 받고, 협박 편지들을 받았으며, 여러 친구들로부터 절교 당함. 그러나 테오도르 호이스(후에 초대 서독 대통령이 됨), 프랑스 작가 로망 롤랑 등의 지지를 받음.

1915년 소설 《크눌프 : 크눌프 삶의 세 가지 이야기(Knulp : Drei Geschichten aus dem Leben Knulps)》 발표. 1919년까지 전쟁포로 지원을 위한 프로그램의 일환으로 '독일 전쟁포로를 위한 도서센터'를 위해 일함. 또한 잡지 〈독일 전쟁포로들을 위한 일요일 전령(傳令)〉를 발행.

1916년 아버지 사망. 당시 3세이던 아들 마틴이 뇌막염에 걸리고, 아내 역시 우울증을 앓게 되면서 헤세도 심각한 우울증을 겪음. 루체른의 개인병원 존마트에서 정신분석 치료를 받음. 아내와의 관계는 점점 나빠짐.

1917년 스위스 테신 주 몬타뇰라로 이주, 9~10월에 걸친 3주간 《데미안. 한 젊음의 이야기(Demian. Die Geschichte einer Jugend)》을 집필.

1918년 제1차 세계대전 종전

1919년 정치적 유인물 《차라투스트라의 귀환. 어느 독일인이 독일 젊은이들에게 보내는 한마디(Zarathustras Wiederkehr. Ein Wort an die deutsche Jugend von einem Deutschen)》를 익명

으로 출간, 이듬해 베를린에서 실명으로 재출간. 소설 《데미안》을 '에밀 싱클레어'라는 가명으로 발표. 《동화(Marchen)》 발표. 잡지 〈새로운 독일적인 것을 위하여(Vivos voco)〉의 창간호 발행. 베른의 집을 떠나 같은 스위스의 몬테놀라로 이주. 아내는 정신병원에 입원. 아이들은 지인에게 맡김.

1920년 소설 《방랑(Wanderung)》, 《클링조어의 마지막 여름(Klingsors letzter Sommer)》 발표.

1921년 창작의 위기를 겪음. 칼 구스타프 융의 정신분석 치료를 받음.

1922년 소설 《싯다르타(Siddhartha)》 발표.

1923년 마리아 베르누이와 이혼. 스위스 국적 재취득.

1924년 루트 벵어(Ruth Wenger)와 결혼. 그러나 성격 차이로 인하여 1927년에 이혼.

1925년 《요양객(Kurgast)》 발표.

1926년 《그림책(Bilderbuch)》 발표. 프로이센 작가아카데미 회원이 됨.

1927년 소설 《뉘른베르크 여행(Die Nurnberger Reise)》, 《황야의 이리(Der Step penwolf)》 발표. 오스트리아 출신의 예술사학자 니논 돌빈(Ninon Dolbin)과 동거 시작. 니논 돌빈은 14세 학생 시절부터 헤세와 서신 교환을 해왔음(헤세와 18살 차이).

1928년 소설 《나르치스와 골드문트(Narziβ und Goldmund)》, 《관찰(Betrachtungen)》 발표.

1929년 시집 《밤의 위로(Trost der Nacht)》 발표.

1931년 니논 돌빈과 결혼해서 몬타놀라에 정착. 《내면으로의 길》

발표. 《유리알 유희》의 집필 시작.

1932년 《동방으로의 여행(Die Morgenlandfahrt)》 발표.

1933년 나치 집권 이후 유대인 작가나 나치의 박해를 받는 작가들의 작품에 대한 비평들을 발표하는 방식으로 나치에 저항. 30년대 중반부터 헤세의 에세이를 실어주는 신문과 잡지가 더 이상 없었음.

1934년 시선집 《생명의 나무에서(Vom Baum des Lebens)》 발표.

1936년 《정원에서 보낸 시간(Stunden im Garten)》 발표. 고트프리트 켈러 상 수상. 1936년부터 1945년까지, 헤세의 작품은 공식적으로 금지되지는 않았으나 '바람직하지 않은' 작가로 분류됨. 독일에서 헤세의 작품 중 《수레바퀴 아래에서》, 《황야의 이리》, 《관찰》, 《나르치스와 골드문트》가 불온하다는 이유로 더 이상 인쇄되지 못함.

1937년 《기념첩(Gedenkblatter)》 발표.

1939년 제2차 세계대전 발발.

1942년 《시집(Gedichte)》 발표.

1943년 소설 《유리알 유희(Das Glasperlenspiel)》 발표.

1945년 제2차 세계대전 종전 및 독일 분단. 《꿈의 여행(Traum-fahrte)》 발표.

1946년 《유리알 유희》로 노벨문학상과 프랑크푸르트시의 괴테상 수상. 《전쟁과 평화(Krieg und Frieden)》 발표. 독일에서 헤세의 작품이 재출간되기 시작.

1947년 베른 대학의 명예 박사 학위 수여.

1950년 빌헬름 라베 상 수상

1951년 《후기 산문(Spate Prosa)》과 《서간집(Briefe)》 발표.

1954년 동화 《픽토르의 변신(Piktors Verwandlungen)》, 《헤르만

헤세-로망 롤랑 : 서한집(Briefwechsel : Hermann Hesse–Romain Rolland)》 발표.

1955년 산문집 《마법(Beschworungen)》 발표.

1956년 '헤르만 헤세상'이 제정되고, 재단이 만들어졌다.

1962년 8월 9일 몬테뇰라에서 뇌출혈로 사망. 아본디오 묘지에 안치됨. 마지막 몇 년 동안 대외적인 활동을 거의 하지 않았으나, 독자 및 친구들과의 편지 왕래는 활발하게 이뤄짐.

더스토리 초판본 시리즈 미니북

1 **노인과 바다** | 어니스트 헤밍웨이
1953년 퓰리처상 수상작 / 1954년 노벨 문학상 수상
미국대학위원회 선정 SAT 추천도서

2 **동물 농장** | 조지 오웰
미국대학위원회 선정 SAT 추천도서 / 〈타임〉 선정 현대 100대 영문소설
한국 문인이 선호하는 세계명작소설 100선 / 서울시 교육청 추천도서
논술 및 수능에 출제된 책(1998~2005)

3 **어린 왕자** | 앙투안 드 생텍쥐페리
전 세계 1억 부 이상 판매 기록 / 16개국 언어로 번역

4 **젊은 베르테르의 슬픔** | 요한 볼프강 폰 괴테
세기의 철학가와 문인들의 찬사를 받은 대표작

5 **이방인** | 알베르 카뮈
노벨 연구소 선정 최고의 세계문학 100선 / 1957년 노벨 문학상 수상작
대한민국 명사 101인의 대표 추천작 / 연세대학교 필독도서
미국대학위원회 선정 SAT 추천도서 / 〈타임〉 선정 세상을 움직인 책 100권

6 **위대한 개츠비** | 프랜시스 스콧 피츠제럴드
〈타임〉 선정 현대 100대 영문소설 / 어니스트 헤밍웨이가 인정한 완벽한 일급 작품
20세기 100대 영문소설 1위 / 미국대학위원회 선정 SAT 추천도서

7 **이상한 나라의 앨리스** | 루이스 캐럴
난센스와 판타지의 대표작 / 아카데미 '미술상' 수상한 영화의 원작
19세기 가장 유명한 영국 아동문학 작가

8 **거울나라의 앨리스** | 루이스 캐럴
난센스와 판타지의 대표작 《이상한 나라의 앨리스》 속편
거울 속으로 떠난 앨리스의 두 번째 모험 이야기

9 **데미안** | 헤르만 헤세
1946년 노벨 문학상 수상 작가 / 20세기 일대 센세이션을 일으킨 성장 소설의 고전
서울시 교육청 추천도서

10 **수레바퀴 아래서** | 헤르만 헤세
대한민국 명사 101인의 대표 추천작
헤르만 헤세의 사춘기 시절 경험을 바탕으로 한 자전적 소설
1946년 노벨 문학상 / 국립중앙도서관 선정 청소년 권장도서

11 **싯다르타** | 헤르만 헤세
대한민국 대표 시인 장석남이 강력 추천한 작품
출간과 동시에 10만 부가 넘게 판매된 역작
진정한 자아를 깨닫기 위해 고뇌하던 헤르만 헤세의 자전 소설

12 **크눌프** | 헤르만 헤세
1946년 노벨문학상 수상 작가
8년에 걸쳐 완성된 '젊은 헤세'의 치열한 삶이 엿보이는 작품

13 **청춘은 아름다워** | 헤르만 헤세
1946년 노벨문학상 수상 작가 / 헤르만 헤세가 추억하는 서툰 사랑의 이야기

14 **햄릿** | 윌리엄 셰익스피어
대한민국 명사 101인의 대표 추천작 / 서울대학교 권장도서 100선
서울대학교 동서고전 200선 / 연세대학교 필독도서
미국대학위원회 선정 SAT 추천도서 / 국립중앙도서관 선정 청소년 권장도서

15 **리어 왕** | 윌리엄 셰익스피어
대한민국 명사 101인의 대표 추천작 / 서울대학교 권장도서 100선

16 **맥베스** | 윌리엄 셰익스피어
서울대학교 권장도서 100선 / 연세대학교 필독도서
미국대학위원회 선정 SAT 추천도서 / 국립중앙도서관 선정 청소년 권장도서

17 **오셀로** | 윌리엄 셰익스피어
〈뉴스위크〉 선정 100대 명저 / 서울대학교 권장도서 100선

18 **로미오와 줄리엣** | 윌리엄 셰익스피어
서울대학교 동서고전 200선 / 칼리지보드 선정 고교생 필독서 101권

19 20 21 **피터 래빗 이야기 1 ~ 3** | 베아트릭스 포터
세상에서 가장 사랑받는 토끼 이야기 / 자연 보호와 동물 존중 사상이 담긴 작품

22 **예언자** | 칼릴 지브란
법정 스님이 마지막까지 머리맡에 남겨둔 책

23 **야간 비행** | 앙투안 드 생텍쥐페리
1931년 페미나 문학상 수상 / 작가의 경험이 들어간 직업 소설

24 **하늘과 바람과 별과 시(1955년 표지디자인)** | 윤동주
요절한 천재 민족 시인의 유고시집 / 대중성과 문학성을 겸비한 시인 김경주 추천작

25 **정글북** | 러디어드 키플링
영미권 작품 최초, 최연소 노벨 문학상 수상작 / 정글의 생명력을 담은 자연친화적 작품
작가의 아버지 존 록우드 키플링이 직접 그린 삽화 및 기타 삽화가들 그림 삽입

26 **오즈의 마법사 1 – 오즈의 위대한 마법사** | 라이먼 프랭크 바움
미국대학위원회 선정 SAT 추천도서 / 연세대학교 필독도서
국립중앙도서관 선정 우수 번역서

27 **오즈의 마법사 2 – 환상의 나라 오즈** | 라이먼 프랭크 바움
미국대학위원회 선정 SAT 추천도서 / 국립중앙도서관 선정 우수 번역서

28 **오즈의 마법사 3 – 오즈의 오즈마 공주** | 라이먼 프랭크 바움
미국대학위원회 선정 SAT 추천도서 / 국립중앙도서관 선정 우수 번역서

29 **인간 실격** | 다자이 오사무
교육과학기술부 산하 사단법인 한국교육지원회 선정 아침독서 10분 운동 필독서

30 **변신**(카프카 단편선) | 프란츠 카프카
소외된 인간이었던 작가의 갈등과 고독을 반영 / 서울대학교 추천도서 100선
명사 101명이 추천한 파워클래식

31 **자기만의 방** | 버지니아 울프
20세기 페미니즘 비평의 선구자 버지니아 울프의 수필집
국립중앙도서관 선정 권장도서 / 서강대학교 권장도서 100선

32 **크리스마스 캐럴** | 찰스 디킨스
세익스피어와 함께 영국을 대표하는 작가 찰스 디킨스의 중편소설
'책으로 따뜻한 세상 만드는 교사들(책따세)' 권장도서

33 **지킬 박사와 하이드** | 로버트 루이스 스티븐슨
2004 한국 문인들이 선호하는 세계명작소설 100선
브로드웨이 뮤지컬 역사상 가장 아름다운 스릴러 〈지킬 앤 하이드〉 원작

34 **셜록 홈즈 1 – 주홍색 연구** | 아서 코난 도일
영국 BBC 제작, KBS 방영 〈셜록 홈즈〉의 원작
대한민국 대표 추리 소설가 백휴의 작품 해설 수록

35 **셜록 홈즈 2 – 네 개의 서명** | 아서 코난 도일
영국 BBC 제작, KBS 방영 〈셜록 홈즈〉의 원작
대한민국 대표 추리 소설가 백휴의 작품 해설 수록

36 **셜록 홈즈 3 – 배스커빌 가의 개** | 아서 코난 도일
영국 BBC 제작, KBS 방영 〈셜록 홈즈〉의 원작
대한민국 대표 추리 소설가 백휴의 작품 해설 수록

37 **셜록 홈즈 4 – 공포의 계곡** | 아서 코난 도일
영국 BBC 제작, KBS 방영 〈셜록 홈즈〉의 원작
대한민국 대표 추리 소설가 백휴의 작품 해설 수록

38 **피노키오** | 카를로 콜로디
월트 디즈니 인생 최고의 애니메이션으로 재탄생 / 260개 언어로 번역된 교훈적 내용
스티븐 스필버그 감독의 2001년작 〈A.I.〉의 모티브

39 40 41 **오만과 편견 1 ~ 3** | 제인 오스틴
서울대학교 동서고전 200선 / 연세대학교 필독도서 / 세인트존스대학교 권장도서
〈텔레그라프〉 완벽한 도서관을 위한 권장도서 100 / 〈가디언〉 권장도서
미국대학위원회 선정 SAT 추천도서 / 국립중앙도서관 선정 청소년 권장도서

42 **키다리 아저씨** | 진 웹스터
출간 이래 100년 동안 사랑받아 온 스테디셀러
세상의 편견을 뛰어넘은 편지 형식 소설의 대명사

43 44 그리스인 조르바 1 ~ 2 | 니코스 카잔차키스
미국대학위원회 선정 SAT 추천도서 / 한국간행물윤리위원회 선정 권장도서
한국출판인회의 출판인이 선정한 100권의 도서

45 46 월든 1 ~ 2 | 헨리 데이비드 소로
미국대학위원회 고교추천도서 101 / 미국대학위원회 선정 SAT 추천도서

47 48 1984 1 ~ 2 | 조지 오웰
〈타임〉 선정 세상을 움직인 책 100권 / 세계 3대 디스토피아 미래 소설
〈가디언〉 권장도서 / 〈텔레그라프〉 완벽한 도서관을 위한 권장 도서 100
뉴욕 공립도서관 추천도서 / 하버드 대학생이 가장 많이 산 책 1위

49 50 오페라의 유령 1 ~ 2 | 가스통 르루
대한민국 명사 101인의 대표 추천작 / 서울대학교 권장도서 100선
연세대학교 필독도서 / 미국대학위원회 선정 SAT 추천도서 / 〈가디언〉 권장도서

• 더스토리 초판본 미니북 시리즈는 계속 출간될 예정입니다.

옮긴이 **이순학**

세상은 쓰고, 인생은 끊임없이 지속되는 극심한 고통이지만 문학의 힘과 역할을 믿는다. '시인과 사상가의 나라' 독일과 내면의 탐구자 헤르만 헤세에게 매료되어 독일 문학과 독어 교수법을 공부했다. 세상의 경계에서 방황하며 끊임없이 내면을 탐구한 헤르만 헤세의 작품을 주로 번역하고 있다. 옮긴 책으로 《데미안》, 《수레바퀴 아래서》가 있다.

데미안 : 1919년 초판본 표지디자인

초판 1쇄 펴낸 날 2025년 11월 30일

지은이 헤르만 헤세
옮긴이 이순학
펴낸이 장영재
펴낸곳 (주)미르북컴퍼니
자회사 더스토리
전 화 02-3141-4421
팩 스 0505-333-4428
등 록 2012년 3월 16일(제 313-2012-81호)
주 소 서울시 마포구 성미산로32길 12, 2층 (우 03983)
E-mail sanhonjinju@naver.com
카 페 cafe.naver.com/mirbookcompany
S N S instagram.com/mirbooks

• (주)미르북컴퍼니는 독자 여러분의 의견에 항상 귀 기울입니다.
• 파본은 책을 구입하신 서점에서 교환해 드립니다.
• 책값은 뒤표지에 있습니다.